暗夜
流光
DARK NIGHT
Author
林落
Illustrator
九品

Chapter 1

沈末是陳硯的狗。

這麼說是難聽了點，但夏宇找不到更貼切的形容詞了。

甚至這話可能還算是好聽的，畢竟夏宇自己養的狗都沒這麼聽話——呼之則來，揮之則去，還打不還手，罵不還口。

半點尊嚴都沒有。

夏宇是誰？

旁人給夏宇起了很多綽號，常見的有青盟太子爺、笑面閻王、黑心羅剎等等，夏宇聽了總是笑笑，「我像嗎？」

通常這種時候，夏宇身邊兩排滿身刺青、面色不善的黑衣壯漢們，總會很有默契地齊聲回道：「不像！」

彷彿早有排練，也彷彿不這麼答可能會遭遇不測。

夏宇喜歡自稱生意人，他做的是家傳事業，家裡傳下什麼事業和投胎一樣很講究運氣，沒得選擇。

不過他很快就做好心理調適，職業不分貴賤，他也是開門做生意的，而且從不拖欠員工薪水，沒有勞資糾紛，該繳的稅和保護費都沒少。只是和大部分商家不一樣的是，他家的保護費是往白道裡送，送得越多生意越好。

夏宇的父親白手起家，拚搏了大半輩子，在中部某縣市有了一席之地，風光數十載，可惜吃喝嫖賭一樣不漏，把夏宇的媽給氣跑了。夏母帶著老公的鈔票跑路時，沒忘帶上夏宇，吃好用好地把夏宇拉拔長大。

夏宇的父親晚年病痛纏身，想起還有個兒子，便把夏宇找回來，發現多年未見的兒子頗有他年輕時的風采，便決定把事業交給夏宇。

夏宇原本有份薪水還可以的清白工作，雖然經常得値班，客戶也很刁鑽，但是做起來很有成就感，打算當作一生的志業。沒想到卻遇上了一名不理性的客戶，爲了不能歸咎於他的業務過失起了點衝突，鬧得不甚愉快。

從那天起，每天都有一群兄弟圍在夏宇上班的地方伺機鬧事，揚言要讓他沒工作。這事當時鬧得很大，夏宇的主管沒敢站出來護他，他一氣之下放棄了那份工作，決定接下父親的事業，在父親的監督下接受訓練，也陪伴父親度過人生最後半年的時光。

夏宇的父親被同業尊稱爲夏老，有遠見、有手腕，一手創立的事業體相當龐大，在多角化經營下，所有能想到的不能放在明面上的生意幾乎全包了。

儘管夏宇早有心理準備，眞正接手後仍不禁咋舌。

這幾年警方抓毒和賭抓得緊，且這些生意還容易招惹禍端，夏宇心一橫就都收了，檯面上僅留下幾間酒店。

有錢賺哪有不賺的道理？夏宇的舉動讓同業嘖嘖稱奇，以爲夏宇就是顆軟柿子，一邊笑夏老後繼無人，一邊把夏宇丟出來的餅都吃了。那些吃了餅的人，都風光不過三年，最後不是死在槍口下，就是在牢裡待著。

曾有資深員工笑夏宇沒膽識，夏宇沒反駁，他只是讓那些人再也不會笑他——至於用了什麼手段？眾說紛紜，沒人知道眞相。

夏宇自認不是好人，更沒什麼道德感，大刀闊斧整理事業版圖只因爲他深深厭煩那些家破人亡、哭哭啼啼的戲碼。

酒店生意很好，日入斗金，他不貪，這樣就夠了。

酒店名字叫金皇宮，夏宇父親那輩開店取名流行帶個金字。至於皇宮二字就是夏宇父親的個人愛好了，暗示客人在這裡就像在皇宮般舒坦，美酒美女任君挑選，也暗示著皇宮的主人呼風喚雨人人稱羨。

聊沈末之前得先提提陳硯。

廣義上來說，夏宇和陳硯算是同業，做的是不能見光的生意，陳硯在柬埔寨有幾間很賺錢的工廠，還做外籍移工仲介，藉由頻繁往返兩地進行人肉搬運。

這圈子就是這樣，大家都知道某些人在做什麼生意，但警察就是不會抓他。

陳硯同樣也是承接家傳事業，陳硯過世的父親和夏老是拜把兄弟，有著過命的交情。夏宇當家後，依然得給陳硯三分面子，陳硯來酒店消費，夏宇就會來包廂露面，算是略盡地主之誼。

按慣例，夏宇要來包廂，酒店幹部事先會打過招呼，陳硯肯定知道。然而當夏宇推開門時，陳硯並沒有起身相迎，他雙眼微瞇，兩腿敞開舒舒服服地坐在沙發上。

此舉非常不給夏宇面子，但夏宇不生氣，是男人都能理解陳硯這時有多不方便迎客。

陳硯兩腿間跪著一個男人，正用嘴幫他紓解慾望，一顆頭上下起伏，唇間吞吐著性器。

夏宇依稀覺得這人眼熟，後來旁人說他叫沈末。

這是他第二次見到沈末。

從夏宇的角度只能看見沈末的側臉，儘管只是側臉，也能看出這人是好看的，皮膚白，身形偏瘦，因爲是跪姿，更能從深陷的腰窩看出那腰特別細，被布料包裹的臀部緊翹，手感肯定不錯。他特別喜歡的是那雙腿，又長又直，讓他忍不住去想這雙腿闔不攏、站不直會是什麼樣子？

陳硯沒說話，包廂裡其他的黑虎幫成員反倒話多。

「操，他去現勘那麼多次都說沒問題，大哥差點被他害死，只讓他含雞巴也太輕鬆了！」

過剛易折是個道理沒錯，但做人要做到沒一點骨氣倒也少見，何況還是個男人——讓人想多看兩眼的男人。

如果夏宇打算開牛郎店，他一定會問沈末要不要去他那邊上班。

夏宇喜歡女人也喜歡男人，而且更喜歡男人一些，倘若非要給個原因，那就是在男人身上得到的征服感更大一些。

讓他用粗話來說，就是操起來特別爽。

陳硯發現夏宇從進來就一直打量沈末，嘿嘿兩聲訕笑，大方地說：「夏總如果喜歡就送給你吧！」

夏宇能玩男人的事，陳硯早已聽說。

「我不收禮物。」夏宇轉行後就不喜收禮，有來就得有往，他要是收了什麼，哪天就得還出去什麼，實在麻煩，不如不收。

「哦？看不上眼？」

「那倒不是。」夏宇不喜歡陳硯，然而他對任何人都客客氣氣，不露半點好惡，此時依舊禮貌周到，「他畢竟是陳總的人。」

陳硯鄙夷地看向門口，「他啊，是老頭子在外頭亂搞生的。」

「你弟弟？」夏宇瞬間弄懂了陳硯和沈末的關係。

夏宇寥寥數字彷若細針插進陳硯痛處，陳硯立刻橫眉豎目，破口大罵，「誰跟那個野種是兄弟！」

陳硯的反應等同承認了兩人關係。

讓同父異母的弟弟給自己口交，嗯，眞是好哥哥呢！

回想起方才那幕畫面，夏宇噁心得不得了，看著陳硯的臉就一股反胃，心中對陳硯的評價更低了。

夏宇起身，隨手慣性扣上西裝外套釦子，對陳硯歉然一笑，「我還有點事要處理，失陪了。陳總今晚消費算我的，兄弟們盡量玩。」

「夏總客氣了，你去忙你的，反正我們也沒什麼話聊，你不用勉強招呼我。至於請客就不用了，我是白吃白喝的人嗎？我最不缺的就是錢。」

夏宇和陳硯原本關係不差，看在父輩交情上，見面還能說笑兩句，但自從夏宇婉拒陳硯合夥擴大東南亞工廠生產線的提議後，陳硯對他的態度就變得陰陽怪氣。

夏宇只是笑笑，「爲了不打擾陳總的雅興，我還是早點走吧。」

「誰趕你了？我可沒這麼說。」陳硯裝模作樣地撇清。

夏宇不以爲意，叫來一名資深幹部，當著陳硯的面吩咐道：「今晚務必讓陳總盡興。」

交代完，夏宇又對陳硯笑笑，陳硯愛理不理應了一下，夏宇這才離開包廂。

陳硯樂得不用應付夏宇，夏宇一走便喊著讓手下們都坐下，闊氣地叫上幾個漂亮小姐同樂，明明他的寄酒還有百來瓶，卻又點了大組的皇家禮炮給相熟的小姐做業績。

鈔票是最好的助興道具，沒多久包廂裡氣氛熱絡，黑虎幫一眾成員被熨貼得無一處不舒爽。

夏宇剛出陳硯的包廂，就有幹部來報告，「夏總，今天海哥也來了。」海哥的名字裡沒有海字，單純因爲他的地盤靠海，同業見了便尊稱一聲海哥，海哥只比夏老年輕五、六歲，也是一代豪傑。

夏宇頷首，「帶路吧。」

每天入夜，若是沒有特別的事，夏宇都會待在金皇宮，和重要客人碰面、打招呼、喝兩杯，這是從夏老延續下來的習慣。夏宇暫時不打算改，畢竟他接掌家業沒幾年，維繫人脈關係很重要。

夏宇剛忙完，正想回頂樓的專屬辦公室，在走廊就望見沈末靠在安全梯旁的窗戶抽菸。

沈末倚著大開的窗戶，窗外深沉的夜色襯著城市裡的五光十色，看起來似近實遠。深秋夜風冷涼，沈末手上夾著菸，吸一口就停了許久，裊裊煙霧都被吹到他臉上，畫面朦朧得彷彿不在人間，沈末也美得不像凡人。

沈末那雙眼睛還是特別亮，只是裡面藏了太多看不清的情緒。

夏宇看了一眼就忍不住再看第二眼，沈末宛如一塊吸鐵，引得他越走越近，既然走近了，他就覺得該說些什麼。

「你不去醫院嗎？」

沈末早已察覺有人走近，只是他懶得搭理對方，直到夏宇開口才轉過頭，「什麼意思？」

「你的腳受傷了吧？」夏宇目光輕輕掠過沈末的左腳踝，雖然沈末裝作沒事，但身體的狀態騙不了人，方才他在包廂裡走路時輕微的停頓、吃痛時下意識重心偏移至右腳，這些都是證據。

沒了對陳硯的那份討好，此時的沈末態度冷淡，「不關你的事。」

夏宇難得碰了一鼻子灰，一般人這時通常會轉頭就走，然而夏宇這人天生犯賤，沈末越是不順著他的意，他越是有興趣。

「你還是早點治療吧，不然下次出了什麼事，跑得慢就吃虧了。」

沈末吸了一口菸，把未燃盡的菸在窗臺上捻熄後扔到窗外，挑了挑眉，不以為然道：「會出什麼事？」

若不論此舉是否公德心欠備，那動作倒是帶著幾分率性的帥氣。

作為金皇宮的主人，夏宇的道德標準早已下修，自然不在意亂丟菸蒂這種小事，沈末此時的不順從對比其在陳硯胯下時的柔順，看在他眼裡只覺得特別來勁。

自轉職成生意人後，夏宇一直沒在同業的圈子裡碰上感興趣的對象，唯獨沈末讓他心癢難耐。

夏宇後來認真想過，為什麼自己偏偏對沈末另眼相看？肯定不只是因為長相，夏宇身邊長得好看的人多了去，好看的人看多了也就不怎麼好看了。之後他得出一個結論——肯定是因爲沈末身上有股縈繞不去的神祕感，才會讓喜歡解謎的他深深著迷。

夏宇至少有一百種方法能得到沈末，但他不喜歡強迫人，他更願意試試耐心馴服，這段過程亦是種享受。

於是，他微微一笑，「聽說貴幫昨晚要進港的一批貨被鴿子攔走了，去接貨的有一半回不來。這幾年空運越查越嚴，不過不代表海路就好走，陳硯想得太容易了。」

沈末斜斜睨了夏宇一眼，「夏總消息眞靈通。」

「雖然警方還沒公布，不過這種事傳得快，我這裡人多嘴雜，聽見什麼風聲也不奇怪。」

陳硯剛出事時，夏宇就得到了消息，只是沒料到陳硯槍口舔完血就選了金皇宮尋樂子。

能讓陳硯親自現身的貨肯定價値不菲，看來黑虎幫這次損失慘重，陳硯心情之差可想而知，幫眾那麼多人偏偏找了沈末出氣？這個沈末也太不受待見了吧？

「夏總還要忙吧？」

沈末這話明顯是不想多聊，夏宇是聰明人，自然聽懂了其中的涵義，但他有時候不想太聰明。

「遇到你就不忙了。」

夏宇這話明顯是還想多聊，沈末是聰明人，也聽懂了背後的意思，但聽懂和賣夏宇面子是兩件事。

「那我走。」語畢，沈末一句客套的道別也沒說，越過夏宇就想往樓上走去。

「如果你要找陳硯就省了，他肯定在忙。」夏宇知道陳硯框了金皇宮裡兩個紅牌，看看時間，差不多要帶她們出場了，沈末這時候去打擾鐵定惹人嫌。

「不找他。」

「哦？但是和你一起來的同事也在忙。」陳硯出手闊綽，劫後餘生慰勞兄弟，給每個人都叫了一個小姐，這事自然有人通報夏宇，早先離場的沈末八成還不知道。

聞言，沈末掉頭，改往下走。

夏宇伸手攔住沈末的去路，笑了笑，像是和氣生財的商家老闆，「你喜歡什麼類型的？小店可以安排。」

「不必了。」

夏宇輕笑，做作地嘆了口氣，「可惜。」

沈末想下樓，夏宇偏偏不讓，沈末皺眉，夏宇笑容慢慢綻開。

「我倒是好奇你會點少爺還是小姐呢？」

金皇宮裡不存在賣藝不賣身和逼良爲娼的事，只有員工對價位能不能接受的問題。

夏宇這話等於拐了個彎問沈末的性向，他唇角揚起，深黑眼瞳裡滿是期待，身體依然擋住沈末的去路，好似得不到答案就不退開。

沒想到沈末回了一句，「我沒錢。」

夏宇樂得大方，他就是想要沈末給個答案，「不用錢，小店招待，看上誰盡管說。」

沈末迎上夏宇的雙眼，毫不相讓，唇角也綻出笑容，語帶挑釁，「如果我點你呢？夏總也下海嗎？」

「如果對象是你，」夏宇的視線在沈末身上游移，彷彿在端詳衣料下誘人的肉體，他舔舔嘴唇，語氣曖昧，「有何不可？」

沈末陷入沉默，目光凝滯，似乎有些猶疑不定。

夏宇發現了，笑容多了幾分狡黠，故意激沈末，「你不敢？」

「你別後悔。」

「我有什麼好後悔的？」

✦

金皇宮位處市區精華地段，一出店門就是大馬路，夜裡燈紅酒綠車水馬龍，附近飯店多到一隻手都數不過來。

夏宇在員工簇擁下步出酒店大門，帶著沈末上了輛黑色賓士，隨口交代司機，「去夏夜，開慢點。」

夏夜是一間五星飯店，青盟持股過半，夏宇長期占著頂層一間景觀VIP房，心情好就過來住一晚。

夏宇在車上就給沈末的腳踝做了冰敷，之後熟練地用彈性繃帶固定好。

「好了，過兩天就不痛了。」

「多管閒事。」

沈末原本不樂意讓夏宇做這些，然而人在車上不得不低頭，這才勉強就範，脫去鞋襪讓夏宇看他已經腫起來的腳踝。

夏宇的手很大很穩，給人一種安心的感覺。

不知道是不是經常有人受傷，車上有個醫藥箱，簡易外傷處理用品一應俱全。腳踝這種活動頻繁的關節處並不容易包紮，但夏宇做來順手，行雲流水一氣呵成。

沈末目光微沉，張了張口，最後還是沒問夏宇，一個酒店老闆怎麼能把這種事做得這麼好。

「怎麼會呢？」夏宇包紮完還不放手，堅持幫沈末把鞋襪穿上，服務周到，「我們做生意講求長期穩定的合作關係，要是你的腳傷影響工作表現，沒辦法再來金皇宮消費怎麼辦？」

「夏總不會弄不清楚付錢的是誰吧？」沈末覺得這種顯而易見的事應該不需要提醒才對，夏宇要做客戶管理也不該是對他這種小嘍囉。

「你點了我，你就是我的客人不是嗎？」夏宇笑得無賴，他想做什麼從來不需要理由，理由只是胡謅瞎掰出來的藉口。

「我不想當這個客人。」

「不行，第一次有人點我出場，怎麼能讓貴客跑了？放心，這一晚一定讓你滿意。」夏宇心情好，還朝沈末眨眼放電。

沈末無言，白了夏宇一眼，夏宇也不介意，眉開眼笑，服務態度良好。

沒多久，四、五輛黑色賓士組成的車隊駛進了夏夜飯店車道，值班經理早早就在門口恭候，不必辦什麼入住手續，兩人下車就直接搭電梯上樓進房。

景觀VIP房擁有獨立電梯，可以避開很多無謂的打擾，保障住客的安全和隱私。

夏宇自認是個好老闆，上樓後便讓一半手下回家，另一半則守在門外。VIP房的隔音好，他不擔心手下聽牆角——就算聽見了，知道他一晚上威猛馳騁又有何妨？

沈末一進門就看見三面落地大窗外皆有幾近無邊際的璀璨夜景，房間寬敞自不在話下，裝修風格採新古典揉和現代主義路線，不過分張揚又處處可見奢華。

門一關上，夏宇便迫不及待上前攬住沈末的腰，將人往自己懷裡帶。他隔著衣服勾勒出懷中勁瘦腰肢的撩人線條、感受隱隱透出的熱度，光憑這點手感，足夠他浮想聯翩。

沈末抓住夏宇不規矩的手用力扳開，轉身面對夏宇，扯了扯嘴角，眼中流露一絲笑意，「急什麼？先洗澡。」

夏宇頓時看呆了，明明已是花叢老手，卻被撩得心浮氣躁。

「一起洗？」夏宇送出邀請，都一起開房了他不覺得需要含蓄。

沈末顯然不這麼認爲，想都不想就拒絕了，「你先。」

夏宇有點失望，看來沈末不喜歡在浴室裡裸裎相對，互相調情，擦槍走火，共赴巫山的劇本。不過沒關係，他想著或許沈末怕生，願意和他共度春宵已經不容易，不好要求太多，於是大方地說：「好，你先休息，我很快就好，如果餓了就叫客房服務。」

「好。」

進浴室前，夏宇還風騷地朝沈末拋了個媚眼，也不管沈末根本沒接，哼著跑調的歌昂然走進浴室。

常言道樂極生悲，事情進展得太過順利通常有鬼，只是夏宇在找人過夜這方面順風順水慣了，失了戒心。

夏宇心情愉快地洗完熱水澡穿上浴袍，刷完牙，把頭髮吹乾，還噴了點香水，要離開浴室時才發現大事不妙。

門被鎖住了！

夏宇一開始以爲是沈末跟他調情，耐著性子，好聲好氣道：「沈末，別玩了，幫我開門，保證晚上讓你舒服。末末寶貝，快開門，想買什麼跟我說，嗯？」

夏宇把這輩子哄情人的功力都使出來了，說得口乾舌燥，卻連一句回應都沒收到。

夏宇沉下臉，開始用力拍門、撞門、踹門，各種暴力手段都用過一輪，手腳痛得不行。無奈青盟當年投下蓋飯店的錢每一塊都紮紮實實用在建材上，連浴室門都是眞材實料，任憑他如何破壞都紋風不動，打不開就是打不開！

「喂！沈末？你在外面嗎？你這什麼意思？把我關在浴室很好玩嗎？」

浴室外靜悄悄的，不知道沈末是走了還是不說話？

沒關係，夏宇的手下還守在房門口，讓他們來開門就行了！

夏宇立刻去翻他脫下來的衣服，但從西裝口袋找到西褲口袋，甚至連內褲都拎出來看了還是沒找到手機。

沈末該不會趁剛剛那一抱摸走了吧？

「可惡！」夏宇從來沒這樣吃鱉過，就算修養再好，也忍不住破口大罵。

一晚上的風流快活確定泡湯了，連好好睡個覺都是奢望。

夏宇面色鐵青地坐進原本想和沈末一起泡澡的大浴缸，挑個勉強可以接受的姿勢，忿忿想著各種報仇的方法，直到深夜才昏昏沉沉地睡著。

第二天中午，守在門外的青盟幫眾察覺不對，拿了房卡進到VIP房，發現夏宇被反鎖在浴室裡。

三五個黑衣壯漢對著浴室門折騰了很久，最後還是找了鎖匠才順利把門打開。

夏宇這一晚的睡眠品質極差，眉頭緊蹙，翻來覆去，夢裡又冷又餓很是可憐，天剛亮就被冷醒。他睜眼發現自己睡在浴室裡，昨晚難堪的回憶瞬間就回來了，氣得他又踹了一會兒門。

而後他便換回昨晚的西裝，穿戴整齊，不想被手下看見穿著浴袍狼狽不堪的自己。

一名手下拿著鎖匠從鎖孔取出的鐵絲讚嘆，「眞厲害，居然用一條鐵絲就把鎖卡得這麼死。」

夏宇立刻瞪了那個手下一眼，感受到冷意的黑衣壯漢立刻噤聲。

夏宇生氣時喜歡笑，他長得高帥俊挺，笑起來更好看。剛接下家業時，員工和同業不清楚他的個性，以爲來了個只會笑的帥小子，後來青盟的員工都特別怕他們的老闆笑，尤其是毫無緣由笑得特別開心的時候。

比如說這個時候——夏宇笑容可掬地巡視了這個原本要和沈末共度春宵的房間。床還是剛整理過的整潔樣子，床單和被子一點皺褶都沒有，詭異的是床邊櫃上放著不知道哪來的情趣用品。外間客廳的沙發上留著淺淺坐過的痕跡，原本應該在他口袋裡的手機就放在茶几上，底下壓著一張飯店的便條紙，紙上寫著四個字：謝謝招待。字跡飄逸靈動，大器好看，沒有署名，想來應該是沈末寫的。

夏宇笑著拿起便條紙，笑著把紙對折又對折，笑著把紙撕成碎片，恨恨地扔在地上。

他原本不知道沈末紙條的意思，直到飯店送來帳單。原來昨晚沈末點了份頂級牛排，還開了一瓶拉菲紅酒。

夏宇一看臉都黑了，他當然不會付不起，他也不是小氣！只是他說沈末餓了可以叫客房服務，是建立在床上雙人運動需要耗費體力，吃飽才有力氣好好盡興的前提上！

結果沈末不僅不履行約定，把他反鎖在浴室裡，還用他的錢吃大餐喝美酒！

沈末也太好意思了！

他被關在浴室時，沈末就在房間裡愜意地吃牛排喝紅酒看戲是嗎？

光想像那畫面，夏宇就怒不可抑！

而且夏宇不想承認他其實有點受傷，沈末這個行爲就像在暗示夏宇的個人魅力比不上一塊牛肉或一瓶紅酒。

夏宇的目光一一掃過昨晚守在門外的那群手下，笑得親切無害，「昨晚發生什麼事？」

黑衣壯漢們你看我我看你，他們都看得出夏宇此時心情特別差，能躲多遠就該躲多遠。最後是一名看起來年紀大點、手臂上刺著「情與義」文字刺青的壯漢被擠出來代表回答。

「那小子說夏總交代要玩新花樣，讓我們去買點東西。」情與義原本站在最後面，他也不知道自己怎麼就被擠到前面去了，但他畢竟算是資深員工，不好和年輕後輩計較。

「買了什麼？」

「跳蛋、護士服、手銬、低溫蠟燭。」情與義有點尷尬，還好他皮粗肉厚從不臉紅，加上多年來的職業訓練，讓他面對如此場面依舊面不改色，語調鏗鏘有力。

「哦？他還說了什麼？」夏宇笑著看向情與義，鼓勵他繼續說下去。

「他說這些東西夏總是要用在自己身上的。」剛說完，情與義就被同事踢了一腳，頓時意識到自己失言，趕緊補充，「他眞的這麼說，不是我編的。」

夏宇覺得他可能有一天會被這些手下給氣死，沈末說那些情趣道具是他要用的，他們就相信了嗎？夏宇壓下罵人的衝動，他不想向情與義解釋他的性癖，也沒必要。

員工們被一個外人耍得團團轉，顯得他這個老闆特別蠢。

夏宇臉色不變，語調還帶著微微笑意，彷彿在閒聊，「買回來了？」

「對，花了一點時間才買齊。他說要是回來沒看見他，就是和夏總洗鴛鴦浴去了，讓我們不要打擾，買回來的東西隨便找地方放，我還特地拿到臥房裡面。」情與義破罐子破摔出去了，索性鉅細靡遺地都說了，希望夏宇看在自己坦白從寬的分上不要罰得太重。

「你們全部的人都去買東西了？門口沒人顧著嗎？」夏宇試圖還原昨晚的事發經過。

「大晚上的突然要這麼多東西，兄弟們不確定能不能馬上買齊，大夥商量後覺得這種事十萬火急，不能讓您等太久，就分頭去買，留一個人顧門，誰也沒想到會出這種事。」

畢竟夏宇從不強迫人，出手又大方，他的床伴都樂意和他翻雲覆雨共赴巫山，一起進了房間後中途離開，還把夏宇鎖在浴室裡的，沈末是第一個。

夏宇自己也沒想到，但這不表示他就可以接受這件事發生。

「誰顧門？」

另一個黑衣壯漢硬著頭皮站了出來，「姓沈的說櫃臺打電話讓人下去拿包裹，我就下去了。」

夏宇挑了挑眉，「包裹呢？」

不出意料，這名黑衣壯漢垂下頭，避開夏宇的目光，「沒、沒有。」

夏宇視線掃過眼前一排低著頭的黑衣壯漢，替青盟全體員工的智商感到著急，這麼容易被騙眞的沒問題嗎？

「你們這個月的獎金取消了。」

聞言，情與義等一眾黑衣人頭垂得更低了，被一個只有臉好看的小子耍了，他們也覺得很丟臉啊！

只是沒夏宇那麼丟臉就是了。

昨晚，沈末等夏宇進了浴室，就用鐵絲卡死浴室門的鎖眼，讓這扇門不管是從內還是從外都打不開。

接著，他一點都沒浪費夏宇的好意，叫了客房服務，填飽肚子後開門和夏宇的手下說了幾句話，沒多久門外的人都乖巧地離開了。

沈末從夏宇的衣櫃裡拿了一件風衣套上，他們身形相近，穿上後還算合身。

他立起領子，走出更衣間，看了一眼浴室忍不住勾起唇角，幾近無聲地說了句：

「就說你會後悔。」

沈末忽略浴室裡傳出的撞門聲，確認房門外無人把守後，低調地出了房間，順利脫身。

他從容進入電梯，下到一樓走過飯店大廳，避開正在櫃臺拿包裹的黑衣人，以及大廳沙發上一張在黑虎幫看過的熟面孔，出了飯店轉進小巷，沒入夜色。

沈末沒有回家，他在巷子裡穿梭，拐了幾個彎，確認沒人跟著，便走到另一條路上招了計程車坐上去。

約莫十分鐘車程，到了一個街口下車後，沈末再次確認沒人跟著，這才閃身走進一棟廢棄大樓，沒有遲疑地找到樓梯間，直上天臺。

天臺上已經有個男人靠著欄杆抽菸，男人戴著一頂帽子，看不清面目，穿著黑色夾克、深灰色休閒褲，中等身材，是走在路上很容易過眼就忘的類型。

沈末不意外天臺有人，沒有任何招呼，逕自走向男人的身旁，背倚在欄杆上，朝對方伸手要菸抽。

男人拉開外套從上衣口袋拿出菸盒，遞了一根菸給沈末，還幫他點上，「最近還好嗎？」

沈末想起今晚的難堪，沒打算細說，只是自嘲地笑了笑，「陳硯可能開始懷疑我了。」

男子沒怎麼思考就做出決定，「我們之後不要太常碰面，你的安全比什麼都重要。」

沈末臉色好了一點，抽了一口菸，「嗯。」

「SIM卡收好了？」

「你放心。」沈末淡淡一笑，神情格外放鬆。

男子皺著的眉頭微微鬆開，似乎稍稍放心一些，「那張SIM卡不會在電信資料留下紀錄，你小心使用。局裡的人換了一批又一批，駭客一個比一個厲害，小心點總沒錯。」

沈末忙著抽菸，隨口應了聲，「知道。」

男子接著說起正經事，「昨晚的功勞會算你一份，只是上面希望能再多收集點證據，從生產、進貨方式到銷貨管道，把這一整條線給連根拔起。」

還真一點都不令人意外！沈末冷冷地想著，同時吸了一口菸，讓尼古丁和焦油從鼻腔浸潤肺部，舒緩緊繃的神經，再慢慢吐出煙霧。

他狀似輕佻地笑了笑，被夜色和瀏海掩住的眼睛亮了亮，盯著男人，「這樣還差一點？是我太天真，還以爲差不多能回去了。」

「我知道你這三年來辛苦了，當初誰都沒想到這個計畫會持續這麼久，你再忍一下。」

「我只想知道這樣的日子要過到什麼時候？」沈末明白決定權不在男人手上，但他還是想討個說法。尤其是今晚，他特別想問——這樣的日子，能有盡頭嗎？

「快了，只要黑虎幫的製毒、販毒證據夠充分，你就能回來了，到時候就是大功以及破格升職。」

沈末側過臉望向遠處五光十色的點點霓虹，假裝欣賞夜景，等到眼中倦意褪去，才打起精神接下任務，「好啊，就這樣吧。」

「等你回來一起喝酒，我請客。」男子拍了拍沈末的肩，手勁很大，像是要把力量傳遞過去似的。

「好。」沈末笑了，抬頭看向夜空，輕聲問：「隊長，你還記得我的編號嗎？」

同時他腦中浮現一串數字，這三年來，他總是提醒自己不能忘記。

「記得，怎麼不記得？」

「如果有狀況，我會讓你知道是我。」

男子憂心忡忡地點頭，「除了我，不要聯絡其他人。」

沈末忍不住調侃，「那你少喝點酒，要長命百歲啊。」

「局長知道你的存在，只是不知道你是誰。假設我來不及安排就死了，接替我職務的人應該會發現那支手機，到時候你們能聯絡上。」

沈末立刻罵了一句，「別烏鴉嘴，你一定能長命百歲。」

男子跟著罵了一句髒話，表情無奈，「你以為我想詛咒自己？」

兩人相視一笑，氣氛輕鬆不少。

沈末珍惜這短暫的自在時光，不再聊起公事，只是和男子閒話家常。

鄰近正午，沈末在租賃的破舊套房裡醒來。

這間套房位於一棟名為「美滿」的大樓，大樓久未翻修，外牆磁磚脫落，樓裡的牆壁滿是髒汙，還有幾個噴漆塗鴉，走道和樓梯間燈光昏暗，出入複雜，正常點的人都不會想進來；優點是租金便宜，沒有監視器，管理員總是縮在玻璃破成蛛網狀的窄小管理室裡打盹，問什麼都答不知道。

沈末房裡空間不大，大概六、七坪，除了床、衣櫃、小冰箱外就是隨處亂扔的衣服和雜物，他盡量讓自己活得符合這個身分。

剛入幫時，他的人緣還不差，去過幾次同事家，他們的住處差不多都是這種風格。只是每次他回到這裡，都有種自己和這間套房一樣無可救藥的錯覺，這種錯覺已經持續了三年，久到他快不覺得那是錯覺了。

沈末是被電話吵醒的，看了來電顯示，是黑虎幫四位堂主之一，也是陳硯的親信阿財，幫眾見了他總要尊敬地喊一聲財哥。

財哥生得獐頭鼠目，見錢眼開，喜歡擺架子欺負新人，對著沈末這樣不討幫主喜歡的，更經常酸言酸語，沒好臉色。

陳硯討厭沈末，但又很在意沈末，便讓阿財看著沈末。於是，財哥經常問起沈末的工作進度，算是他的主管，聽完他的回報後，在陳硯面前常把功勞說成自己的，再把過錯推到沈末身上。

昨晚，財哥也在包廂裡，那些難聽話他也貢獻了幾句。

沈末不喜歡財哥，然而主管的電話不能不接，按捺著心中的反感，他按下通話鍵，「財哥，找我有事？」

還沒要離職的人都不會想和主管鬧翻，沈末在電話裡的語氣恭恭敬敬，沒露出半點端倪。

「你昨晚去哪裡了？」財哥的聲音沙啞中帶點陰冷，沙啞是菸嗓，陰冷是個性使然。

沈末故意顯得遲疑，唯唯諾諾答道：「我、我回家了。」

財哥猥瑣地笑了幾聲，「你不是跟夏宇開房間了嗎？還不好意思說？怎樣？夏宇技術好嗎？把你操到下不了床了？」

「還、還好。」沈末猜到黑虎幫有人看到自己和夏宇離開金皇宮，陳硯八成也知道了。他怕住處也有人暗中盯著，若說了沒和夏宇過夜，那還得解釋自己後半夜的行蹤，索性讓財哥認定他和夏宇在飯店廝混了一晚。

「夏宇床上的男人女人太多了，你別以爲上過一次他的床就了不起，幫著外人對付黑虎幫。」財哥陰陽怪氣地說。

「我不敢這樣想，只是怕得罪他，所以……」沈末的話聲漸低，頗有幾分可憐的意味。

「你再怎樣也是黑虎幫的人，多少要有點骨氣吧？陳老要是知道……算了，當我沒說。」阿財說到一半就趕緊停住。儘管沈末的身世幫內都清楚，但陳硯不喜歡聽人提起，一聽見就會生氣，喝斥、打罵都有可能。

沈末懶得和財哥討論根本沒發生的一夜情，語氣誠懇還帶著一絲感激涕零，「謝謝財哥，財哥打電話來有什麼吩咐嗎？您儘管說，我一定照辦。」

「幫主讓你將功贖罪，繼續負責碼頭進貨的事，下次進貨前把接貨的船安排好。這事好處理，碼頭那麼多船，總會有人願意的。」阿財說得輕鬆，事實上上回找船就花了大半年。

「是，謝謝財哥指點。」

掛掉電話後，沈末簡單洗漱換上外出服，瞥見椅背上的那件名牌風衣，想起昨晚吃鱉的夏宇，不禁嘴角上揚，低聲喃喃道：「下次還你。」

他將風衣套上衣架好好地收進衣櫃，接著套上皮夾克，豎起領子拉上拉鍊，往口袋裡塞了鑰匙、手機和皮夾，看了一眼鏡子，拿起棒球帽戴上就出了門。

美滿大樓裡的電梯同樣歷史悠久，升降速度緩慢，車廂還不時搖搖晃晃。沈末始終對電梯的安全性存疑，加上他這三年來特別謹小慎微，不喜歡把自己和陌生人關在狹小的小空間裡，出入習慣走樓梯，反正他住在三樓，走樓梯花不了多少時間和力氣。

他剛下到一樓就聽到一聲過於熱情的叫喚，「沈末？你也住這裡啊？」

沒想到會被人叫住，沈末轉頭一看，是一個穿著花襯衫的圓臉男子，頭髮油亮，眼睛有些凸。沈末有印象，那人是市場銷售組的，不過他們沒說過話。

沈末和幫裡人不熟，但黑虎幫上下幾乎都認識他，畢竟他的身分太特別，吃飽喝足想聊八卦時他總會被拿出來提一提。

那人自我介紹，「我叫矮子強，上週剛搬過來，這邊房租太便宜了。」

「喔，是啊，眞巧。」沈末並不熱情。

「你住哪一層？有機會我去你那裡坐坐？我剛搬過來，連怎麼丟垃圾都弄不清楚。」矮子強的身高和沈末差了半顆頭，和沈末說話時得仰著頭，也不嫌脖子痠，特別熱絡。

「後門有子母車。」沈末指向後門的方向，在對方還想開啓新話題前搶先說：「我還有事。」

矮子強這才依依不捨地放棄聊天，「哈哈哈，這樣啊，那你去忙吧，我們有機會再聊。」

「嗯。」

沈末和往常一樣先去巷口吃了碗麵，同時解決早餐和午餐，麵湯上浮著幾根蔥段和一點紅蔥頭。一碗陽春麵下肚，熨平了他的焦躁和不安，平凡的家常美味，特別能撫慰人心。

他環顧四周，沒察覺到任何異狀，便低調出了麵攤，轉進後面巷子繞進電子街，走進一間沒有招牌的通訊行，裡頭除了他沒別的客人。他買了一支手機，在老闆推薦下搭配了易付卡，易付卡的資料塡的大概是哪個遊民的，畢竟永遠都有賣掉身分證換幾餐溫飽的人。

沈末並不挑剔，連把手機拿起來看都省了，就問了一句，「這乾淨嗎？」

「乾淨！新機當然乾淨！而且安全！」老闆胸有成足地保證，秉持著互利互惠、和氣生財的原則，也不問客人來歷和手機用途。

沈末掏出現金付錢，拿起裝著手機的紙袋出了店門。

這個月警方有個專案叫「黎明計畫」，由市警局局長親自坐鎮，力求讓本市犯罪率下降，破案率提高，連帶著把八大場所都翻了一遍。

不只同業叫苦連天，連夏宇這樣誠實納稅的生意人也感到困擾。

每晚只要有警察上門臨檢，金皇宮生意就不用做了，少爺小姐們得在大廳裡各站一排，拿著身分證報姓名，神情太恍惚的還會被抓去做毒品檢測。每個包廂打開一一盤查，客人臉色都不好看，要是被查到攜帶違禁品，當晚還得進警局睡一晚，這誰受得了？

營業時間，酒店裡的員工比客人還多，資深幹部看生意不好，早早就讓一半的人先下班。要去兼差賺外快的還有下半夜能忙，剩下的就守著金皇宮金碧輝煌的氣派裝潢大眼瞪小眼，聊客人的恩怨情仇、聊老闆的風流趣聞，內容精彩熱鬧，不輸八卦雜誌。

正在風頭上，小流氓都清楚要躲一躲，何況是那幾位喊得出名號的角頭。沒有貴客上門，夏宇也不用出面招待，樂得清閒。

此時他正待在頂樓辦公室饒有興致地爲自己倒了一杯紅酒，就著黑皮諾的雅緻酒香和溫順口感欣賞夜景，好不愜意。

辦公室裡不只有夏宇，情與義也在。作爲從小就在青盟長大的資深員工，情與義知道的很多，會的也不少，夏老臨走前讓他跟在夏宇身邊，除了護衛夏宇人身安全外，他的工作內容更近似於風流總裁旁邊的俏祕書。

夏宇算得上風流總裁，但情與義沒把自己當俏祕書。

「夏總，這個月的保護費送過去了，可是沒人敢保證不會再來臨檢。」情與義一身黑色西裝，站在夏宇辦公桌前匯報。

「嗯。」夏宇應了一聲表示知道了，單手拿著紅酒杯輕輕晃了晃後啜了一口，另一手隨興插在口袋裡，背對情與義面朝窗外站著。

「是不是對方覺得不夠，要加價？」情與義摸不清老闆在想什麼，提出了自己的看法。他知道夏宇喜歡會思考的員工，也知道員工不能太聰明引起老闆的戒心，同時不能太過愚蠢惹人嫌，他尚在拿捏分際。

夏宇輕輕笑了一下，「聽說是黑虎幫上次被抓的人說的。」

「啊？」情與義愣住。

「聽說是黑虎幫上次被抓的人說的。」夏宇笑笑地又說了一遍。

情與義這才聽懂了夏宇的指示，躬身道：「是，我立刻去辦。」

「對了，查一查沈末。」

「誰？」情與義想不起這號人物是誰。

夏宇轉過身來，勾起唇角，笑容滿面，一字一字慢慢道：「把你們擺了一道，還把我反鎖在浴室的那個傢伙。」

情與義被勾起了不好的回憶，至於其中最糟的部分是被沈末耍得團團轉，還是被夏宇扣獎金，就不好說了，「知道了，我一定會好好查清楚。」

夏宇點頭，又轉過身去看夜景。

情與義明白自己這是能走了，離開前又看了一眼夏宇。夏宇站在一排落地窗前遠眺，不知道在想什麼，但沒關係，反正這三年來他從來沒看懂過。

這點，夏宇和夏老眞的很像。

Chapter 2

沒幾天，業界便盛傳，警方這波掃盪是黑虎幫上次在港口進貨時被抓的手下搞出來的。

那人在做筆錄時誇自家商品品質好、市占率最高，經銷商都跟他們拿貨，而且他們老大在各大酒店都很吃得開，談生意、慰勞兄弟甚至太無聊都要上酒店。導致警方懷疑這些娛樂場所暗藏銷貨管道，下令加強臨檢。

一時之間，同業間談起黑虎幫總要罵上幾句。

陳硯因此很不好過，到哪裡都討人嫌，少不得被挖苦兩句。

「幹！哪個白痴做筆錄亂說話？」罵聲從市郊一幢占地廣大的私人別墅傳出來。

別墅前院停了一排黑頭車，院子裡站滿了年輕的黑衣男子，各自群聚成好幾團，明明是同路人卻又隱隱涇渭分明。

眾人聚在這裡是因爲突然接到開會通知，陳硯一聲令下，幫內地位僅次於他的四位堂主便帶著各自人馬趕過來。

緊急召回從來沒好事，堂主們都知道開會只是藉口，他們多半是來聽陳硯罵人。

二樓的議事廳很寬敞，四面牆上掛著「義薄雲天」一類的牌匾，是早年同業送給陳老的，如今已經蒙上一層灰。

廳裡正中央放著五張氣派的紅檜大椅，椅子旁邊均配有茶几，陳硯父親還在的時候喜歡泡茶，開會時總會送上高山烏龍和一盤茶點，滿室茶香，談起見血的生意也像帶著幾分文雅。

不過自陳硯接位後，茶几上便改放名貴烈酒，有時只有白開水，要是碰上陳硯心情不好，連杯水都不會有。

今天就是連杯水都欠奉的時候，只有陳硯旁邊的茶几擺了威士忌和杯子。

全場僅占據主位的陳硯坐著，平常在手下面前耀武揚威不可一世的四名堂主皆噤聲肅立，靜靜看陳硯發瘋。

「幹！你們平常怎麼教新人的？不知道什麼話不該說嗎？」陳硯抬手掀翻茶几，酒瓶酒杯碎了一地，名貴酒液滲入進口地毯暈染出一圈深色。

四名堂主沒有答話，均知此時開口和飛蛾撲火沒有兩樣，於是紛紛垂下視線，避開陳硯掃射過來的目光，就怕自己和那張茶几一樣變成出氣包。

「幹！只會給我惹麻煩！」陳硯怒氣未消，又狠狠踹了一腳地上的茶几。紅檜不愧是適合做家具的堅韌樹種，被陳硯這樣又翻又踹，茶几還好端端的，沒有解體。

陳硯當上幫主不過兩年，這兩年來御下靠的不是手腕、膽識或遠見，而是喜怒無常的神經質，像瘋子一樣。

除了瘋，他還夠狠。

不是沒人反對陳硯，只是他甫一接班就把那些人都扔進了海裡，手段狠戾，從此黑虎幫內再無雜音。此外，陳硯出手闊綽，尤其是對聽話的手下，只要有那麼一點功勞肯定有賞，鈔票一給就是一個皮箱，其他人看了無不豔羨，紛紛效尤，漸漸地幫內就成了一言堂。

「幹！你們不會說話嗎？」陳硯又爆出一句怒吼。

如果有人在陳硯生氣的時候說話，肯定會被遷怒，被飆罵一頓算是好的，運氣差點的還有可能見紅，但沒人說話陳硯也不會高興。黑虎幫眾都習慣了，陳硯就是這樣，反覆無常，不講道理。

「老大，人在裡面，我們也不知道誰說了什麼。」阿財站在最靠近陳硯的位置，方才很有技巧地閃開了被掀飛的茶几，他最近業績不錯，自覺有點底氣於此時開口說上幾句。

陳硯橫眉，冷哼，「裡面不是有兄弟嗎？不會打聽？」

阿財面有難色，「這個……應該沒人會承認。」

腦子再差的也清楚這種事不能承認吧？他不是不願意打聽，他只怕打聽不出來，陳硯會怪罪於他。

陳硯覺得阿財說得有道理，然而這不能讓他消氣，「讓裡面的兄弟給他們一點教訓！」

言下之意就是不管是誰說的，反正港口被抓的那一批人都先修理一頓就對了，誰叫他們要被抓？

「是！」阿財立刻應下。

「誰敢陰我，我絕對不會讓他好過！」陳硯陰冷的目光一一掃過在場的每一個人，語氣狠絕。

四名堂主俱是心中一凜，連忙表示自己忠心不二，不會背叛黑虎幫和陳硯。

恭維奉承表忠心的話語令陳硯非常受用，一腔怒意稍稍消去，最後目光回到阿財身上，「海上的事處理得怎樣了？」

「這個，我讓沈——」阿財提到沈末噎了一下，暗氣自己怎麼這麼不小心，差點在陳硯面前提及沈末的名字，他清清喉嚨，低眉順目說下去，「咳，我讓姓沈的去辦了，這小子聯繫了幾艘船還沒結果。」

陳硯皺了皺眉，表情厭惡，「哼！我本來就沒指望他，不過他要是辦不好，那就別怪我不客氣了。」

阿財不敢吭聲，當然更不敢幫沈末說話，畢竟上一個幫沈末說好話的人被暴打一頓後逐出了黑虎幫。

既然陳硯這麼討厭沈末，爲什麼還留沈末在幫裡？

黑虎幫幫眾私下討論過這個問題。

有一說是陳老曾逼陳硯在神明面前發誓，會供吃供住養著沈末，絕對不會殺他。他們這行就算惡事做盡，但在神明面前發過的誓還是會盡量遵守。

也有一個說法是陳硯認定父親跟沈末說過黑虎幫的祕密，便故意把沈末留在幫裡，除了就近看管、方便羞辱，還可以變著方法讓他自己去送死，所以他才老是把危險的任務交給沈末。

不管出於哪個原因，沒人敢向陳硯求證，也沒人敢為沈末出頭，儘管不少人都覺得沈末挺倒楣的。

陳硯目光微凝，略略思索就下了命令，「你去問那個孬種要不要合作。」

「孬種？」阿財不太確定陳硯是不是在說那個人。

「還能有誰？夏宇！」

阿財很為難，他能爬到堂主的位子，自然是有點眼色的，他早就看出夏宇不冷不熱的態度就是沒有要合作的意思。但偏偏陳硯不這麼想，也可能陳硯就是不死心，畢竟青盟當年生意做得那麼大，就算現在不做這項生意，先前留下來的人脈和進貨管道仍引人覬覦，與其自己辛苦闖一條路，走前人開好的路還是輕鬆得多。

「老大，這個——」阿財欲言又止，尷尬地看著陳硯，希望陳硯打消念頭，不要再去碰夏宇的軟釘子。

陳硯大吼，「讓你去就去！」

「是。」阿財不敢再推拖，趕緊應下，自覺灰頭土臉，其他三名堂主八成在心裡嘲笑他。

陳硯在議事廳裡發神經的時候，沈末就在樓下。

今天天氣不錯，大太陽，沈末靠著圍牆找了一片陰影，百無聊賴地點了一根菸慢慢抽著。他身上穿著皺巴巴的黑襯衫，髮絲凌亂，下巴冒了些鬍渣沒刮，一副匆匆出門的樣子。

都怪萬惡的群發訊息把他一併叫過來，要是分好處時也能不漏掉他就更好了。

沈末垂頭聽著別墅裡隱隱傳出的罵聲，他知道陳硯心情不好，也能從黑虎幫最近的狀態猜到陳硯在氣什麼。他從以往血淋淋的教訓裡歸納出重點——盛怒中的陳硯誰靠近誰倒楣。

他在思考，他現在溜走會不會被發現？

此時，一個新來的小夥子湊了過來，站在距離沈末兩米處和沈末分享同一片陰影，並衝著他伸手，「喂，來一根。」

沈末認人還可以，看過兩眼基本就能記得，這個小夥子也是阿財這組的，手長腳長，娃娃臉，聽說高中沒念完就出來混了。

沈末手伸進口袋，拿出早上剛買才抽了兩根的菸，整包丟了過去，臉上沒半點心疼。

「火咧？」娃娃臉從菸盒裡取出一根菸，用拇指和食指捏著，把剩下的菸丟還給沈末。

沈末微微訝異，他丟出去過很多包菸，從來沒有回來過的，眼前這個娃娃臉太有良心，可能不適合做這行。不過他沒說什麼，把打火機丟了過去。

娃娃臉接住，點完菸吸了一口，低頭看了看打火機，一臉嫌棄，「怎麼沒有美女圖？」

沈末被逗得笑了笑，沒回答，「你幾歲？」

「十七啊，幹麼？」娃娃臉把打火機丟還給沈末。

沈末懶得勸他未成年不能抽菸，這種話在這裡說出來太格格不入。

「有事？」他不信娃娃臉只是來討菸。

「他們說最好不要跟你說話。」娃娃臉露齒一笑，揚起下巴，叛逆地說著，「我就偏要跟你說話。」

年輕眞好——這是沈末心中閃過的第一個念頭，但是年輕就待在這種環境裡可眞的不好。

「幹麼不去念書？」

「我想賺錢，存夠錢我就不做了。」娃娃臉眼神一亮，像是想到了美好的未來。

沈末在不少新人的眼裡看過這樣的光亮，但那些光亮後來都沒了，有的人離開了，有的人再也離不開。

又是一隻迷途羔羊。沈末頭有些痛，他不是社工，更不是學校老師，沒空也沒力氣循循善誘。

「我們說過話了，你可以走了。」他不想和娃娃臉交流太多，不想投注不必要的感情，也不想娃娃臉因爲和他說話而被其他人欺負。

還在叛逆期的娃娃臉沒要走的意思，「我叫阿誠。」

沈末嘆了一口氣，「沈末。」

陳硯交代的事，阿財當然不敢不辦，當天晚上就帶著幾個小弟跑了一趟金皇宮。

金皇宮開門做生意不會不歡迎阿財，但阿財還是沒見到夏宇，就算拿出陳硯的名字說要談生意也沒用。

穿著亮片小禮服、畫著濃妝風韻猶存的酒店媽媽桑進包廂賠罪，「財哥，不好意思，夏總在忙，今天眞的不方便。」

「這是不給我面子，還是不給硯哥面子？」阿財立刻擺起架子，狐假虎威，想拿陳硯壓人。

「怎麼會呢？夏總是眞的忙不過來，有什麼事，我可以幫忙轉達。夏總還特地交代財哥今晚盡量喝，費用他來處理。」媽媽桑連聲道歉，說完還自罰了一杯不加水的威士忌，算是給阿財臺階下。

阿財不笨，明白夏宇是鐵了心不見他，八成也猜到陳硯要他傳的話沒好事。他尋思，識時務者爲俊傑，在別人的地盤再鬧下去也討不了好，開開心心樂一晚好過被抬著從後門扔出去。

於是他裝模作樣哼了聲，「算了，不跟你們計較了，我是那麼小心眼的人嗎？」

「財哥豪爽有氣度，大家都很欽佩，既然來了金皇宮，就是給我們面子，今晚一定要玩得開心。」媽媽桑看過的人多了，知道什麼時候該說什麼話。

「既然夏總要請客，我就不客氣了，再開兩瓶皇家禮炮，還有那個甜甜在嗎？」阿財的個性向來是有好處就拿，買槍還會拗人送子彈。陳硯交代的事只能當面和夏宇說，他沒傻到讓人轉達，這次任務確定失敗，既然如此乾脆放開了享受，畢竟回去還得面對陳硯的怒氣。

至於夏宇是眞的忙嗎？他當然不忙。

阿財在包廂裡鬧著的時候，他正在頂樓辦公室裡悠哉地看書。他最近對房地產有些興趣，找了幾本書來看，反正這陣子晚上時間都空出來了，加上不用喝酒，頭腦也清醒，能想很多事。

阿財回去後，陳硯果然發了一頓脾氣。

「阿財被硯哥揍了兩拳，現場鬧得很難看，硯哥還砸爛了一台車。」情與義上前報告。青盟在黑虎幫裡有安插人，獲得這點情報輕而易舉。

夏宇點點頭，由於不出所料，也就沒多大反應，逕自翻了一頁書。

情與義繼續報告，「查到沈末的來歷了，只是資料不多。」

這個名字顯然觸動了夏宇，只見他微微挑了下眉，放下了手裡的書，抬起頭來，「說吧。」

情與義便娓娓道來，並送上一份資料。

沈末從母姓，自小和母親相依爲命，國中就輟學混幫派，後來因爲母親苦勸才重返校園，二十二歲時勉強把高職夜間部念完。

畢業後就業困難，沈末又再度回到幫派。只是他投靠的大哥充其量只能算是地方上的地痞流氓，仗著手上有點魚肉鄉里積累的錢，組織了十多個小弟，開了間資產管理公司，沈末就和同事一起做些債務催討的工作。

三年前沈末母親重病，不捨沈末無依無靠，希望沈末能與生父相認。沈末拗不過母親，輾轉找到生父陳擎——也是陳硯的父親，當時的黑虎幫幫主。

陳擎同意全額負擔舊情人的醫藥費，條件是沈末得改投黑虎幫，打算培養他成爲左右手，沈末看在錢的分上同意了。

雖然陳擎沒要沈末改姓，讓他眞正認祖歸宗。但大概是年紀大了，心就軟了，覺得虧欠沈末母子，除了給沈末母子一筆錢，偶爾還送些高價補品，諸如此類的小恩小惠很多。

陳硯每每得知都會特別不爽，他完全不承認這個突然多出來的弟弟，總是使喚沈末，經常沒事找事地挑釁。

沈末的母親病得太重，沒幾個月就走了；而陳擎被仇家追殺，中了好幾槍也走了。

黑虎幫落在了陳硯手上，沈末自此更沒有好日子過，錢分得不多，危險的活卻都有他，出了點差錯陳硯都要拿他出氣。

「這樣還不離開陳硯？」夏宇坐在黑色皮椅上懶懶地往後躺，一雙長腿交疊架在辦公桌上，一遍又一遍地仔細看著沈末的資料。

「聽說是爲了報恩。」這份資料是情與義整理好交給夏宇的，聽見夏宇提問，便迅速答道。

夏宇不以爲然地嗤笑一聲，「誰信？」

情與義的臉微微扭曲，心情複雜，不好承認自己相信了。

算了，不跟中途轉行的老闆計較，江湖兄弟的情與義值千金好嘛！

情與義重新整理好表情，繼續下一項匯報，「夏總，海哥派了人來問，上次的事要繼續嗎？」

明明置身科技時代，海哥和夏宇早就在通訊軟體上互加好友，夏宇每天都會收到海哥發的早安圖。但一談到重要的事情，海哥就非得讓時光倒流三十年，用暗語傳訊。

夏宇一聽就懂，回答得很簡潔，「繼續。」

「是。」情與義記下夏宇的答案，晚點把回覆告訴海哥派來的人。

他並不知道夏宇和海哥在謀畫什麼事，他不能問，也不敢問，在這一行裡，知道太多不是好事。他只知道這兩人是忘年之交，尤其這半年，來往更是密切。

「好戲就快演完了，怎麼能不繼續？」夏宇望向窗外，語氣不疾不徐，臉上笑靨如花，情與義卻莫名打了個寒顫。

夏宇頓了頓，沉聲交代，「通知大家，少和黑虎幫扯上關係。」

「是。」

「上次那份名冊，應該是熱心民眾提供給警方的吧？」

「是。」

「熱心民眾不是很放心警方的辦事效率，說不定會想先透露給媒體知情。」

「是。」情與義心底暗暗發涼，慶幸自己並未和夏宇站在敵對的一面。

「做得俐落點，如果被發現是你做的，我只好把你交給陳硯了。」

情與義這回瞬間通體透寒，可以不要把他交給陳硯嗎？他可不想被灌水泥丟海裡好嗎？

夏宇轉頭對情與義笑了笑，「放心，我開玩笑的。」

情與義笑不出來，恭謹應道，「我一定會做得漂亮。」

山雨欲來。

陳硯像被詛咒似的不走運。

不僅兩週前港口進貨不順，損失慘重，還少了一批得力臂膀。近日更有記者做了一篇專題報導，僞裝顧客到市裡幾個隱密的賣店買貨，引起大眾注意，進而批評警方的動作比媒體還慢。

警方顏面無光，立刻把黑虎幫這些零售點抄了。

被抄還不打緊，零售端的人賣貨之餘也常自用，警方找上門時，一夥人正吸毒吸得上頭，仗著身上有改造槍枝和桶裝瓦斯就自以爲天下無敵，在街道上和警方發生槍戰。員警一死一傷，更糟糕的是瓦斯氣爆造成了三間民宅全毀，十多人送醫，兩人不治身亡。

輿論將矛頭指向警方，掃黑很好，但波及無辜民眾就不好了，市警局局長新官上任還未見成果，就先惹來一波民怨。

夏宇坐在辦公室裡，打開牆上的大電視，切到新聞台，觀看市警局記者會即時轉播。

警察局長板著臉，語調鏗鏘有力：「身爲警察局長，我責無旁貸，在這裡向廣大的市民朋友道歉。我保證，接下來警方的行動必定優先保護民眾安全，同時，警方對於毒品的態度仍然是零容忍，將加大力度查緝。」

記者會後，輿論稍稍平息，不過全市各分局可是翻天覆地。

局長向分局長施壓，分局長則向局裡的員警施壓，第一線警察頓時壓力山大，既不能擾民，還要掃黑、掃毒做出績效，執行勤務時不得不更認眞小心。

一時之間，風聲鶴唳，黑虎幫好不容易建立起來的銷售網絡毀掉大半，不只一大票手下進了牢裡，連經銷商也不敢跟陳硯拿貨，生意大受影響。

陳硯做什麼都不順，走路絆倒，喝水嗆到，連他常點的小姐都從良了。

他第一個念頭就是喝酒發洩，不過喝悶酒是弱者的行為，他要喝酒當然得去本市首屈一指的酒店金皇宮。他要證明他陳硯只是暫時走霉運，黑虎幫數十年來攢下的家底殷實，再高檔的酒店他都消費得起。

陳硯浩浩蕩蕩帶著近三十名手下，其中有四堂堂主和幾名得力助手，還特地叫上了沈未，出入時這陣仗風光得引人側目。

陳硯一行人把金皇宮最大的包廂擠出小吃店的逼仄感，每位兄弟身邊都坐著一個小姐，彼此肩碰肩肉貼肉。

沈未身邊也坐了一個小姐，穿著白色小禮服，露出胸前半球，對著沈未的臉笑得特別甜，一靠近就伸手去勾沈未的手臂。沈未默默地把手抽開，惹來小姐的不快，他都不知道來酒店是誰占誰的便宜了。

陳硯今年剛滿三十五，正值盛年，眼型狹長，顧盼間有股長年遊走黑白兩道養出的陰鷙凶狠。黑虎幫成立多年，自有一套規矩，幫眾一進包廂，老大尚未發話，每個人都安分得像隻兔子，乖巧坐在椅子上，當然，暗地裡對身邊的秀色上下其手那是難免。

陳硯是來提振手下士氣的，自然得率先活絡氣氛，舉起小姐剛倒好酒加好冰的威士忌杯，一一掃視包廂裡每個人，沉聲一喝，「今天盡量喝！」

手下們跟著舉杯齊聲高喊，「謝謝老大！」

陳硯灌下一大口威士忌，摟著今天剛看上的性感美女，醇酒和美人在手，他頓時躊躇滿志，對著坐在近處的一位堂主問：「我們手上還剩多少貨？」

陳硯習慣一邊喝酒一邊盤查工作進度，四位堂主紛紛提起精神應對。

「原本只能再賣半個月，但是最近銷路不太好，大概能撐一個月到一個半月。」

陳硯哼了一聲，「我們的貨品質好，怎麼可能賣得差？」

「東哥那邊說要避避風頭。」

陳硯聽見又一個經銷不來拿貨，氣得隨手把酒杯往牆上砸，破口大罵，「避什麼風頭？有錢還不賺？臭俗辣！」

杯子碎裂四射，好幾個小姐都嚇得花容失色驚聲尖叫，發現自己失態後又趕緊摀住嘴佯作鎮定，然而不停瞟向包廂門的眼神還是出賣了她們的心思。

還好杯子碎片沒傷到人，而後立刻有人按鈴，讓少爺進來收拾。

相熟的小姐見狀趕快幫陳硯又倒了杯酒，捧了陳硯兩句，總算讓陳硯的心裡稍微舒坦些。

「妳們先出去，在外面等著。」陳硯大手一揮，小姐們紛紛起身走到門外，只是她們今晚的時間已經全被陳硯框了，不能走遠。

黑虎幫眾曉得陳硯這架式是有話要說，便全部停下動作，正襟危坐等著老大說話。

「鴿子有什麼動作？」

四位堂主之一的黑熊回話，「老大，我們常走的那幾條路都有鴿子盯著。」

「他們什麼時候那麼閒了？那些線是怎麼被摸清的？」

黑熊顧忌地看了身邊兩眼，面有難色，湊近陳硯耳旁低聲說：「有風聲說我們有內鬼。」

陳硯冷笑，環視幫眾，「看來有人不滿意黑虎幫啊？吃裡扒外，是看不起我陳硯，想自己當老大嗎？」

陳硯一說完，眾人都感覺如坐針氈，頓時又是一場表忠心大會。

阿財第一個開口，「大哥！我是忠心的！你一定要相信我！」

另外三位堂主接連響應，「對啊！老大！我生是黑虎幫的人，死是黑虎幫的鬼！」

其他幫眾依樣畫葫蘆，花式吹捧此起彼落。

陳硯默默觀察每個人的反應，一眼望去，什麼都沒說的沈末特別刺眼。

既然沈末不主動說，他就給他機會說，「沈末，你呢？」

沈末坐得比較遠，聽見陳硯點名立刻起身，迎著眾人的目光，語氣堅定，「我不會背叛。」

陳硯瞇起眼睛認眞打量這個同父異母的弟弟，沈末長得和他太不像了，五官偏向柔美，身上還沒幾兩肉，八成像他短命的媽媽。

陳硯冷笑，「是嗎？幫裡好像都說我對你不好？」

幫眾聞言背後又是一陣冷汗，唯恐私下閒聊的八卦傳進了陳硯耳裡。

沈末搖頭，「我不覺得。」

陳硯是眞小人，不會假惺惺地裝作對沈末好，甚至不介意被人看出他有多討厭沈末。聽了沈末的話，他有些訝異，「哦？」

「我分到的錢夠多了，還買了車，我很開心。」沈末說到最後還咧嘴一笑，看起來有幾分傻氣，彷彿並未察覺包廂裡的氣氛有多凝重。

沈末買車的事陳硯知道，一輛二手豐田，陳硯只覺得寒酸。他不屑地扯了扯嘴角，擺出老大的架勢，目光凌厲，「你是不是該證明你的忠心？」

「老大交代下來，我去做就是了。」

「那好，船的事談得差不多了吧？三天後你去接貨。」

沈末表情不變，沒有半點爲難，「好。」

陳硯滿意地點頭，拍了拍手把一群小姐再叫進來，包廂又恢復了熱絡的氣氛，鶯聲燕語，杯觥交錯。

沈末和黑虎幫幫眾不太熟，講白了就是被排擠、格格不入，但這也不能怪黑虎幫幫眾，陳硯明擺著不喜歡沈末，誰和他親近誰倒楣。

於是，眾人酒酣耳熱之際，沒有人注意到沈末再次悄悄離開包廂，走到安全梯旁的窗戶安靜地抽菸。

夏宇可能是第一個發現沈末有這習慣的人，守株待兔總會有收穫的——然而長時間守在樹旁太無聊，他當然是交代員工去做了，等兔子現身再通報他。

接獲通報的夏宇，沒多久就穿著體面、風度翩翩地出現，裝作巧遇般來到了沈末身邊。

沈末斜瞥了一眼夏宇就收回視線，繼續欣賞夜景，沒要打招呼的意思。

沈末不說話，夏宇只好先開口，「最近海邊不太平靜。」

「新聞早出來了，這種事大家都知道。」沈末言下之意就是夏宇在說廢話。

夏宇無奈，「我是讓你小心。」

「還能怎麼小心？」

「過來我這裡就告訴你。」夏宇噙著笑，張開雙臂，做出歡迎姿態。

沈末睇起眼，隨手把菸捻熄丟到窗外，迎上夏宇的目光，「我怎麼覺得夏總那邊更危險呢？」

「危險？怕我吃了你？」夏宇先是困惑不解，接著恍然大悟，好聲好氣地安撫沈末，「放心，我會很溫柔的，痛過就舒服了。」

沈末被逗笑了，差點笑岔了氣，笑聲稍歇便伸手拉住夏宇的領帶，上前貼在夏宇的耳邊輕聲說：「夏總為什麼總覺得我會是下面那個？」

夏宇被這句話震撼了，肚子裡無數句撩漢語錄都沒來得及吐出來，「什麼？」

可惜沈末說完就走，頭也不回，夏宇還能聽見他的笑聲漸行漸遠。

情與義縮在牆角，又一次見證了夏宇吃鱉的場景。他不敢看夏宇的表情，他開始懷疑自己是不是知道得太多，會不會有一天被滅口？

三天後，月黑風高的晚上很適合做些不能見光的事。

兩台車低調駛進漁港停車場，穿著黑外套還戴著黑口罩的六個人下了車，其中一人帶頭走到最遠處的碼頭，那裡有艘漁船點了燈準備出港。

「福叔，這幾位是我同事。」沈末朝碼頭上的中年男子打招呼，順便介紹身邊的五個人。

福叔顯得躊躇不安，看了眼沈末帶來的人，拉著沈末走遠幾步，低聲說話，「小沈，這件事風險很大，我——」

「再加十萬。」沈末知道這是雙方第一次合作，身爲船長的福叔心有顧慮，可時間寶貴，不能耽擱，所以他乾脆地加價。

福叔微露喜色，面色掙扎，「你們這麼多人，我也會怕。」

「福叔，難聽的話我不想說，我好說話，不代表其他人好說話。」沈末沉下臉，他不是第一次和這些人打交道了，他很清楚這種時候就該立場堅定。

福叔被噎了一下，臉上尷尬，竟又開始討價還價，「是不是再加一點？一點就好。」

「再加五萬，不能更多了。」這個價格和沈末對阿財回報的船費差不多，他多抓了一些額度備用，果然用上了。

「好好好，就這樣說定了，上船吧。」福叔看沈末臉色知道該收手了，而且多要到十五萬，他心情還是不錯的，似乎也沒那麼緊張了。於是他挺了挺微駝的背脊，招呼沈末和其他人上船。

沈末領頭走在前面，另外五位黑虎幫的人隨後，一臉稚嫩的阿誠也混在其中。人到齊後，船隻在一片黑暗裡駛向大海。

漁船的柴油味很重，和魚腥味混雜在一起變成一股讓胃不太舒服的味道，加上今天風浪很大，船身上下搖晃，有人就忍不住了。

「嘔——」阿誠扶著船舷，剛出海就把剛吃的宵夜都吐在海裡。

「就跟你說了別來。」沈末嫌棄地說了一句。

自那天和沈末搭上話後，阿誠就纏著沈末，要他介紹便宜的租屋處，還搶著要跟他一起工作。

「來一趟有一萬塊，我想賺錢。」儘管吐得死去活來，阿誠還是不減興奮，對他來說這就是搭一趟船，和出去玩差不多。

「見習一萬，等你上手還能翻倍。」另一個黑虎幫的人聽見了，拍了拍阿誠的肩膀，大有勉勵的意思。

「哇！翻倍？」阿誠眼睛都亮了。

「好好做，翻個四、五倍甚至十倍都可以。」又一個黑虎幫的人搭話，船上無聊，逗著新人玩打發時間。

阿誠立刻投以羨慕的眼神，被這樣一看，黑虎幫四人都頗爲得意。

沈末看不過去，把阿誠拉到旁邊，企圖阻止迷途羔羊見錢眼開被洗腦，他沒好氣地說：「想賺錢還得有命花。」

阿誠不以爲然，「你都不怕了，我怕什麼？」

「我和你是一樣的嗎？」沈末不明白阿誠哪來的自信。

「不一樣，你比較老，跑得沒我快。」阿誠信心滿滿地說著，話一說完船剛好又晃了幾下，把他又晃得只能趴在船沿亂吐一通。

沈末聽了只想放生這小子，然而走了兩步還是不放心，丟下一句，「吐完了就跟我來。」

阿誠吐了兩波，胃裡實在沒東西了，用袖子擦掉嘴邊的酸水，小跑步跟上沈末。

船上除了黑虎幫的人，還有船長和船工，船長是本國人，三名船工是外籍黑工，只聽得懂簡單的英文指令。

沈末只和船長福叔接頭，不知道船工的名字，姑且稱他們爲A、B、C。A綁著頭巾，B留著小鬍子，C是三個人裡面膚色沒那麼黑的，大概是因爲他才剛跑船沒多久。

漁船開到公海上，三名船工依福叔指示在甲板上放網，加減補點魚，出來一趟要是沒有魚貨難免讓人心生疑竇。

海上風大濕冷，捕了些魚上船後，三人就收工回船艙裡休息，A和B聚在一起唧唧喳喳說著家鄉話，C在另一邊低頭玩手機。

沈末隨後進船艙時看了看三人，隨口問了句，「你們不吃點東西嗎？」

A和B朝沈末看了過來，眨了眨眼，C輕輕搖了下頭就繼續玩手機。

沈末靜靜看了一眼，沒有聊天的興致，轉身往駕駛室走，把正確座標給了福叔，兩人在駕駛室裡有一搭沒一搭地說著話。

沈末其實不是來找福叔聊天的，而是爲了盯著他，第一次合作總要特別小心。

沈末和阿誠一直待在駕駛室，其他四個黑虎幫的不想吹風就待在船艙裡，快到指定點才出來。

沈末用阿財給的衛星電話打了通電話和另一艘船聯絡，說了幾句暗語表示快到約定地點，另一頭也說出對口暗語，確認對接無誤，才繼續開船到定點。

船長對三個漁工三申五令不准上甲板，避免看到不該看的。

接貨過程很順利，靠近，拋貨，接貨，分開，前後不過十分鐘。

交易完畢，除了阿誠，那四個黑虎幫成員各背著一個背包，把注意力都放在背包上。他們均知對黑虎幫而言，自己的命還沒有背包重要，背包裡的東西要是能賣掉，就是幾百萬甚至上千萬的利潤。

福叔看一切順利，心頭的大石放下了大半，還能說上幾句笑話，阿誠是整艘船上最輕鬆的一個，和福叔一搭一唱，有說有笑，眞當自己是出來旅遊的。

沈末還是綳著臉，不時注意著船上和海上的動靜。

回程浪小了一點，沒鬧出什麼動靜，船開了一陣子，最後平安入港。碼頭比出發時亮了許多燈，有幾艘船在卸貨了，人來人往，新鮮的漁獲伴隨著吆喝聲被運下船。

福叔把船停得遠遠的，避免引人注意。

沈末讓阿誠和四名黑虎幫同伴先行下船，接著才從袋子裡拿出磚塊大小的一綑錢交給福叔。

福叔看了看數目差不多，連忙收進隨身腰包裡，兩手握住沈末的手，笑得合不攏嘴，「合作愉快，有需要再聯繫我。」

「好，合作愉快。」

沈末追上同伴的腳步回到停車場，眾人分別上了兩台車。阿誠也住美滿大樓，沈末便順路搭他的車，其他四人一台車。

天色快亮了，他們不適合見光，最好在天亮前離開。

沈末一上車就撥了通電話，電話那頭很快就接起，似乎在等他的電話。

「怎麼了？接到貨了沒？」阿財劈頭就問，今晚是新接洽的漁船第一次到海上接貨，他怕沈末辦事不利導致他連帶被陳硯處罰，緊張得不敢睡。

「財哥，接到了，一切順利。阿國他們四個帶貨回總部，我累了，想回家睡覺。」沈末一口氣說完，他精神有些緊繃，沒心力多說好話恭維奉承阿財。

阿財放下心中大石，開心地大叫一聲好，也一併答應了沈末的要求，「你好好休息，過兩天來找我拿獎金。」

只要交易順利，阿財還是很好說話。至於獎金，他當然會從中扣下一些，沈末能成功，是他指導有方，他拿得心安理得。

「謝謝財哥。」沈末連聲道謝，阿財聽得心裡舒爽，勉勵了他幾句後就把電話掛斷了。

沈末從下船後就隱隱覺得哪裡不對，他的直覺救了他好幾次，但這次他偏偏想不出來哪裡有問題，今晚明明順利接到貨了，怎麼會有問題？

阿誠剛完成新手任務還在亢奮中，一路上興奮地纏著沈末說話。

「今天晚上就這樣？這麼簡單？這樣超好賺的啊！」

「背包裡面是什麼？你們打開看過嗎？」

「沈哥，我覺得你在船上很帥，和平常的你不太一樣。」

阿誠滔滔不絕，沈末最後被煩得不行，只好下了封口令，「閉嘴，不然你現在就下車。」

「你不會眞的把我丟在這裡吧？這麼偏僻，我要怎麼回去？」

沈末一言不發，立刻靠在路邊停車，板著臉，「下車。」

阿誠嚥了一口口水，定定看著沈末，發現沈末可能是認眞的，爲了不被趕下車，只好閉上嘴，只是仍不情願地小聲咕噥，「不說就不說，小氣。」

車上安靜了五分鐘後，沈末才又把車開回馬路。

回到美滿大樓，沈末先趕阿誠下車，要他早點回去睡覺，自己繞進巷子裡停好車後獨自上樓。

回到那間雜亂的出租套房，他沒開燈，脫掉鞋襪摸黑躺在床上，緊繃的神經才稍稍放鬆。但閉上眼後仍聞得到船上那股揮之不去的氣味，耳邊都是心臟怦怦跳動的聲音，太陽穴也隱隱作痛。

他躺在床上翻來覆去，等到天亮了，陽光透過窗戶照進房間，驅散一屋子的黑，夜裡發生的事情似乎跟著散去，才倦極睡去。

Chapter 3

最近市警局已經不太上酒店臨檢，隨著臨檢次數降低，客人回籠，金皇宮的業績也恢復往日水準。

夏宇在辦公室裡蹺著腳懶懶地打了呵欠，手上拿著業績報表，煩惱著營收太高有大筆稅金得進政府口袋。

突然，門外一陣急促的腳步聲靠近，接著響起急急的敲門聲。

夏宇看了桌上的監視器，來人是酒店的保全主任——夏宇自認是個貼心的好老闆，讓人給每位員工安個體面的職稱，保全主任聽起來比酒店圍事正派多了。

夏宇按下開門按鈕，見人就問：「什麼事？」

進來的是名黑衣壯漢，面目凶惡，蓄著鬍，一身鍛鍊有素的肌肉快把黑西裝撐爆，「夏總，包廂裡有人打起來了。」

「這種事你們不會處理嗎？」夏宇不覺得這種事需要自己出面。

如果是一般的鬥毆，自己會不知道怎麼處理嗎？保全主任感到有些委屈，著急地解釋，「是硯哥在打那個小白臉。」

「哪個小白臉？」夏宇實在很煩聽見陳硯的名字。

保全主任情急之下脫口而出，「上次跟您回飯店的那位。」

「哦？沈末？」夏宇一聽，揚起嘴角笑得特別開，那晚帶沈末開房的事八成全體員工都知道了，他故意問：「你是不是還知道我被他耍了啊？」

保全主任瞧見夏宇的笑容，頓時後背冷汗直冒，趕緊補了一句，「硯哥出手太狠，再打下去會死人的。」

保全主任在打人這方面算專業人士，極有發言權，夏宇一聽立刻起身衝出門外，發現沒人跟上，馬上回頭朝還愣著的保全主任大吼：「還不帶路？」

保全主任沒想到夏宇會如此著急，連忙應聲：「是！」

夏宇用最快的速度抵達，包廂的門是半開的，隔著一段距離就能聽見陳硯瘋狗似的怒罵，「還說內鬼不是你？怎麼你去拿貨就沒事？」

「不是我。」沈末的聲音沒了對著夏宇時的愛理不理，除了比平時沙啞，還摻了忍著疼痛的抽氣聲。

陳硯嗓音狠厲陰沉，「爲什麼阿財和你走一樣的路就被抓了？」

「我不知道。」

「操！那你說說爲什麼鴿子不抓你？」隨著陳硯話聲響起的還有砸東西的聲響。

沈末氣若游絲回道：「我不知道。」

「你以爲你說不知道就沒事了？這次的貨是你賠得起的嗎？說！是不是你去通風報

信的？」

「不是。」

陳硯問一句就傳來一聲沈末吃痛的慘叫，夏宇聽得頭皮發麻，加快腳步來到包廂門口。

門口站著陳硯帶來的人，幾個底層小弟不認識夏宇，站成一排擋住他，「你誰啊？不准進去！」

如果是黑虎幫的地盤就算了，金皇宮裡沒有夏宇不能去的地方。

夏宇冷笑，銳利目光掃過那幾個擋道的小弟，神態倨傲：「你們又是誰？去叫陳硯出來。」

「老大的名字是你能叫的嗎？」

「吵什麼？」包廂裡走出一個人，旁邊的小弟朝那人叫了聲黑熊哥。

原本陳硯帶一群幫眾是來喝酒玩樂的，接到一通電話後突如其來鬧了這一齣。黑熊知道遲早會有金皇宮的人過來關切，但沒想到是夏宇親自現身，眼下只好先向夏宇賠罪。

「夏總，不好意思，年輕人不懂事。」黑熊哥隨後裝模作樣地喝斥方才說話的小弟，「這位是夏總，金皇宮的老闆，快讓開。」

夏宇朝黑熊隨便點了下頭就帶著手下進到包廂，包廂裡一片凌亂，吃的喝的盤子杯子都被掃到地上，連大理石桌面的桌子都被踹得四腳朝天。陳硯不曉得哪裡來的創意，拿了鐵鍊穿過天花板的裝飾橫桿，綁住沈末的雙手吊在包廂中間，對著他又踢又踹，看見夏宇進來才依依不捨地停手。

「陳總，你這樣不厚道啊，先不論他和你是什麼關係，起碼他是個人，就算是你的狗也不用這樣打吧？」夏宇笑著和陳硯打招呼，即便眼中沒半點笑意、話裡帶酸，仍維持表面上的平和。

不需要夏宇指示，保全主任帶人擋在沈末身前，隔開陳硯和沈末。

「我清理門戶，你有什麼意見？」陳硯手上夾著點燃的菸，拎著一只威士忌杯，笑了笑，「不好意思，弄壞了你的東西，晚點賠給你。」

被吊著的沈末鼻青臉腫，頭低低垂著，額上的血劃過臉頰往下滴落，怵目驚心。他緩緩抬頭看了一眼夏宇，嗓音嘶啞：「不要多管閒事。」

夏宇沒想到沈末竟不求救，氣得想罵人，但眼下情勢也只能按捺住。他朝保全主任使了個眼色，指了指沈末，保全主任立刻會意，上前將沈末手上的鐵鍊解開，將人救下。

過程中，不知道是碰到沈末哪處傷勢，幾聲壓抑的悶哼聽得夏宇心情越來越差，差點親自去抱沈末。

夏宇沉聲對著陳硯宣示立場，「這裡是我的地盤，不能出事。」

「夏老在的時候明明沒那麼多規矩。」陳硯面部扭曲，把酒杯砸了出去，杯子碎裂的聲音彷彿是暗號，黑虎幫眾霍地站到陳硯身後，爭鬥一觸即發。

夏宇帶過來的一群酒店保全人員立刻上前一步，撩起西裝外套左側，露出手槍槍柄。

陳硯一看，理智似乎回籠了些，抬手阻止手下衝動行事。

夏宇手指朝保全主任揮了揮，讓他帶著人後退一步以示誠意，並笑著回了一句，「陳叔在的時候對手下兄弟是出了名的有義氣。」

「哼！他算什麼兄弟？吃裡扒外，還給鴿子通風報信，今天我不打死他，兄弟們怎麼能消氣？」陳硯說完，黑虎幫眾跟著大聲附和。

夏宇凌厲的目光似乎要將把陳硯戳穿，面上卻依然保持笑容，「陳總說得是有幾分道理，不過在金皇宮裡不能出事。」

陳硯聽了前半句以爲夏宇要順著他，沒想到後半句卻全然不是這麼回事，「夏宇，你什麼意思？」

「陳總今天心情不好，還是早點回家吧，小店待客不周，碰壞的東西就不用賠了。」夏宇說完就做了個請的手勢表示送客。

陳硯臉上無光，惡聲惡氣地罵了句髒話，「你要幫他出頭？」

「話不是這樣說的。」夏宇確實要幫沈末，但不能擺在明面上，因爲陳硯說了他是管教手下，夏宇插手不合規矩。

「對了，我想起來了，你睡過他對吧？怎樣？很爽嗎？你要是喜歡，我留著他一口氣送到你床上，這樣你滿意了嗎？」陳硯表情嫌惡，語氣下流，黑虎幫眾聽了都露出淫邪的表情。

「陳總誤會了。」夏宇苦笑，陳硯眞的誤會了，他根本還沒睡到沈末好嗎？然而現在不是解釋這個的時候，「我說了這裡是我的地盤，不能出事就是不能出事。」

夏宇這話不全是託辭，一旦出了命案，金皇宮勢必得閉門休息數日配合調查，怎麼都不體諒他身爲老闆的難處？

至於沈末，他自己追就好，不勞煩陳硯了。

「送客！」夏宇抬手示意身邊手下該趕人了。

夏宇和陳硯對峙時，包廂裡外陸續來了不少金皇宮的員工，他們早就等得不耐煩了，聽見夏宇發話，當即高聲應和，「是！」

陳硯瞪大了眼睛，不敢置信，氣得大吼：「夏宇！你爲了一個小雜種要跟我翻臉？」

夏宇退了兩步，不想被陳硯的唾沫噴到臉。他的耐心已經耗盡，就算再秉持和氣生財的原則，有些人的錢他也不想賺。

夏宇輕笑，鄙夷的目光帶著一絲對跳樑小丑的憐憫，「陳硯，你不會以爲你在外面到處說我是孬種的事我不知道吧？」

陳硯張了張嘴，卻一句反駁的話也沒說出來，臉色乍青乍白。他知道夏宇人多勢眾且有地利之便，就算發難也討不了好，最後他恨恨地踹飛了一張椅子，對著手下喊：「我們走！」

幾分鐘時間，黑虎幫眾如潮水般退去，只留下遍地狼藉——夏宇心想，用整修包廂的名義多報費用應該能少繳點稅。

回頭去看沈末時，夏宇發現沈末已經暈過去了。檢查了沈末的生命徵象，確定沒有立即生命危險，他才稍稍放下心來，還有心思對著沈末的臉嘆了口氣，尋思這原本是多好看的一張臉啊，現在都腫成豬頭了，員工們一定會覺得他的眼光很差。

「備車。」夏宇吩咐下去。

「是。」保全主任還在思索該怎麼處理沈末？是從後門扔出去呢？還是洗一洗扔到夏宇床上？但是小白臉此刻面目全非，他不確定老闆還有沒有興致？

「去一趟醫院。」

「夏總受傷了？」保全主任乍然聽見指令大吃一驚。

「送他去醫院。」夏宇指了指沈末。

「哦！我立刻安排！」保全主任有些詫異，看來自家老闆很重視這個小白臉啊。

除了保全主任，包廂內不少員工看向夏宇的目光都帶著複雜的意味，像是以為他痴戀著沈末，也像是質疑他的審美。

夏宇臉上維持風度翩翩的笑容，不疾不徐地解釋，「剛好我要回家了，就順路送一趟。」

聞言，保全主任更加認定了夏宇和沈末之間肯定有什麼，連忙親自盯著手下把沈末好好地送進車裡。

夏宇交代幾句店裡的事就坐上車，一名幹部衝過來急急地報告，「夏總，海哥晚點可能會過來。」

「說我不在。」夏宇毫不遲疑便答，說完就把車門關上。

今晚的急診室人不多，沈末很快得到醫治，夏宇則去櫃臺辦手續。

「請問你是病患的什麼人？」

夏宇腦中第一個浮現的名詞是炮友，畢竟他與沈末是約了一夜情才有交集的，但他們還沒打過炮，實在不能昧著良心說是炮友。真要細究起來，兩人連話都沒說上幾句，說是陌生人還差不多。

「朋友。」夏宇沒想太久就給出了這個答案，他們應該算朋友吧？雖然沈末肯定會否認。

「這張資料卡你填一下。」

「好。」夏宇拿起筆在病患基本資料卡上寫上沈末的名字，然後就停下了，面對一大堆空格他找不到自己會填的，這讓他感到一陣煩躁。他在緊急連絡人欄位寫上自己的名字和手機，接著把情與義叫過來，「沈末的資料你填一下。」

「我不知——」情與義頂著夏宇的目光把剩下的話吞回去。

情與義確實有沈末的資料，於是他接過紙筆，拿出手機調出先前夏宇讓他調查的資料，到旁邊填寫。

夏宇在醫院待了很久，拉了張椅子靜靜地坐在沈末身邊，看著沈末因痛楚而眉頭緊鎖，也看著醫護人員忙進忙出。直到沈末用過藥後眉頭舒展，檢查結果也沒有大礙，才安下心來。

沈末的傷勢需要住院，夏宇替他安排了單人病房，和熟識的醫生打過招呼後才離開。

此刻時間已過午夜，一輛黑色賓士緩緩駛出醫院停車場。

夏宇坐在後座，情與義坐在副駕，夏宇以手支頭望向窗外幾近無人的街道，臉上沒了一貫的笑容，顯得有幾分冷漠。

夏宇緩緩地開口：「海哥那裡怎麼說？」

情與義低聲答道：「海哥說這幾次都不是他出手的。」

「還有呢？」夏宇的聲音聽不出情緒。

「海哥懷疑鴿子在黑虎幫裡有眼線。」

夏宇輕輕哼了一聲，「是嗎？」

「會不會海哥有什麼事情沒說？」情與義起了個頭就不再說下去，夏宇必然明白他的意思。

「海哥老了，變不出新把戲了，不用管他。陳硯這次傷筋動骨，要翻身需要資金，應該會把重劃區那幾塊地丟出來，你找人去接，別太乾脆，免得他有戒心。」夏宇看著窗外夜色，聲調淡淡的。

「是。」情與義一一記下，見夏宇沒繼續交代，便問：「兄弟們是不是要做點什麼？」

「這次我們不在戲臺上，就當觀眾吧。」夏宇說完就閉上眼睛，身體往後一躺，坐了個深呼吸，有件重要的事得好好想一想。

青盟可以當觀眾，但他夏宇有想保的人。

靜默了快十分鐘，夏宇才又發話，「給陳硯一點甜頭無妨。」

「您是指？」

「把夏老海上那條線透露給他。」夏宇父親留下的資源很多，這也是陳硯一直想找夏宇合夥的主因。

「是。」

「就說是沈末拉的吧，做得自然點，這件事和青盟沒有任何關係。」

「是。」

情與義應下，表情不變卻暗暗心驚，安全的海上渠道是多少錢都買不來的，居然這樣輕易送給陳硯？還把功勞都給了沈末？這可不是送幾個名牌包可以相提並論的，他老闆對待沈末的態度明顯有別於過往其他人，而且連床都還沒上就這樣，要是哪天沈末扶正了還得了？

隔日一早，夏宇拎著早餐出現在沈末的單人病房裡，輕裝簡從，身邊只跟著兩個黑衣壯漢，其中一個就是情與義。

「你來做什麼？」沈末的臉還沒消腫，不過氣色比昨晚好很多了。

看著沈末臉上的腫脹、瘀青和紗布，夏宇有些心疼，聽見問話，他臉上扯開笑容，朝沈末眨了眨眼，「來看你，昨晚還是我把你送來的，不應該感謝我嗎？」

此時的夏宇就是一副快誇誇我的表情，沈末對此卻視而不見，「我說了讓你別多管閒事。」

「我在你身上可是投資了一塊Prime牛排和一瓶拉菲，怎麼算是多管閒事？」

夏宇確實是被沈末擺了一道，但倘若沈末心存惡意，多的是過分一百倍的事能做，這點夏宇心知肚明，所以他三番兩次找沈末，真的只是爲了看看沈末。見到沈末有難也願意幫一把，就當交個朋友，當然朋友之間若是能有深入的身體交流，那就更好了。

「那晚，夏總不是要我餓了就點客房服務嗎？」沈末沒理會夏宇的油腔滑調，索性打開天窗說亮話。

「我記性沒那麼差，也沒那麼小氣。」夏宇嘆了口氣，「放心，我不指望你知恩圖報、以身相許了。」

「記得嗎？是我點了你，不是你點了我，我點了你之後要做什麼由我決定。」沈末說到後來忍不住揚了揚眉。

雖然沈末臉上尚未消腫，但夏宇有一瞬間還是被迷得七葷八素。他可以想像沈末要是沒受傷，做出這個表情會有多好看，以及會有多讓人恨得牙癢癢，卻又想圈在懷裡緊緊抱著。

「我記得。」夏宇被說得無法反駁，硬要追究反而顯得他失了氣度，於是他換了種攻略方式，試圖激起沈末的同情心。他故意扶著腰，唉聲嘆氣，「我在浴缸睡了一晚，腰痠背痛。」

沈末似是不爲所動，「是夏總說了不後悔的。」

夏宇牙一咬，嘴硬地回：「我沒說我後悔。」

沈末的目光饒有興致地落在夏宇扶著腰的手上，「過這麼久了，腰早該不痠了吧？」

「確實好了。」夏宇知道沈末沒要心疼他的意思，一邊說著話一邊挪開手挺直了腰，仍舊一副優雅瀟灑的樣子，並朝沈末放電，「你要驗貨嗎？用身體確認我的腰是不是好了？」

沈末沒理夏宇話裡的性暗示，開門見山道：「你究竟想要什麼？我在黑虎幫地位不高，救了我沒有好處。」

「當然有，你活著我們就還有機會再去開房間，多好？」

儘管沈末的腫臉看不出表情，語氣卻能聽出明晃晃的嫌棄，「誰說我要和你開房間了？」

夏宇被逗笑了，「你總有一天會答應。」

「不會有那一天。」

「話別說得太早，緣分這種事很難說。」夏宇不信緣分，不過不介意用緣分當作撩漢藉口。

沈末翻了個白眼，不想把爭辯變成調情，停了片刻才又道：「我不要住單人房，太貴了付不起，我也不想住院，我身體很好。」

「醫生說你的肋骨輕微骨折，運氣好顱內沒有出血，至於有沒有腦震盪還需要觀察，保險起見再住幾天吧。你出院了八成不會照顧自己，醫院有護理師幫你換藥，服務周到，我幫你訂了餐，三餐都會準時送到，你就當度假吧。單人房不算貴，從你們幫主來金皇宮灑的錢挪一點就夠。」

聽夏宇提起陳硯，沈末的心情瞬間就變差了，他垂下目光，不知道在想什麼。

「怎麼？捨不得陳硯？」夏宇發現自己的語氣實在有些酸，他以前從來不會這樣說話，但他就是看不慣沈末在陳硯面前那副忠心耿耿、小心翼翼的樣子。

「他是誤會了才會打我。」沈末聲音悶悶的，垂著嘴角，表情看起來有幾分可憐，顯得特別執迷不悟。

夏宇看直了眼，沒想到沈末還幫陳硯解釋，忍不住道：「陳硯不喜歡你。」

「我知道。」沈末不需要旁人提醒他這件事，他不欲多談，別過頭、閉上眼睛，拉上被子裝睡，想結束這個話題。

「你喜歡他？」夏宇目光牢牢鎖著沈末，帶著一絲戲謔。

原本躺在病床上的沈末，立刻睜開眼睛轉身坐起看向夏宇，動作太大牽動傷口，他痛得倒抽了一口氣。

夏宇看著沈末的反應，有些心疼又有些好笑，「反應這麼大？被我說中了？」

沈末狠狠瞪了眼夏宇，「誰說我喜歡他？」

「誰叫你老愛看著陳硯？」至於夏宇爲什麼會發現這一點，那當然是因爲夏宇同樣老愛注意著沈末。

沈末哦了一聲，避重就輕地回應，「他是老大，我當然必須留心他是不是有事要吩咐。」

這理由太牽強，夏宇不信，卻也不戳破，「既然陳硯不喜歡你，你也沒喜歡他，何必要在黑虎幫待著？我這裡缺人，薪水好談，要不要過來？」

沈末微微一愣，隨即意會過來，彷彿聽見什麼好笑的笑話，立刻笑了起來，只是他一笑就牽動傷處，一邊笑一邊痛得嘶嘶抽氣，「想要我把你當老大，讓我一直看著你？你是不是有病？」

只要不提到陳硯，沈末倒是反應很快，怎麼看都是個聰明人。

「你能一直看著陳硯才是有病吧？眼睛不太好？」

陳硯長得好看嗎？

夏宇覺得陳硯長相挺一般的，絕對沒他好看，雖然念書的時候確實有一票沒眼光的妹子圍著陳硯轉……

夏宇和陳硯高中不巧同校，當時他從樓上資優班教室往下看，不時瞥見陳硯在場上打球，妹子在場邊爲他加油和遞水遞毛巾。

夏宇從不強迫人，說來也是他運氣好，向來只有他挑人，沒被看上眼的對象拒絕過，現在難得體驗求而不得的痛苦。他半是挖苦半是試探，講話就酸了些，「這麼死心塌地，陳硯是床上技術太好還是餵你吃冰？」

「你那些手下又爲什麼跟著你？是你床上技術太好還是你餵他們吃冰？」沈末把夏宇的話甩了回去。

夏宇笑了笑，「你說呢？」

沈末視線向下，在夏宇褲檔處徘徊幾秒後又挪開，語氣中滿是嫌棄，「大概吃冰吧？」

「是嗎？怎麼不是床上技術太好？」

跟著夏宇進來病房的情與義，深怕打擾兩人調情，站得遠遠的，此時卻冷汗直冒，在心中無聲吶喊：他和老闆之間絕對是清白的！

沈末絲毫不給夏宇面子，「看你這個樣子，在床上不太行吧？」

「要不，試試？」夏宇躍躍欲試，朝沈末猛放電，作勢解皮帶，他心裡還是介意沈末上回說的那句話，不試試的話他要怎麼證明自己才是在上面的那個？

「試個屁！」

現在是大白天，這裡是醫院，房裡甚至還站著兩個夏宇帶來的人，精蟲衝腦也沒這麼誇張！沈末爲了阻止夏宇眞的把褲子脫了，立刻拿了病床邊桌上的水瓶朝對方砸過去。

夏宇手忙腳亂地接住，高聲控訴，「這是家暴！」

控訴歸控訴，夏宇嘴角倒是笑得很開，滿眼笑意。

夠辣、有勁，他喜歡。

沈末傻眼，「家暴？你未免省略太多步驟了。」

夏宇眼神一亮，促狹地問：「你這是要我一個步驟一個步驟慢慢來？」

沈末沒好氣地回：「你怎麼能理解成這種意思？」

「沒辦法，我的理解力太好。」夏宇把皮帶扣好，笑笑地坐回椅子上，順手把水瓶遞給沈末。

「我沒誇你。」沈末說完，覺得有點口渴，順手把水瓶接過，扭開瓶蓋，喝了一口才放回邊桌上。

這一連串畫面怎麼看怎麼和諧，互動自然，兩人都不覺得哪裡不對。

情與義守在病房門口，努力裝作自己瞎了聾了，但礙於職責所在，又無法不注意夏宇的動靜。作爲從頭看到尾的觀眾，他實在不懂，這兩個人怎麼可以上一秒像是要翻臉，下一秒卻相安無事？而且好像有著幾分曖昧？

他們不是自相識以來始終針鋒相對嗎？什麼時候感情有了進展？

過了兩天，夏宇一走進病房就看見沈末穿著病人服坐在雙人沙發上滑手機。沙發後是一扇窗，窗上的木百頁透出一束束光，沈末原本就不深的髮色被染成淡淡的金色。

他的手肘放在扶手上單手撐著側臉，沒了和夏宇說話時的凌厲，從眼角眉梢到微微彎起的嘴角都柔和得像是沒有脾氣。長腿舒服地伸展，病人服下露出一截白皙的小腿，線條收窄在細瘦的腳踝，骨感之餘又引人想入非非。

這幅構圖以沈末爲重心，背景是病房裡常見的白色，布料和家具點綴幾許暖色，畫面和諧平衡，有種恬淡靜謐的美，讓人不欲打破這片寧靜。

夏宇放輕呼吸在門口站了一會，略微瞇起眼，把這幕畫面收進眼裡和心底。

原來沈末還有這樣的一面。他忍不住想。

片刻，沈末似乎發現門口有人，猛地抬起頭，目光銳利射來，一和夏宇四目交接，便又斂去眼中的鋒芒，「你沒別的事做嗎？不用每天過來。」

「我就忙著每天來看你。」夏宇朝沈末眨眼放電，邁步走近。

沈末原以爲他已經見識過夏宇的厚臉皮了，沒想到夏宇總是能讓他爲之驚嘆，各種撩漢語錄信手捻來，「這種話拿去對你的男朋友、女朋友說。」

夏宇笑得更開，「不是跟你說了嗎？」

沈末不客氣地瞪了夏宇一眼，「我怎麼不知道我們交往了？」

你現在知道就可以了。夏宇心中暗道，卻沒宣之於口，口頭上的便宜適可而止就好。

夏宇心情不錯地換了個話題，溫言問：「怎麼下床了？」

明明雙人沙發旁還有另一張單人沙發，但夏宇極其自然地坐到了沈末旁邊的位子。也許是沙發太小，也許是夏宇刻意挨著沈末，反正沈末覺得兩人靠得太近，立刻往旁邊坐了點，非常不給夏宇面子。

夏宇恍若未覺，沒有任何抱怨，臉上還是掛著從容優雅的微笑——至少沈末不是坐到另一張沙發上，算得上很有進展了。

「本來就沒傷得多嚴重。」

「沒傷得多嚴重？你這次是運氣好，幾乎是外傷，要是運氣差了些，當場斷氣都有可能。」夏宇還記得陳硯那晚出手的狠勁，想起來還有些害怕。

面對夏宇由衷的關切，沈末稍稍放軟了態度，「不用你擔心。」

夏宇注意到沈末態度上的鬆動，並不作聲，他自認還算有耐心，不求沈末馬上就接受他，只要沈末不排斥他，日積月累，總會有進展的。

「剛剛看手機看得那麼認眞？」夏宇目光落在沈末手上，手機螢幕顯示一則社會新聞，報導市警局緝毒有成，在漁港截獲大批毒品，市值上億元。只一眼夏宇就看出是黑虎幫的那批貨，這正是陳硯拿沈末出氣的原因。

「隨便上個網。」沈末含糊帶過，鎮定地關掉網頁瀏覽器。

夏宇沒掩飾自己看出來了，指了指沈末的手機，「不是你洩漏風聲的吧？」

沈末抬頭直視夏宇，眼神有一絲探究的意味，勾起嘴角，不正面回答，「夏總相信我？」

「爲什麼不信？你又不笨。」夏宇輕笑，伸手想揉沈末的頭髮，被人躲了過去，他一點都不覺得尷尬，自然地收回手搭在沙發靠背上，「你知道出事後陳硯會第一個拿你出氣，沒想好後路之前，不會和自己的安危過不去。」

沈末頓了頓，裝作被逗笑了，「原來我在夏總心中是這樣的人。」

「你不是？」

「是不是很重要嗎？」沈末避開夏宇的眼神，這個問題並不好回答。

夏宇對於看人有幾分自信，沈末答不答這個問題不重要，他就是喜歡和沈末這樣說話。

他笑著傾身靠近沈末，仔細打量沈末的臉，沈末臉上的瘀青淡了點，腫起的地方消腫不少，再也不影響那初見就令他驚豔的輪廓。

夏宇的目光恍若實質般細細輕撫著那張臉，低沉嗓音似是蘊含深情，「我想知道我夠不夠了解你。」

夏宇靠得太近了，沈末能感覺到夏宇呼吸說話時的熱氣，也能嗅聞到他身上淡淡的古龍水香氣。

眞是得寸進尺。要是不拒絕，他可能整個人就貼上來了吧？

沈末伸手要推開夏宇，剛有了動作夏宇就先一步退開，姿態得體又優雅，彷彿什麼事也沒發生過。

沈末按捺著脾氣，「那夏總是怎樣的人？」

夏宇朝沈末伸手，掌心朝上，「想知道？手機借一下。」

「做什麼？」沈末立刻握緊了手機，臉上多了幾分防備。

「加個好友。」夏宇看見沈末的反應，笑著打趣道：「緊張什麼？手機裡有什麼祕密啊？你該不會有自拍裸照的習慣吧？要是有的話也沒什麼，不過比起照片我更喜歡看眞人。」

沈末額角青筋跳了跳，他不需要解釋自己的手機裡有些什麼照片，斷然拒絕了加友邀請，「不加。」

「不加？你不是想知道我是什麼樣的人嗎？加了好友後，我們就可以好好交流、培養感情。」

沈末朝夏宇燦爛一笑，「我不想知道了。」

夏宇又一次覺得棘手，曾幾何時以他的外貌和條件，想和人加個好友也成了這麼困難的事了嗎？

夏宇故意沉下臉，「你不會是想出院後裝作不認識我吧？」

「我和夏總原本也不算認識，何況黑虎幫和青盟關係不好。」沈末是黑虎幫的人，陳硯生性多疑，要是他和夏宇走得太近，難免被猜忌，衍生後患。

夏宇懂沈末的意思，卻不認同，「我看你不差這個吧？你和我撇清關係，在幫裡的地位就能提升嗎？」

沈末不想回答，轉過頭，假裝沒聽到。

「黑虎幫的人還眞無情，再怎麼說也是一起出生入死的同伴吧，住院都幾天了，就一個小鬼偷偷摸摸來看過你而已。」爲了沈末的安危，夏宇在病房外有留人盯著，什麼人來過他一清二楚。

沈末對此也不意外，自嘲地笑了笑，「混得不好還要被夏總笑話了？」

「我沒笑你。」見沈末對黑虎幫沒半點怨言，夏宇頗爲意外，沈末不是個傻子就是意志特別強大，他不急著挑撥，換了個角度切入，「反正陳硯都覺得你和我上過床了，你沒我的聯絡方式才奇怪吧？」

「一夜情需要留什麼聯絡方式？」

有道理。夏宇無法反駁，他有不少一夜情的對象，但能直接聯絡上他的確實沒幾個。

「再怎麼說我也幫過你幾次，只是想加個好友，不算過分吧？」夏宇不是個喜歡把恩惠掛在嘴上的人，拿出這一點來說嘴，他是眞的沒辦法了。

「好吧。」沈末看夏宇堅持，只好勉強同意，點開通訊軟體，和夏宇互加了好友。

夏宇得償所願後心情不錯，傳了個貼圖，測試帳號能用，沒馬上被封鎖，便把沈末的帳號置頂，這樣以後沈末傳了訊息他就能先看到。

「我帶點了好吃的。」說完，夏宇讓情與義把準備好的食物拿過來。

「我不餓。」

「眞的很好吃，你吃一點試試？」夏宇甜的鹹的吃食都準備了，暗暗觀察沈末喜歡什麼。

盛情難卻，沈末只好動筷。住院餐太清淡，他吃不習慣，相較之下，夏宇帶來的食物兼顧營養與美味，他吃了幾口便有了不錯的食慾。

就這樣夏宇每天都會過來探病兼培養感情，隨著沈末的臉慢慢消腫，兩人間的互動也漸趨和諧。雖然沈末依然沒答應夏宇的追求，但只要夏宇不要滿嘴不正經，沈末還是會搭理他。

如此日子約莫持續了快兩週。

這天，風和日麗，夏宇照舊在差不多的時間出現在醫院，不同前幾日，這次他還帶著一束九十九朵的紅玫瑰。

剛走出電梯，他遠遠就看見沈末的病房外站著十多個黑虎幫的人。

夏宇在下車前就接到電話，知道是陳硯來了，他並不意外，算算時間的確是該來了。

夏宇臉上依然堆滿笑，腳步不停迎了上去。

黑虎幫有人認出夏宇，但夏宇和陳硯鬧翻的事還沒揭過，沒人敢自作主張放夏宇等人進病房，便將他擋在門外。

情與義帶著兄弟護在夏宇周身，見狀立即戒備，只要夏宇示意便會出手，然而夏宇只是客氣地對黑虎幫眾說：「借過，我來探病。」

黑虎幫帶頭的人面有難色，「夏總，沒有老大的指示，我們不能開門。」

夏宇目光凌厲，並未有絲毫退讓，「是嗎？那你們問問陳硯？」黑虎幫幫眾面面相覷，有個機靈點的連忙進病房請示，其他人緊緊守著門口。而以夏宇爲首的青盟一行人也進入戒備狀態，注意周遭動靜，好應付任何突發狀況。

僵持了一會，只聽見陳硯的聲音從病房裡傳來，「夏總什麼身分的人，你們竟然把他攔在門外？快請他進來！」

陳硯顯然是刻意提高音量，就爲了讓夏宇等人也能聽見，這話即便是惺惺作態也是給自己留了個臺階下，讓人不好怪罪。

門沒多久就開了，黑虎幫眾往兩邊讓開一條路，夏宇等人走了進去。

換下病人服的沈末站在床邊，已經恢復往日神采，他被夏宇養得不錯，住院幾日還長了點肉，行李也打包好，看來是準備出院了。

陳硯原本坐在沙發上，還是給了夏宇面子，禮貌性地起身迎接，只是一臉似笑非笑，「夏總，好久不見。」

不算小的單人病房裡站了十幾個人，氣氛劍拔弩張，眾人均知夏宇和陳硯先前吵了一架不歡而散。

夏宇卻像是不記得自己和陳硯撕破臉了，對陳硯的態度一如往常，客氣地寒暄，「好久不見，陳總看起來心情不錯。」

陳硯既然一番做作把夏宇放進來了，這時候也不會給夏宇難堪，他歪嘴一笑，流露幾分壞男人的痞帥，「最近生意還算順利，當然心情好。」

「陳總是來接沈末的嗎？」夏宇說到這裡還朝沈末眨了眨眼，沈末無視地轉開頭，夏宇習慣了，不以爲意。

陳硯哈哈一笑，叫了沈末過來，還拍了拍沈末的肩膀，一副毫無嫌隙的樣子，「我和沈末之前有些誤會，說開了就好，畢竟他是黑虎幫的人，我作爲幫主當然要來接他出院。這幾天沈末受你照顧了，算我陳硯欠你一次。」

夏宇的目光在陳硯拍沈末肩膀的那隻手上停了一下，心裡恨得牙癢癢，怎麼沈末不讓他碰，卻能接受陳硯的肢體碰觸？但他面上依然保持禮貌得體，「陳總客氣了，我很樂意照顧沈末。」

兩人都不提數日前的衝突，病房內外的黑衣人意識到雙方老大都沒有要動手的意思，火藥味也降了下來。

幾句閒聊後，去幫沈末辦出院的人回來報告手續辦好了。

陳硯見狀立刻說：「夏總，我們還有事就先走了。」

「慢走。」夏宇沒有要和陳硯一起走的意思，反正兩人都覺得和對方處不來，也不用裝離情依依十八相送了。

沈末背著背包跟在陳硯身後步出病房，經過夏宇面前時，輕輕說了聲謝。

這可把夏宇樂得心裡開花，「不用謝。」

沈末垂下目光，看著夏宇拿在手上的花，一大束紅豔豔的玫瑰花要不注意都難，每個人都看見了，然而沒人問，夏宇也不主動提。

從夏宇進來病房後，沈末就沒主動跟夏宇說話，一直到要告別了才藉著道謝順道問了一句，「你買花？」

「原本要送你，但是你都要出院了，帶著不方便，不送了。」既然沈末問，夏宇就說了，語氣坦蕩，沒半點尷尬。

這是他路上經過花店臨時起意買的，原本覺得很襯沈末，想放在病房裡多添點顏色，沒想到沈末今天出院，這時候拿給沈末只會被嫌棄，也就興致缺缺，懶得送了。

沈末朝夏宇伸手，「給我。」

夏宇一愣，笑著把花遞了過去。沈末拿起那束花微微蹙眉，看來是覺得拿著這一大束花比想像中麻煩，沉甸甸又占位置，可是他最終還是沒把花還給夏宇。

夏宇前傾，靠近沈末耳邊，嗓音低沉，「人比花嬌，收了定情信物，你就是我的了。」

沈末瞪了夏宇一眼，那眼神看得夏宇心跳又亂了幾拍。

「沈末？」陳硯站在門口，回頭看向沒跟上的沈末。

聞言，沈末沒再說話，隨即邁開腳步，跟著陳硯走了。

待黑虎幫的人全數離開後，情與義才想起要問夏宇，「海上那件事要不要和沈先生打聲招呼？」

「不用，他能應付。」

夏宇說得斬釘截鐵，情與義也不好表示其他的意見，這兩男男他實在看不懂。

「光看陳硯的態度，就知道沈末不會有事，也許他的地位還能往上升一升呢。」

陳硯一大夥人浩浩蕩蕩離開病房，不少醫護人員望著他們離去的背影都鬆了一口氣。

沈末跟著陳硯等人坐電梯到地下停車場，正琢磨著該上哪輛車時，就被陳硯叫住，「過來，一起坐，說好送你回去。」

沈末此時的心情只能用受寵若驚來形容，而且是驚恐比較多，「老大，這樣太麻煩您了，我坐別的車也可以。」

陳硯聽了卻不高興，沉下臉，「怎麼？不想和我同車？」

這罪名一壓下來就不好推託了，沈末只好順著陳硯，「謝謝老大。」

隨後，兩人坐進一輛氣派的瑪莎拉蒂，車子很快平穩地駛出醫院，陳硯讓沈末給司機報了住處地址，還真的是要送沈末回家。

這輛車前座坐著司機和一名親信隨扈，後座就是陳硯和沈末，中間還放著一大束紅玫瑰。自從陳老過世後，同父異母的兄弟倆還是第一次這麼近地坐在一起。

「我因為丟了貨太心急，加上漁船是你去談的，出手沒了輕重，你不會記恨吧？」陳硯擺出幫主的派頭，臉上沒有絲毫愧色，語調理所當然。

沈末收起所有的脾氣，低眉順目，還是陳硯印象裡那副溫順好欺負的模樣，「不會。」

「怎麼可能不會？」陳硯才不相信有人被打了沒半點怨言，「不過沒關係，我會補償你。」

沈末靜靜聽著，現在不是他說話的時候，誰知道陳硯這話是什麼意思？

陳硯故作神祕地笑了笑，「這幾天，我想了想，讓阿財進去歷練歷練也不是壞事，丟了一大批貨確實可惜，但只要工廠和通路都在，錢可以再賺回來。」

陳硯看沈末沒說話，就自顧自地說下去。

「我知道阿財對你不好，你要是覺得高興也沒什麼。」

「財哥對我還可以。」

沈末不知道陳硯對阿財有何想法，不敢說阿財的好話或壞話，不過他這句卻是真心話。雖然阿財不是個很好的主管，但有按時發薪水就算對他還可以——至少阿財不會像陳硯那樣把他往死裡打。

陳硯沒猜到沈末的真實想法，只當沈末客套。他討厭沈末，除了沈末是父親的私生子外，還因爲他看不清沈末。

他知道黑虎幫裡的人有的爲財、有的爲色，還有不少是因爲走投無路，然而他不知道沈末爲的是什麼？到底爲什麼還留在幫裡？

如今沈末立了功，他作爲幫主自然該論功行賞，立個榜樣給其他兄弟看，順帶給點甜頭測試沈末究竟有無二心。

陳硯清了清喉嚨，帶著施捨的意味開口：「阿財進去後空出來的位子就讓你補上吧。」

陳硯那點優越感沈末聽出來了，但他並未表現出不適，感激涕零地想婉拒，「謝謝老大，我能力還不夠——」

「怎麼不夠？」陳硯意有所指地笑了兩聲，「幫裡就你有能力搞定夏宇，這樣的能力當一個堂主已經夠了。」

「夏總？」沈末沒想到陳硯對他的態度驟改居然和夏宇有關？他什麼時候搞定夏宇了？

陳硯一副了然於胸的表情，「我不是否認你的能力，只是要聯絡到那隻船隊並非易事，就算聯絡上了，就憑你，要怎麼讓他們答應幫黑虎幫？」

夏宇交代情與義的事當然辦成了，情與義做事俐落，沒留下任何蛛絲馬跡，陳硯純粹是猜的。畢竟他從小就在道上打滾，第六感還是很準的。

陳硯笑著看著兩人中間那束玫瑰花，「是夏宇幫了忙吧？」

沈末反應很快，立刻就想到了傳聞中夏老的海上船隊，走私各種珠寶、槍枝、毒品等等無往不利。早年青盟就是靠這支船隊打下根基，但自從夏宇接班整頓事業後，就再也沒人聽說過這支船隊的消息。

沈末一時想不出更好的答案，便裝出一副戒慎恐懼的樣子，輕輕點頭，「請老大處罰。」

「處罰什麼？」陳硯大笑，「你很好，太好了！要是能幫黑虎幫把青盟吃下來，我就讓你作副幫主。」

「老大！夏、夏總對我只是一時興起，怎麼可能……」沈末有自知之明，夏宇是聰明人，可能對他有點興趣，卻不可能被他迷惑。

「我知道，夏宇這人狡猾得很，他自然不可能把整個青盟都送到你手上。」陳硯正作著用美人計迷惑夏宇的夢，「反正你就繼續吊著他，對他愛理不理，看他下次要送車、送房還是送金皇宮？」

說完，陳硯又笑了起來，笑得前俯後仰，久久不停。

沈末無語，只能尷尬陪笑。

Chapter 4

自醫院分別後，陳硯兩個月沒來金皇宮了，陳硯來不來夏宇一點都不在意，他只是想見沈末，問題是沈末不給約。沈末不接電話，夏宇就傳訊息，約吃飯、約看電影、約開房間……不管約什麼都失敗了。

雖然夏宇極力裝作若無其事，該做什麼就做什麼，但情與義能感覺得到老闆和平時不一樣。

比如夏宇桃花運向來很好，周遭對他明示暗示的男男女女不計其數，有的甚至把自己洗乾淨綁上蝴蝶結送上門。然而夏宇竟能笑著說蝴蝶結的花色他不喜歡，然後冷漠地關上門，把曾經寵過的性感網紅還是寫真小模給氣哭。

如果夏宇想清心寡慾一段時間也就算了，但他明顯就不是。他可以盯著偷偷拍下的沈末照片一整天，每晚都問黑虎幫有沒有來，甚至動念想讓小姐call陳硯來捧場，他以前明明不喜歡陳硯太常來。

情與義只能在心裡默默搖頭，幾個隨扈和酒店保全組的人私下開了賭盤，賭夏宇這次是不是栽了？由於夏宇過往情史豐富，但往往三分鐘熱度，所以大家都不看好夏宇和沈末這一段，只有情與義押了三個月的薪水。

情與義看得很清楚，如果沈末是種癮，夏宇已經出現了戒斷症狀，而且戒斷期似乎沒有盡頭。

雖然夏宇要到了沈末的通訊軟體帳號，死皮賴臉加了好友，但這點進展對夏宇的追求大業毫無幫助。

夏宇每天都找沈末聊天，沈末卻經常已讀不回，又或只回寥寥數字，「吃了」、「睡了」、「還好」、「不要」，他冷淡的程度讓夏宇懷疑在醫院的那兩週，以及沈末主動收下那束玫瑰的事可能只是一場夢？

這段日子金皇宮依然每天開門做生意，夏宇還是每晚送往迎來。市警局的掃黑行動在兩個月前達到空前的成功後漸漸沉寂，彷彿毒品根源已被拔除，黑社會銷聲匿跡，市民的健康都獲得保障。

至於陳硯，這兩個月裡他勵精圖治重振旗鼓，前陣子賣地周轉的錢除了應付幫裡開銷、擴充幫眾外，也投入工廠，擴大生產線。畢竟他現在有了穩妥的進貨管道，想進多少貨就進多少貨，爲了加速銷貨速度，還重新布建了更多零售處，甚至跟上時代潮流，提供APP下單，外送自取皆可。

如此一來，他們的商品很快便搶回市占率，黑虎幫因此聲勢高漲。

金皇宮的頂樓辦公室裡，夏宇蹺腳坐在他那張光看就覺得舒服的椅子上，聽情與義的定期匯報。

「夏總，海哥那邊發現硯哥海上那條線可能和我們有關。」

「無憑無據的，讓他猜。」夏宇不擔心，這事情做得隱密，他明面上也和那些路子斷絕往來了，沒道理會被抓到。

「最近他們態度好像不太對，對我們的人不耐煩就算了，他們和黑虎幫還有些小紛爭，像是保護費撈過界、降價賣貨，還有下面的人喝醉了起衝突等等，以前這種事海哥都會約束手下，這次卻不出面處理。」

「急了吧，原本快取而代之了，誰知道會拖這麼久，讓黑虎幫又恢復元氣。」夏宇打了個呵欠，他對這些事實在不感興趣，卻又不能不聽。

「您的意思呢？」

「應該快了。」夏宇笑了笑，「我配合他。」

這個他，指的是誰？

情與義瞬間想到了一個人，但依然不解這兩男男到底在搞什麼鬼？他們在籌畫著什麼嗎？

「我們該做什麼？」不懂的事情不要多想，不知道該怎麼做就開口問，情與義的職場守則就是如此直接乾脆。

「什麼都不做，噢，還是有點事可以做——」夏宇頓了頓，眼睛一亮，興沖沖地起身，「備車，我們去看看沈末。」

情與義欲言又止，最後還是把話說出口，「夏總，沈先生出院隔天你去找他，當時似乎和他約定好三個月內不主動找他。」

「我這麼說過？」夏宇瞪直了眼睛，情與義在他銳利的眼神下堅定地點頭。

「你說要是你能堅持住，就要沈先生跟你交往。」雖然情與義一直覺得做這行知道老闆太多私事不好，可是這話一旦起了頭，也不能不說完，免得屆時夏宇拿他沒提醒當藉口，扣他獎金。

夏宇不是忘記了，只是假裝沒想起來，「我是這麼說過。」

「您都堅持兩個月了。」情與義覺得現在放棄有點可惜，尤其是他賭了三個月的薪水，特別可惜。

夏宇聲音有些悶，「但他那時候沒答應。」

這個賭約是夏宇一頭熱纏著沈末定的，沈末只是靠在門邊似笑非笑地看他，然後問他是不是太閒了沒事做。

原來你還知道沈末沒答應啊？情與義靜立在一旁，忍住想吐槽的衝動。

夏宇很想回到兩個月前阻止自己說出那樣的約定，不然至少也該把時間縮短一點，改成三天？太短好像沒誠意，那就改成一個月？再長就太難熬了，比如現在，他實在不想面對這樣莫名焦躁的自己。

夏宇像是看穿情與義心中所想，又補了一句，「我知道他沒反對就是同意。」

你哪隻眼睛看出來的？情與義板著臉，努力控制表情，免得刺激到老闆。

「他那樣的人，要是真不喜歡我，連一點好臉色都不會給，更不可能收我的花。」

夏宇振振有詞，說得頭頭是道。

情與義都不知道夏宇這番說詞是在催眠自己還是催眠他了，但維護老闆的尊嚴也是俏祕書的工作範圍，於是他附和夏宇，讓自己的聲音充滿眞誠，「夏總說得是。」

「我要遵守約定，所以就不去了。」夏宇說完，坐回椅子上，抬頭看見情與義眉頭微鬆，立刻就有了點子，對著情與義說：「你去，幫他買點吃的、用的，還是要掃地、做飯都可以。」

反正夏宇就是想刷存在感，自己不能出現就讓情與義代替他。

「我不會做家事。」情與義無奈，他的專業訓練裡不包含這些家事技能好嗎？

「你表現出誠意就可以了，我看他搞不好根本不會讓你進門。」夏宇心想，他都沒進過沈未房間，情與義怎麼能進去？

「是。」情與義爲了這份不錯的薪水，只好使命必達了。

情與義離開後，夏宇拿起手機，隨手傳了一則訊息給沈末，「好想你，眞不知道什麼時候才能見到你？」

這是夏宇最近養成的習慣，每天時不時就要傳訊息給沈末，從噓寒問暖到三餐吃了沒，還有各種肉麻情話，想到什麼傳什麼，不管沈末回不回訊息，他就是要傳。往好處想，每則訊息都顯示已讀，表示沈末沒把他封鎖。

今天，沈末竟然很快就回覆，「4／18。」

這顯然是日期，就在一週後。

夏宇看了精神一振，又傳了訊息過去。

「你也想我嗎？」

「最近在忙什麼？」

「骨折還痛嗎？」

夏宇一連傳了十多個問句，都是秒已讀，卻沒等到對方的回覆。

不過沒關係，他看著那個日期，心裡又甜了起來，期待著再見面的日子到來。

另一頭，陳硯那棟市郊大別墅今天來了不少人，外頭庭院停了一排黑頭車。沈未這次不用在外面找陰影處躲太陽，他被請進一樓大廳喝茶、吃點心。大廳裡除了他還有幾個資深小組長，正七嘴八舌地談最近生意有多好。

「你們聽說了嗎？這個月的業績報表出來了，我們差不多把上次被抄的損失賺回來了。」

「這個月獎金應該會創新高吧？我昨天去訂了一台賓士，等獎金下來就可以交車。」

「進黑虎幫就是風光賺錢，朋友羨慕死了，還問我幫裡收不收人？」

「最近收了一堆生面孔，也不知道裡面有沒有混了什麼間諜？」

「你電影看太多了吧？誰敢來黑虎幫搗亂？」

「對啊，幫裡上千個兄弟一人一拳就能把人給打死，而且老大——」說話這人有些害怕地看了一眼樓上，才壓低聲音說下去，「不可能放過他的。」

頓時人人噤聲，像是想到了什麼，表情轉為驚懼，直到有人把話題扯開，氣氛才勉強再度活絡起來。

沈末沒和旁人交談，目光低垂看著手機，嘴角若有似無的笑意裡有促狹，也有一絲絲甜。

一名身材魁梧、膚色黝黑的中年男子推門進來，一排人齊聲叫了聲黑熊哥。

黑熊滿意地點點頭，往沈末這處走來，「小沈，你也在啊？」

「黑熊哥。」沈末立刻起身，黑熊入幫多年，就算現在他倆名義上地位相同，但他很有自覺，還是稱對方一聲哥。

黑熊聽得很受用，咧嘴哈哈一笑，「客氣什麼？都坐吧！」

「是。」沈末知道黑熊最在意輩分資歷，雖然嘴上應了是，還是等黑熊先坐妥後才跟著坐下。

「你知道老大為什麼把我們找來嗎？」

「我剛到，不清楚。」沈末以前算是組織裡的邊緣人，接獲指令早就習慣了不問緣由，反正問了也不會有結果。就算當上堂主，他在陳硯面前依舊不多說多問，接到通知就過來了。

「我倒是知道。」黑熊洋洋得意。

沈末一點心理負擔也沒有地不恥下問：「黑熊哥不愧是老大最倚重的左右手，能告訴我嗎？」

黑熊神神祕祕地環視左右，悄聲回答：「抓到抓耙子啦！前陣子衰到吃屎，就是他給鴿子通風報信。」

沈末背脊頓時爬上一陣涼意，面色凝重道：「居然有這種事？是誰？」

「那個人就是——」黑熊從沈末的反應獲得一股優越感，卻在說到一半時被人打斷。

「黑熊哥、沈哥，硯哥請你們上去。」

自從沈末接替阿財的位子當上堂主後，黑虎幫幫眾對他的態度好上許多，大家都以為沈末搖身一變成了陳硯眼前的紅人。雖然陳硯不知有意還是無意，幾次當著幫內兄弟面前提起沈末靠著美人計從夏宇那得到好處，不少人心下都頗為不齒，但當著沈末的面還是阿諛奉承地叫上一聲沈哥。

這些沈末一清二楚，但沒放在心上，對那些人偶爾流露出或鄙夷或猥瑣的表情視而不見。

黑熊和沈末均知陳硯缺乏耐心，連忙上樓。陳硯平時周身隨扈不少，兩人停在紅木門前，立刻有人上前搜身，確保他們身上沒帶槍械、利刃後才退開。

黑熊率先推開紅木門，原本議事廳裡的檜木桌椅都被挪到兩旁，清出一大片空地。陳硯居中站著，腳邊縮著一個男人，男人赤身裸體脫得只剩一件內褲，身上一條條密布的血痕，皮肉翻飛。

再看陳硯背在身後的手，那雙染上血的手握著一條鞭子，鞭子上有細小倒鉤，打在人身上肯定見紅。鞭子原本的顏色已難以辨認，通體過半被染成了血紅色，其餘則是暗沉的咖啡色漬。

「你們來了？這個人是幫裡的叛徒，吃裡扒外。」陳硯輕蔑地瞪著地上的男子，額上冒出些許汗珠，顯然是方才揮鞭弄出來的。

地上的男子努力抬起頭，「我眞的沒有背叛黑虎幫！」

沈末從男子血肉模糊的半邊臉辨認出來，他是那個曾經找他說過話的鄰居——矮子強。

陳硯冷笑，把一張照片丟到矮子強面前，「有人看到你和鴿子偷偷摸摸說話。」

矮子強看了一眼，全身發抖，「我弟打架被抓，我去拜託黃隊長不要讓他留下案底，他還年輕，我家出我一個歹子就夠了。」

「拜託黃隊？哼！上次就是他帶隊把阿財抓進去的，他還抄了我們不少零售點！」陳硯踹了矮子強一腳，又是一鞭，鞭子落下收回，帶起些許皮肉、血沫和慘叫，「你用幫裡的消息和鴿子交換你弟不留案底對吧？」

「我沒有！我沒有出賣黑虎幫。老大，你一定要相信我！」矮子強忍著全身劇痛，拚命向陳硯磕頭。

「在你住處找到用來和鴿子聯絡的手機，你還不承認？」

矮子強困惑，「和鴿子聯絡的手機？」

陳硯招了招手，一名手下立即送上一個塑膠透明夾鏈袋，袋子裡裝著手機，陳硯接過晃了晃，「你看！」

「那是我上禮拜在垃圾堆裡撿的，就是一隻沒人要的手機，我看還很新就撿起來用了。」矮子強竭力解釋，邊說邊抽氣，他實在是痛得不行。

沈末靜靜地旁觀這一幕，儘管明知矮子強遭遇無妄之災，卻不感到同情，黑虎幫裡待著的人手上都不乾淨。

而且，誰讓他去翻垃圾了？

「哈哈哈！你以爲我會信？」陳硯的笑聲陰狠恐怖，令人心底發寒，「我找高手查過這支手機，裡面有封被刪掉的簡訊，寫的就是雄哥的名字，和他要來的日期。」

「不是我，眞的不是我！」矮子強嚇得一把鼻涕一把眼淚，嘴裡不斷喃喃道。

「我讓人驗過了，上面只有你的指紋，不是你的是誰的？」說完，陳硯突然看向沈末，「你說，怎麼處理？」

沈末不確定陳硯是不是在測試他，便裝出畏畏縮縮不敢決定的樣子，「老大覺得該怎麼處理就怎麼處理。」

「我在問你！」陳硯瞪著沈末，他就想逼沈末給出一個答案。

沈末憐憫地看了眼矮子強，躊躇地開口，「會不會，他確實是無辜的？」

陳硯當上幫主這兩年來，類似的施虐拷問發生過許多次，他從陳硯的眼神看出陳硯已經有了決定，誰說什麼都幫不上矮子強。

「哼，你相信這種鬼話？」陳硯露出放心的眼神，隨後抬腳踢了踢矮子強，「別說我不給你留一條生路。」

「謝謝老大，謝謝老大！」矮子強大喜，顫顫巍巍爬起向陳硯磕頭。

陳硯像是玩膩了玩具的孩子，看都不看矮子強，再次招手讓手下過來，把鞭子遞了過去，意興闌珊地吩咐，「扔到海裡吧。」

矮子強瞬間面如死灰，全身劇烈顫抖，聲音淒厲，「老大！我不會游泳！求求你，不要把我丟到海裡！」

「吵死了，還不帶走？」陳硯煩躁地大吼。

議事廳裡靠牆站著的一群黑衣人立刻動作，用最快的速度把矮子強抬走，並拿來抹布和清潔劑，迅速把一地狼藉清理乾淨。

沒多久，議事廳裡的桌椅復位，地上重新鋪上地毯，彷彿什麼事都沒發生過。

陳硯坐上正中央的主位，沈末和黑熊坐在下首，靜靜等著陳硯發話。

陳硯不急，喝了一杯威士忌平復心情後，才說出把兩人叫來的目的，「雄哥這筆大生意，無論如何都不能停的，我讓銀狐去聯絡了，交易提早到明天。」

銀狐是另一位堂主，黑虎幫就流行用動物當綽號。

「明天？」黑熊不想違逆陳硯的意思，又不能不提醒，「老大，會不會太趕了？幫裡有些人還在南部送貨。」

「來不及準備？」陳硯大笑，「就是要來不及！」

「那隻猴子呢？他怎麼沒來？」就算黑熊神經再粗，也察覺到少了一名堂主。

陳硯只是笑笑，「他有別的任務。」

✦

沈末從陳硯的市郊別墅離開後就有些心神不寧。他回到了美滿大樓，雖然升上堂主後手頭寬裕不少，可以住更好的地方，但他懶得搬，一方面是住習慣了，另一方面是他怕搬到了太過漂亮舒適的住處，他就會忘記自己是誰了。

除此之外，他也不要堂主那些派頭，包括走到哪都有人跟著保護。他的手下沒人有意見，反正堂主怎麼說他們就怎麼做，而且大家都覺得沈末生性孤僻，這樣的行爲很合理。

沈末躺在床上，翻來覆去，腦中思緒紊亂。

既然不湊巧被陳硯發現了，那是不是就取消計畫？可他怎麼想都不甘心，難得陳硯親自出馬談生意，現場也會展示產品，屆時人贓俱獲，就算陳硯再有能耐也得在牢裡待上幾年。

可是要怎麼通知對方日期改了呢？

祕密SIM卡不在身邊，此刻時機敏感，不適合再去買新手機，使用現在的手機或是透過網路聯繫都會留下痕跡……

這時，門鈴響了，沈末透過門上貓眼看見門外的訪客，頓時知道該怎麼做了。

沈末開門，依舊是一貫的冷淡，「什麼事？」

「沈先生，夏總讓我送些吃的過來。如果你需要的話，我可以幫你整理房間，或者換燈泡、洗衣服、掃地，要是都不需要，我就回去了。」門口站著的是被夏宇使喚來刷存在感的情與義。這句話他練習了許多遍，總算克服心理障礙，流利地說出口。

按夏宇的吩咐，他盡責地把食物送到、把話說完就算完成任務，可以回金皇宮了，沒想到……

「進來吧。」沈末側過身，示意情與義進門。

「什麼？」情與義感到害怕，他要比老闆還早一步踏進沈末的房間了嗎？這樣他回去會不會有危險？是不是該換工作了？

「還不進來？有件風衣要託你還給夏宇。」沈末對情與義笑了笑，笑容很好看，卻讓情與義下意識打了一個寒顫。

「是。」

情與義進了沈末的住處，順手掩上門。

「市警局刑事警察隊第三偵查隊隊長黃銳車禍重傷，送往醫院急救。」

隔日入夜，沈末在手機上讀到一則新聞快訊，頓時渾身發冷。

沈末不敢在這則新聞頁面多做停留，看完就關掉，同時努力克制臉上的表情。他坐在陳硯車上，後面還有一排黑頭車，一行人在前往金皇宮的路上。

陳硯自從稍早接過一通電話後心情就很好，這時也在滑手機，忽然放聲大笑。

沈末疑惑地看向陳硯，陳硯便將手機畫面給沈末看，「你看，新聞出來了。」

赫然是沈末方才讀到的那則新聞快訊，他顫聲問：「是老大做的？」

陳硯冷哼一聲，毫不避諱地承認，「抄了我上億的貨，我怎麼可能吞得下這口氣？」

沈末極力克制想要暴打陳硯的衝動，低下頭靜默無語。

「白猴做得很俐落，看起來就像一樁普通的車禍。」陳硯很滿意。

到了金皇宮，陳硯在大廳裡和雄哥會合便一起進了包廂，他今晚訂了兩間相鄰的包廂，一間他和雄哥談生意，只帶著幾個幹部在身邊。另一間就讓其餘手下輪流飲酒作樂放鬆放鬆，不過他也特別交代，一定要留至少七、八個人手看守自己所在的那間包廂，避免閒雜人等入內。

陳硯進包廂沒多久，夏宇便按照慣例過來打招呼，招待他們一瓶皇家禮炮和幾道金皇宮廚師的招牌菜，寒暄幾句後便禮貌地退場。儘管期間夏宇偷偷朝沈末放電，沈末卻像是沒接收到似的全程目不斜視，只在夏宇進包廂時與他對視了一眼，低低說了一句「夏總好」。

見面的時間太短，根本杯水車薪。夏宇很無奈，卻也沒辦法，他和沈末都有工作要做。

夏宇一出陳硯的包廂就得趕去另一個包廂，畢竟今晚貴客如雲。陳硯來了，海哥也來了，甚至連市警局的局長也來了。

這三組人馬夏宇都得親自招呼，酒店幹部知道三方互有些不對盤，機靈地把包廂安排在不同樓層，避免一言不和擦槍走火。

本來這樣的安排應該是萬無一失，偏偏就有了意外。而意外的產生，就是一連串的巧合。

黑虎幫最近鋒頭正盛，幫眾在外走路都有風，免不了自我吹噓幾句，難免惹人不快，新仇舊怨疊加，加上酒精催化，腦子一熱，就容易失控。

事情是這樣的，黑虎幫幫眾和海派的人酒過三巡都想去上廁所，黑虎幫那一層的廁所客滿了，有個綽號叫小牛的等不了，下樓去了海派所在的那一層。結果和海派的兄弟互看不順眼，小牛被揍了一拳，眼看對方有三人打不過，小牛當機立斷逃回去求助。

黑虎幫聽見自己人被欺負哪裡能忍？於是包廂裡的幫眾酒不喝了，歌不唱了，小姐也不抱了，包含小牛在內近二十個人聲勢浩大去廁所堵人，海派那三人赤手空拳不敵，便動了槍。

一聲聲槍響把金皇宮裡所有人都驚動了，經驗老道的顧客都明白這種場合容易誤傷，待在包廂裡鎖好房門最安全。

同時他們也明白，一旦發生槍案，警察到場也就是幾分鐘內的事，尤其金皇宮還位於市中心。

陳硯在包廂裡聽見槍聲了，他的客人雄哥也聽見了。

陳硯這次眞的是來談生意的，船隊的問題得到解決後，他進了大批的貨，貨量充足加上價格實惠，迅速橫掃中部市場。

然而市場飽和後，銷售成長幅度就有限了，於是他打算把貨賣到北部，約了北部大盤的雄哥洽談。偏偏雄哥有案在身，不能被臨檢，他一聽見槍聲就要跑，兩個親信也起身護在其左右。

「雄哥，別急。」作爲此次聚會主人，陳硯自然不能在雄哥面前失了面子，他裝作沉著冷靜，起身發號施令，「誰去看看？」

談生意避免人多嘴雜，就沒叫小姐，打算談妥後再好好快活，所以包廂裡除了陳硯和雄哥，就只剩雙方各兩名手下，公平。

沈末見狀自告奮勇到外面查看，「我去。」

陳硯不覺得沈末做這件事有什麼不妥，很快就點了點頭。

沈末快步走到包廂門旁，手放在門把上，聽著槍聲沒再響起，把門開了一條縫謹愼地看了一眼，才閃身出了包廂，沒想到原本應該守在包廂外面的人只剩下阿誠一個。

阿誠第一次遇上這種場面，嚇得臉色發白，只知道摀著耳朵蹲著，免得被流彈波及。

沈末心頭一跳，直覺計畫生變，急急抓住阿誠手臂，「其他人呢？」

「他、他們去樓下了。」阿誠緊張害怕，說話結結巴巴，此時槍聲再度響起，和著慘叫聲不斷從樓下傳出。

這一波動靜讓兩人臉色更難看了。沈末頭痛得要命，大魚即將入網，怎麼能讓魚溜走功虧一簣？

「我們的人鬧事？」沈末沉聲問。

「好像是海派的來挑釁，他們嫌我礙手礙腳，就讓我留下來看門。」阿誠本就一知半解，驚懼之餘說得更不清不楚，一心只想找個安全的地方躲起來。

「你進去跟老大解釋？」沈末瞪著阿誠。

「不、不要。」阿誠拚命搖頭，光是看沈末那次被打到住院，就知道陳硯生氣起來有多可怕。

「你走吧，離開黑虎幫，不要再回來了。」

阿誠加入黑虎幫三個月，對黑虎幫沒有多深厚的感情，要離開其實並不困難，他猶豫地看著沈末，「沈哥，你怎麼辦？要不要一起走？」

沈末不是不感動，然而當下情勢危急，沒時間離情依依，「我自己會想辦法，你快走！」

「好。」阿誠沒有太多掙扎就接受了沈末的提議，他根本沒發現沈末語氣冷淡、氣勢凌厲，和平常不一樣。

沈末從槍聲判斷出火拚地點，替阿誠指了另一條路，「從這邊走廊盡頭走過去，推開防火門直接下樓梯，到了一樓大廳就離開，不要回來。」

阿誠對金皇宮不熟悉，一聽沈末的指令便順從地拔腿就跑。

沈末無心再管阿誠，他好不容易通過情與義通知隊長改時間，原本可以順利收網，沒想到遇上如此狀況，導致大魚剛入網就要跑了。

他一定要把事情在今天結束。

他受夠黑虎幫了。

他受夠陳硯了。

他受夠看不見光的日子了。

三年的忍耐就爲了今天，憤怒讓他格外冷靜，他不能衝動，走錯一步都不行。

黃隊生死未卜，沒辦法爲他的臥底身分作證，貿然投誠警方不會有人相信他，就算最後解釋清楚，陳硯和雄哥這兩條大魚也早逃走了。

儘管黃隊出事，但他昨天就把消息放出去了，警方肯定會有人到場，那該如何把警察引過來？

發生槍案警方肯定會先往槍案現場，除非陳硯這裡也鬧出動靜，才能吸引警方的注意力。

沈末正在思考時包廂門就打開了，陳硯探出半邊身子出來查看，不看還好，一看就變了臉色，「人呢？都去哪了？」

沈末不知道怎麼解釋過程，直接說結論，「開槍的可能是我們的人。」

這時，從五樓市警局局長包廂蜂湧而出的便衣刑警一路下衝至三樓，高聲大喊：「警察執法！不要動！靠牆！手舉高！」

警察們雖然在樓下，然而動靜太大，聲音還是傳進了四樓的包廂，雄哥如遭雷擊，大驚失色，「警察怎麼來得這麼快？」

簡直就像事先埋伏在這裡似的。

陳硯趕緊鎮定心神，走回包廂，「雄哥，現在走還來得及。」

沈末也跟著回到包廂，關上門，隨機應變。

「陳硯，你耍我？你跟鴿子通風報信？」脾氣火爆的雄哥和陳硯本就不熟，第一次碰面就遇上這種事，猜忌陳硯自是難免。

「雄哥，你誤會了！」陳硯不是沒陰過人，不過這次眞不是他。

「時間地點都是你訂的，不是你會是誰？」雄哥顯然不信，邊說邊掏出一把套了消音器的手槍，槍口指向陳硯，沒有多想就按下板機——他不想錯殺，但更討厭錯放。

「老大！」站在陳硯身邊的黑熊當即把陳硯推開，代替陳硯挨了子彈，胸口噴出一團血霧，倒地不起。

陳硯被推開後連忙躲到沙發後面，生死交關，他也毫不猶豫地掏槍，憑感覺就往雄哥的方向射，雄哥閃躲不及被射中了大腿，罵了聲髒話滾至一旁。

雄哥的兩名手下隨後從兩側對陳硯開槍，陳硯隨身帶著的左輪手槍只有六發子彈，慌亂之中很快就打完了，只能抱頭縮在沙發後。

沈末弓著身體冷不防靠近雄哥的一名手下，踢掉那人手上的槍，可惜槍飛得太遠，掉到靠近沙發的地上。陳硯見狀立刻要去撿，卻被雄哥另一名手下開槍打中手，只好縮了回去。

被沈末踢掉槍的那人轉身就要和沈末拚命，沈末俐落地使出幾下重擊就將人擒住，下一秒，雄哥另一名手下轉朝沈末開槍。沈末架住手上的人擋在胸前，那人慘叫一聲，胸口多了兩個血洞，昏死過去。

發現誤傷同伴後，雄哥另一名手下錯愕了一瞬，沒注意陳硯悄悄拾起沙發旁的槍，並一槍命中他的要害。那人也是勇悍，死前還抬手朝陳硯補了一槍，陳硯搖搖晃晃倒地。

雄哥在道上數十年，見過的槍林彈雨多不勝數，他沒理會自己手下陷入險境，也不管桌上攤開的手提行李箱內有售價堪比黃金的高純度毒品，忍著右大腿劇烈的疼痛打開對外窗就要往下逃。

這間包廂位於四樓，正下方二樓有個露台，只要下到那裡，基本上就算安全了。

沈末的位置距離窗邊有段距離，察覺雄哥要逃，三兩步來到最後倒地的槍手旁邊，抓著槍手還握著手槍的手迅速瞄準雄哥的背，扣下板機。

雄哥半個身體剛探出窗外，就被一槍擊中後背，一蓬熱血噴濺而出，整個人掛在窗戶上起不來了。

「沈末，你也是內鬼？」

沈末轉頭，只見陳硯面目猙獰，一手摀著不斷冒出血的腹部，一手顫顫地舉槍對準沈末。

沈末只淡淡一笑，「你那把槍沒子彈了。」

說話的同時，他邁步往雄哥趴著的窗邊走去。

陳硯面容扭曲，他不允許有人背叛他！就算是同父異母的弟弟也不行！

他按下板機，可惜除了擊錘彈起發出的聲響外，什麼事都沒發生。

陳硯目眥盡裂，崩潰大喊：「你怎麼知道沒子彈了？」

沈末沒回頭，輕笑，「我有算。」

陳硯手上那把貝瑞塔M9，最多只能裝填十五發子彈，剛剛打中雄哥手下的那一槍就是第十五發。

包廂裡的槍戰時長僅短短幾分鐘，但是陳硯的槍沒套消音器，金皇宮裡的人都聽見了，當然也包括了樓下的警察和正趕過來的夏宇。

沈末知道自己時間不多，雖然他把包廂的門鎖上了，也僅能多爭取到約莫三分鐘。

他雙手抓緊窗戶，身體探出窗外，準備離開。

「沈末，弟弟，救我，我是你哥哥啊！」倒在血泊裡的陳硯，嗓音嘶啞地開口。

這是他第一次喊沈末弟弟，試圖喚起沈末心中的手足之情，卻不想他剛剛甚至還想對沈末開槍。

「你不是我哥。」

沈末輕聲說完，沒再看陳硯一眼，一腳跨出窗外，站穩在落腳點上，接著手往上一攀，就著建築物外附著固定的鐵管和窗上突出的雨遮往上爬。

手才剛攀上鐵管，沈末便痛得低抽一口氣。原來他在雄哥和陳硯第一波掃射時就被流彈傷了左手臂。

沒時間包紮和喊痛了，沈末忍著疼痛，不去想腳下的高度，也不去想失足的後果，緩慢但堅定地往上爬。

他記得夏宇說過他的辦公室在六樓，只要再往上兩層——

Chapter 5

時間回到稍早，夏宇剛接待完陳硯和海哥，還沒能抽出空檔找藉口把沈末叫出來多看兩眼，就聽人說市警局局長來了。

夏宇隱約知道今天有事要發生，沈末讓情與義幫忙傳的訊息是一串英文和數字，他猜不透是什麼意思。原本打算今晚要時時刻刻留心沈末，卻沒想到市警局局長親自帶隊來金皇宮光顧。

雖然跟在局長身邊那二十多個男人都像是刑警，其中更有幾個夏宇在臨檢時見過，但只要在金皇宮，穿著便衣就是客人。

夏宇吩咐下去，讓大家把所有不該出現的東西收好，便認命地走進局長的包廂。他有時候挺能體會小姐爲了賺錢坐檯，那種身不由己的心情。

局長的包廂安排在五樓，夏宇一邊催促小姐積極服務局長，一邊開了限量的陳年威士忌招待。

局長態度親切客氣，「夏總不用忙了，我們今晚只是來坐坐、散散心。」

只是來坐坐？散散心？

夏宇當然不信，誰來金皇宮只為了這個？他很快聯想到陳硯和他的貴客，暗暗給了情與義一個眼神，想讓人注意沈末安全，誰知情與義這塊木頭看不懂。

無奈之下，他打算和局長速戰速決，早點脫身，好去留意沈末那裡的動靜。

他這幾年早已練就一套應對模式，臉上笑容看起來發自內心毫不虛偽，態度殷勤熱絡卻不招人反感討厭，拿捏得極有分寸，「局長難得蒞臨，一定要盡興。」

「聽說夏總年輕有為，把金皇宮經營得有聲有色，今日一見果然名不虛傳，不僅年輕會做生意，還風度翩翩一表人才。」

「局長謬讚了，我只是接手長輩的生意罷了。」夏宇姿態謙虛。

局長能坐上這個位子當然也是人精，知道夏宇是客套，不會小瞧他，畢竟青盟幫眾眾多，夏宇能安穩度過三年足以證明自身能耐。

夏宇陪著局長又聊了幾句，打算藉故告退時就聽見樓下槍響，當下就知道不好，對著局長淡定地笑了笑，「讓您見笑了，我出去看看。」

「沒關係，我的人也一起去吧？」局長開口前，包廂裡二十多名便衣刑警已全數站起，局長一說完，沒等夏宇回答，那些人便火速衝出包廂。

「好。」夏宇還是維持風度應答，出了這樣的事，他也不能說不好，何況他不同意也沒用。

局長一行人這趟來本就不是為了飲酒作樂，這下更有理由展開行動了。

夏宇實在坐不住，說了要協助辦案就跟著步出包廂，而後在走廊遇見一名奔過來的保全組組員，對方喘著粗氣說：「黑虎幫和海派在三樓廁所打起來了，場面很混亂，我們的人先圍在外面。」

等一眾便衣警察走遠，夏宇轉身抓過身後跟著的情與義就問：「沈末呢？」

「我沒收到消息，應該還在包廂裡吧？」

夏宇馬上就往陳硯的包廂跑，跑沒幾步三樓廁所又傳出槍聲。

雖然夏宇極不情願，但在情與義和其他隨扈的堅持下，還是彎下腰蹲低了慢慢移動。畢竟金皇宮大廳上方挑空，只要站在走廊，樓層之間的人依舊可以對話，這表示三樓的流彈還是有機率打到五樓。

就這樣好不容易移動到四樓，剛出了樓梯就又聽見槍響，這次是陳硯那間包廂。

夏宇簡直要瘋了，想著難道是沈末出事了？

他衝到包廂門前要開門，卻發現門被鎖住了，於是他用身體撞門，撞了幾下就被情與義拉開。

「老大，這說不定是沈先生鎖的，沒那麼容易開。」

夏宇瞪著情與義，怒吼：「那就想辦法開啊！」

包廂內再次響起槍聲，包廂外的人連忙找掩蔽物或撲倒，情與義反應迅速，飛身把夏宇撲倒在地。儘管雖然金皇宮的建材都是真材實料，但誰知道會不會有不長眼的子彈穿門射來？

夏宇沒想過自己會被男人撲倒，而且還是情與義，腦子大約空白了一秒，隨即大叫：「讓我起來！」

「夏總，你別急，沈先生會看著辦的。」

夏宇心亂如麻，他不知道那些子彈是不是打在了沈末身上，「就算身手再好，他也就一個人，你快想辦法！」

「現在衝進去也無法保證他的安全，況且我的工作是優先保護你。」情與義鎮定地說，他答應過夏老，只要他還在青盟，就會盡可能保護夏宇。

由於體型與搏擊技巧上的差異，夏宇始終沒能掙脫情與義的壓制。

一陣混亂後，槍聲總算停下，那群便衣刑警也有一半過來和夏宇會合。

金皇宮幹部拿著鑰匙跑過來要開門，卻打不開，接著又有人拿著小型電鋸過來，花了好幾分鐘，才總算將門鎖連著門把卸下。

包廂門打開時，一股濃郁的血腥味飄散而出，包廂裡到處都是彈孔，歪七扭八倒了五個人，其中四人已經嚥氣，陳硯則是傷重陷入昏迷。

夏宇一開門就搶先衝進包廂，不顧警察喝止，一一確認過每張血跡斑斑的面孔都不是沈末，才稍稍安下心來。但隨即再度心急如焚，想著沈末去哪裡了？

一名警察表示要封鎖槍案現場，包括夏宇在內，所有金皇宮的人都被請出了包廂，夏宇只好帶著人到一樓大廳等候。

金皇宮接連發生兩起槍案，並且還有毒品交易牽涉其中，不是二十幾名警察能處理的，增援警力以及救護車沒多久就抵達現場。警方守住出入口，先把傷者送醫，然後對今晚的客人逐一盤查。

夏宇眼皮狂跳，憂心忡忡，暗忖沈耒還好嗎？

發生槍案的時候，夏宇在局長的包廂裡，很快就排除了涉案嫌疑，和局長打了聲招呼，交代保全主任盡力配合警方辦案，夏宇便先回到六樓的辦公室。

夏宇一打開辦公室的門就覺得不對，有扇窗戶破了，他還聞到了血的味道，味道很淡，卻無法忽視。

下一秒，他看見沈耒躺在會客用的沙發上，臉色蒼白地對他笑，「你總算來了。」

夏宇吩咐情與義把辦公室的門關上，並守在門外，隨後焦急地上前，蹲在沙發旁邊查看沈耒的傷勢，「你受傷了？」

沈耒頭有點暈，他知道這是失血過多的徵兆，便主動交代，「左手卡了顆子彈。」

沈耒進到夏宇辦公室後已精疲力竭，隨手拿了一件夏宇掛著的襯衫把傷處裹住，勉強止血，但這不是長久之計，白色襯衫滲出大片血色。

夏宇當機立斷，「我去叫救護車。」

沈耒拉住夏宇，「我不能去醫院，沈耒不能去醫院。」

雄哥身上中的最後那一發是他開的槍，不過槍身上沒有他的指紋，所以可以解釋爲那是雄哥在槍戰時被手下誤傷。而沈耒和槍戰並無關係，甚至不在場——然而這一切的前提是沈耒沒有受傷。

夏宇實在不想任憑沈耒胡來，但基於尊重，還是開口徵詢沈耒的意見，「你想怎麼辦？」

「不是有你嗎？夏醫師。」沈末朝夏宇笑了笑，這個笑容和以往都不一樣，特別輕鬆，眼裡還有滿滿的信任。

夏宇有點恍惚，他很久沒被人這麼稱呼了，幾乎想不起上一次被這麼稱呼是什麼時候，更沒想到會聽見沈末提起，「你記得我？」

「你不也記得我？」

夏宇沒有否認，嘆了口氣，小心抱起沈末走到辦公室後方書櫃前，用腳踢了下書櫃。一扇暗門打開，暗門後方是一間臥房，夏宇平常累了或不小心喝得太醉就會在這裡休息。

「我這裡沒有滅菌設備，器械沒消毒，傷口容易感染，也沒有麻藥，到時候痛死你！」夏宇惡狠狠地威脅沈末。

這裡不是醫院，沒有的東西太多了，沒有血漿、沒有X光機……

「沒關係，有你就夠了。」沈末靠在夏宇肩上，聲音有氣無力，「以前聽隊長說夏醫師技術很好。」

夏宇覺得頭痛，可以不要這麼相信他嗎？

此時，外頭響起淅淅瀝瀝的聲響，下雨了。

夏宇嘆了口氣，把沈末放下後，打了通電話給情與義，「記好，我要這些東西——」

夏宇的名字諧音是下雨，但他一點也不喜歡下雨，他記憶中的雨天總是伴隨著不好的事情。

印象最深刻的雨天是在他八歲那年，母親帶著他離開父親買的大房子。母親一邊哭一邊罵，臉上的妝都化開了，不知道是哭花的還是雨淋的，在眼下交錯畫出黑黑粉粉的水痕，年紀還小的夏宇只知道幫母親擦眼淚，卻越擦越糟。

雖然沒有人責怪他，可是他小時候總會想，是不是自己不夠乖巧，父親才不回家？

儘管夏宇和母親相依爲命的日子過得還算不錯，吃穿無虞，甚至家裡還能請個幫傭幫忙打理家務，不過夏宇敏感地感覺到母親不快樂。於是，他開始認眞念書，因爲這樣母親就能開心地向朋友炫耀自己的兒子多聰明、多像她。

他第一次見到沈末也是在一個雨天，沈末是被救護車送進來的，那晚他在醫院值班，被急診醫師call進急診室。

沈末染了一頭金髮，穿著花襯衫黑短褲，流裡流氣，一看就是小混混，身上既沒金項鍊也沒勞力士，顯然是混得不好的那種。聽說是討債的時候被債主反毆成傷，四肢軀幹都有幾處外傷，左小腿骨折，導致生命危險的是內出血。

夏宇不去想沈末是好人還是壞人，反正進了醫院都得救，他看了病患的症狀和

CT，確定他的肝臟破裂且出血量持續擴大，便迅速決定進手術房。

沈末算是命大，復原順利，來探病的人有和沈末同一種穿衣風格的，也有警察來做筆錄兼打探別的案子。

某次巡房，夏宇就遇到兩個警察來看沈末，一個是和他有過幾次往來的刑警隊隊長，一個是長相清秀的年輕菜鳥警察。他看起來剛從警大畢業沒多久，有著明亮的眼睛和特別好看的笑容，穿起警察制服更顯得腰細腿長，跟在刑警隊隊長身邊，乖巧溫順特別聽話，顧盼間又流露出幾分機智伶俐。

「這位是夏醫師，技術很好，上次老王中了兩槍就是夏醫師救回來的。」

小警察立刻打招呼，「夏醫生您好。」

夏宇很忙，低著頭在病歷表上潦草寫下幾個英文縮寫，聞言只是笑笑，「別聽你隊長的，不要以爲隨便挨兩槍沒事。」

「我說的是事實。」隊長是個四十多歲的中年男子，接觸的各行各業多了，不管和對方熟不熟都能閒扯兩句，「帶新人認識環境，來醫院就是要認識醫生。夏醫生沒什麼話要跟我們隊裡的新血說嗎？」

「你最好一槍都別挨，如果運氣不好眞有那一天，可以來找我。」夏宇剛值完夜班接著上日班，整個人跟遊魂似的，精神不濟下分不清楚幽默和冷笑話的區別。

「呸呸呸，這都什麼話？不吉利。」隊長很嫌棄。

小警察倒是笑得很開心，「我記住了，謝謝夏醫師。」

夏宇敷衍地點點頭，雖然小警察看起來是他的菜，但他現在上床只想睡覺，沒有多餘的精力和人進行深入交流。

對話到此結束，夏宇匆匆走了，他還有一堆病歷沒打，得早點結束巡房。

當時，夏宇還算有點使命感，盡心盡力幾乎以醫院爲家，沈末不過是他經手的眾多病患之一。他會記得沈末，除了因爲警察探視外，還因爲沈末後來死了。

出院那天他急著過馬路，被車撞死了——也是個雨天。

人生就是這樣充滿不可測吧？

比如說，誰會知道三年後夏宇再次看到那個菜鳥警察時，大家都叫他沈末，而且對方已經變成黑虎幫的人？

再次見面，他不是夏醫師，他也不是小警察。

滄海桑田，不外如是。

夏宇慶幸自己轉換跑道後沒有荒廢技術，沈末的手術進行得很順利。

當初選擇一般外科時，他的老師就自豪地說過，過去他曾跟著NGO在戰亂國家救人，環境條件惡劣和資源匱乏都是日常，藉此勉勵學生。雖然這次他爲沈末做的手術難度遠不及老師當年，不過也算沒有丟臉吧？

沈末安穩地躺在夏宇辦公室的暗房裡，已經脫離危險。沈末還年輕，身強體壯，預後應該頗爲樂觀。

然而夏宇還是一步都沒敢離開，一直到隔天早上沈末醒過來，他都守在床旁，注意著沈末的動靜。

他彷彿回到當年，彷彿還是那個熱血的夏醫師。

他沒了平日裡出現在人前的體面，慣穿的三件式西裝外套、背心早就脫了，領帶解了，袖子則是捲到手肘處，襯衫釦子解了兩顆。

沈末覺得自己好像只是睡了一覺，精神還不錯，睜眼看見夏宇，輕輕勾起唇角微笑，「早安。」

看見沈末醒來的瞬間，夏宇覺得特別欣慰，一晚上的辛苦都不算什麼了。他臉上帶著倦色，聲音略微沙啞，「感覺怎樣？」

「很好。」儘管手上麻藥消退，傷處傳來陣陣燒灼般的疼痛，沈末還是感覺很好，比過去三年都好。

「嗯，多休息。」夏宇的手撫上沈末額頭，幾秒後就挪開，只是確認體溫，沒有不軌心思。

「一起睡。」沈末看出夏宇很疲倦，「這床很大。」

「好。」

既然沈末都這麼說了，夏宇也不客氣，繞到床的另一邊，躺在沈末右側，沒多久就沉沉睡去。

沈末看著夏宇的睡顏，微微一笑，用右手幫夏宇拉上被子，跟著闔眼睡覺。

床上的兩人表情放鬆，頭碰著頭，像是戀人一般，這張床難得睡上兩個人時眞的只是睡覺。

由於爆發重大槍擊事件，現場同時查獲毒品，金皇宮被勒令停業一週配合警方調查，加上內部進行整修，總共停業兩週。

夏宇惋惜少了兩週的營業額，卻也樂得多了兩週的假。外人以爲他歇業期間天天待在辦公室裡認眞工作，誰知道他天天都在約會，和情人膩在一起，樂不思蜀。

即使是沒有正式的告白和口頭上的承諾，他依舊自認和沈末之間有了很大的進展。首先，沈末不像以往那樣刻意和他保持距離，連根頭髮也不讓他碰，現在他想沈末揉頭髮就揉，想捏臉就捏，雖然有時候會挨白眼，但至少得逞了好幾次。這把夏宇樂壞了，他都不知道自己這麼容易滿足。

而且沈末也不再冷冰冰地對他愛理不理，總是有問必答，還常把人撩得心癢難耐。

夏宇覺得自己以前被沈末冷落得沒道理，便問：「你之前怎麼不大理人？」

沈末才覺得夏宇的指控沒道理，「你要不要想想你都說了些什麼？」

說了些什麼？都是些輕佻不正經的話呢！

夏宇記得，卻沒半點反省的意思，「你不喜歡可以直接說。」

沈末挑了挑眉，「如果我喜歡呢？」

這個暗示會不會太明顯？

夏宇一樂，俯身想親沈末，被沈末伸手擋在唇前，只好無奈停住，「不是喜歡嗎？」

沈末眼裡滿是促狹的笑意，「我不喜歡在任務期間談戀愛。」

夏宇點頭，沒關係，他能理解，只要不是他的魅力出了問題就好，「還沒結束嗎？警察的蒐證結束了，過兩天包廂都要裝潢好重新營業了。」

「還沒。」沈末沒有多說，關於他手上的資料和復職的事都是機密，「要請你幫我拿樣東西。」

隨後他細細交代了細節。

夏宇樂得在沈末面前表現，聽完後一口應下，「這個簡單。」

沒多久，夏宇從情與義手中接過一個指節大小的透明夾鏈袋，夾鏈袋裡是一張SIM卡，夏宇立刻交給沈末，「怪不得你老是去那裡抽菸。」

「謝謝。」沈末笑著接過，把SIM卡裝進手機，收到了黃隊出院後傳給他的訊息。

「不用謝。」夏宇笑了笑，「你可以更依賴我一些，我不介意，警民合作嘛！」

沈末心裡泛起一陣暖意，但又感覺這不像是夏宇的風格，「你是不是還想說什麼？」

果不其然，夏宇特別曖昧地眨眼，拉起沈末沒受傷的右手，深情款款，「我接受以身相許。」

「那還是說謝謝吧。」沈未把手掙開，笑了笑，「既然夏總不介意警民合作，就請你讓我獨處一個小時，我要工作了。」

「男朋友事業心太重，我只好配合了。」夏宇嘴上說配合但卻拖著腳步，一副不情不願、楚楚可憐的樣子。

若是以往，沈未八成會回「誰是你男朋友」，然而這次沈未只是保持微笑，沒有糾正夏宇的說詞。

發現這點後，夏宇離開的腳步變得輕快，關上門前，還朝沈未送了個飛吻。

「你到底叫什麼名字？」夏宇拉了張椅子坐在床邊，給沈未削蘋果。夏醫師很少拿水果刀，顯然沒有掌握削蘋果的技巧，昂貴的進口蘋果被削得坑坑巴巴。

沈未的衣服沾了血便處理掉了，此刻身上穿的是夏宇的新衣服，休養幾天後，氣色不錯，「怎麼突然問這個？」

夏宇放棄削蘋果，把刀子和蘋果放到旁邊，語氣哀怨，「我不想抱你的時候還喊別人的名字。」

這個理由把床上的男子逗笑了，有別於還叫沈未時，現在的他氣質乾淨，漆黑明亮的眼瞳靈動狡黠，笑容燦爛，像是被一場雨洗去了塵世的汙濁，嶄露原本的姿態。

「江子昕。」

夏宇很開心，握著江子昕沒受傷的手，一遍遍叫這個名字，像個傻子。

江子昕好久沒聽人喊他眞正的名字，心裡有些酸酸的，可是他不喜歡示弱，他覺得不說點什麼，自己可能會因爲這幾聲叫喚就哭了。於是，他若無其事地抬了抬下頷，笑著問：「你不是要做才問我名字的嗎？」

這句話大膽到夏宇懷疑自己是不是聽錯了，眨了眨眼，竟一時沒有反應。

江子昕狀似不耐，靠近夏宇，舔舔唇，呼吸的氣息噴在夏宇耳側頸間，聲音緩而沉，平添魅惑，「上我。」

「任務結束了？」

「結束了。」江子昕將手機畫面給夏宇看，上面那則訊息寫著：任務結束，擇日歸隊。

那還等什麼呢？他們沒有必須保持距離的理由了。

江子昕剛說完，夏宇立刻扣著江子昕的肩頭，將他推倒，自己也跟著上了床，看似強硬的舉動其實動作溫柔，小心注意不要牽動江子昕的傷口。他俯身低頭，先在江子昕的唇上吻了一口稍稍止癮，惡狠狠地威脅，「你別後悔。」

「那要看你的表現了。」江子昕輕笑，單手勾上夏宇的脖子拉近兩人距離，抬起腿隔著衣料蹭了蹭夏宇已經充血的性器。

要命，太勾人。

「不會讓你後悔的。」夏宇再次吻上江子昕，江子昕也做出回應，唇舌交纏，吻著吻著情慾如烈火燎原一發不可收拾。

夏宇伸手解開江子昕襯衫的釦子，露出他胸腹精實的線條，手指撫上那滑膩柔韌的肌肉，從腰線婆娑往上，輕輕揉捏胸前一抹淡粉。

江子昕渾身酥麻，早已被撩撥得情動，受傷的手不能亂動，只能單手摟著夏宇，手指在夏宇背肌上游移，同時身體熱烈貼上。

夏宇急不可耐地扯開江子昕的褲子，探入藏在臀瓣的穴口，才剛用了一根手指，江子昕就吃痛皺眉，「唔。」

夏宇煩躁縮手，湊到江子昕耳邊說了聲抱歉，並親了親他，隨後拉開床邊櫃的抽屜拿出潤滑液，怕再弄痛江子昕，擠了很多在手上，重新進行擴張。這次過程總算順利了一些，但那隱密的穴口仍過分緊窒，夏宇一邊吻著江子昕的敏感帶試圖轉移他的注意力，一邊進行開拓。

「放鬆點。」

江子昕低低喘著氣，「是不是你技術不好？」

「技術不好你硬什麼硬？」夏宇就算沒問也能猜到江子昕只是嘴上放浪，身體八成沒有太多經驗，他體貼地沒有說破，手上力道放得更輕柔了。

江子昕當然知道自己下體又硬又脹急欲紓解，這種客觀事實無法反駁，不過他能有別的理由，「那是因爲我想上你。」

只可惜江子昕此刻眼眶濕潤且滿臉通紅，偶爾還洩出幾聲呻吟，說起這樣的話太沒有說服力了，但是很可愛！

夏宇用空著的手捏了捏江子昕的臉頰，進行拓展的手指又添加了一隻，開始尋找能讓江子昕舒服的那個點。

「啊。」江子昕的聲音變了音調，想噤聲時已經來不及。

「我喜歡聽，叫大聲一點，嗯？」夏宇受到鼓勵，繼續用手指反覆蹭過那個點。

「可惡，等我傷好了——啊——」江子昕盤算著等自己傷好，一定要換自己當上面那個，只是才剛說了個開頭，夏宇就惡劣地加快頻率頂弄，不讓他把話說完。

江子昕在情事上的經驗不比夏宇這樣的老手豐富，他感覺快感來得一波快過一波，口中一邊溢出甜膩呻吟一邊叫停，「嗚，停、停下來，有一件重要的事。」

「做完再說。」夏宇親了親江子昕的唇，沿著側臉往下來到線條漂亮的脖頸、鎖骨，半親半啃半吮，一路留下屬於他的印記。

江子昕看夏宇沒有要停的意思，即便兩腿發軟，快感不時流竄，仍努力讓自己抵抗那逐漸蔓延全身的情慾，抬起腿踢向夏宇，力道不大，卻足以讓夏宇停下來。

夏宇摸不著頭緒，「怎麼了？」

江子昕將手背貼在頰上，感覺臉燙得不像話，待急促的呼吸稍微平復後，朝夏宇笑了笑，「我得問問醫生，我的傷勢能不能進行性行爲？」、

「可以！」夏宇大吼，這時候叫停簡直是要他的命，而且江子昕明擺著就是在逗弄他！他癟了癟嘴補上一句，「我會小心不動到你的傷。」

「我知道。」江子昕將兩腿張得更開，一條腿甚至還勾上夏宇的腰，笑得嬌豔如花，放蕩地提出邀請，「進來？」

夏宇不再忍耐，一方面是快被慾望逼瘋了，一方面也是擴張做得差不多了，便脫下褲子戴上套子，抬起江子昕又長又直的腿，對準穴口，挺腰將性器送入。

「啊。」

快慰的嘆息和被充滿的喘息同時響起，兩人總算結合為一，感受著彼此的存在。等江子昕稍稍適應後，夏宇就開始挺進抽送，令人臉紅心跳的肉體撞擊聲混著水聲在房間裡迴盪。

江子昕眼眶微紅，神情迷離，雙唇微張，不吝惜發出一聲聲誘人的呻吟，下身配合夏宇挺送的頻率不斷迎合。

夏宇感覺江子昕身心都渴求著他，兩條腿張到最大幅度以便陰莖可以在侵犯時進入最深處，每次他抽出時，穴肉都緊緊絞著性器像是捨不得它離開，放蕩又淫亂，簡直不知羞恥。但他本就是好色之徒，樂得沉淪其中。

儘管情到濃時再多的性愛也不嫌多，可夏宇惦記著江子昕的傷，稍稍饜足就抱著江子昕去洗澡。如願一起泡了澡，兩人抱在一起磨磨蹭蹭難免又起反應，在浴缸裡又互相紓解了一次。

好不容易才捨得從浴室裡出來，兩人穿上浴袍躺在床上依偎，身體殘留著高潮後的餘韻，放鬆慵懶之餘還有點微微的倦。

「你不要再接這種危險的任務了，要是有人認出你不是沈末就慘了，眞不知道你們隊裡怎麼想的。」夏宇揉著江子昕細軟的頭髮，注意到江子昕頭髮過長了，若是能剪去一些長度能更顯帥氣——還是算了，他實在不想把江子昕給旁人欣賞。

江子昕大大方方地把腳蹺在夏宇的腿上，像隻恃寵而驕的貓，「我和沈末小時候是玩伴，只是我家搬家了，就斷了聯絡。沈末被打的案子讓隊長注意到他，細查發現沈末是黑虎幫幫主的私生子，隊長想找他當線民，恰巧帶著我去遊說他，直到那時我和沈末才相認。」

「眞巧，後來呢？」

江子昕望著天花板有些出神，「他原本不願意當線民，但是他媽生病需要錢，他想了好幾天才答應。」

夏宇點頭，「可惜沈末出院那天車禍身亡。」

「所以我代他去。」江子昕揚了揚下巴，露出自信的笑容，夏宇忍不住把他的臉扳過來親了一口。江子昕笑著把夏宇的臉推開，「沈末住院時我常去看他，大概是難得有個說話的對象，他把分別後的事都跟我說了，這對我後來假扮他很有幫助。而且當時我剛畢業，到隊上才一週，認識我的人不多。」

「總有人認識沈末吧？」

「沈末身邊都是些酒肉朋友，他加入的是不成氣候的小幫派，專做暴力討債，隊長在沈末出院前就找了個時機強力掃蕩，抓了不少人，剩下的也跑掉了。」

「你們隊長心眞黑，讓沈末就算出院也不能回討債公司？」夏宇知道這是斷了沈末的老路，讓他只能按約定去黑虎幫。

「那間公司有違法事實，被抓是遲早的事。況且沈末被打的時候那些人各自逃命，不顧他的死活，幫他清理掉也好。」

「別跟我說是你出的主意。」

江子昕漆黑眼瞳裡有一抹晶亮的神采，「你猜。」

「不猜。後來呢？」

「沒意思。」江子昕斜睨了夏宇一眼，「隊長在檔案紀錄裡動了手腳，將我調至偏鄉，並且將沈末所有資料裡的照片、血型、指紋等等都換成我的。當時沈媽媽的病已經很嚴重，經常意識不清，我沒告訴她沈末的事，她有時候會把我當作沈末，有時候不會。反正黑虎幫裡沒人認得我，在警方協助下過了DNA鑑定後就沒被懷疑過身分，直到遇見你。」

「你認爲我不會戳破？」

「夏醫師是好人。」

夏宇很久沒聽到這樣的話，乍然間覺得不適應，「我不是。」

「你幫了我，你就是。」江子昕說完給了夏宇一個吻。

夏宇吻了回去，順勢扯開江子昕浴袍的帶子……

夜色深沉，適合溫存。

雖然夏宇說江子昕的傷還沒好，但他休養了兩週就待不住了。趁著夏宇下樓接待客人時偷偷溜走歸隊，交出三年來祕密蒐集的證據，包括黑虎幫的工廠位置、進貨路線、經銷體系，當然也有陳硯的犯罪證據。

江子昕正式結束臥底，重返警界，並升任市警局刑警大隊第三偵查隊隊長，是同級別中最年經的。

黃隊在車禍中傷了腿，加上過去舊傷，身體狀況大不如前，申請退休獲准。

海產店角落有一桌坐了兩個男人，假設市警局的人在店裡，就會認出這兩個男人就是前後任的第三偵查隊隊長。

桌上擺著幾盤熱炒，江子昕從大冰箱拿了一瓶啤酒和一瓶麥茶放在桌上。

黃銳頗為感慨，「原本說好喝酒的，沒想到醫生不讓我喝酒，我就喝茶吧。」

「喝什麼不重要。」江子昕搶先拿過麥茶，扭開瓶蓋為黃銳倒茶，「鑑識組沒有採集到別的什麼嗎？」

黃銳眨了眨眼，心照不宣，「那晚有場雨，下得很剛好。」

「是很剛好。」江子昕也笑了，打算開啤酒時，黃銳搶先一步奪走酒瓶。

黃銳對江子昕板起臉，「等你傷好再喝。」

「隊長看出來了？」江子昕只是笑，也不反駁。

黃銳瞪了江子昕一眼，「不然我這幾年白混的嗎？」

「好，我拿回去放。」江子昕老實地接過啤酒，放回冰箱。

江子昕再次入座時，杯裡已經盛好麥茶。

黃銳朝他舉杯，「恭喜你歸隊。」

「謝謝隊長。」

兩人以茶代酒，碰杯，仰頭飲下。

黃銳喝完後又在杯子裡斟滿茶水，「我再敬你一杯，跟你賠罪。」

江子昕心裡隱隱明白黃銳是什麼意思，然而他還是裝傻阻止，「隊長，你別這樣，你對我很好了。」

黃銳一口飲下後，面有愧色，「那時候上面接到線報，我不得不馬上帶隊去漁港抓人，行動很隱密，來不及通知你。」

「就算通知了也沒有幫助，只是增加暴露風險而已。」江子昕早就想開了。

「聽說你差點被陳硯打死，好幾次都想去醫院看你，可是又怕會害了你，我實在沒臉當你隊長。」黃銳說著眼眶就紅了，又自罰了一杯。

「隊長，你別這樣，我不是好好的嗎？沒事，都過去了。」江子昕連忙安慰黃銳。

他被陳硯痛打時確實怨過黃銳，怨過警方不顧他的安危，但過幾天就冷靜了。臥底冒的風險本來就高，都是自己選的，沒什麼好埋怨，結果是好的就好了。

黃銳心情平復後，與江子昕天南地北聊了許多，聊到後來卻突然嘆了口氣。

「黃隊，你怎麼嘆氣了？今天不是說好要祝賀我的嗎？」

「從今以後，你在明他們在暗，你要更加小心。」

「我知道。」江子昕笑了笑，不怎麼在意，他不認爲之後的日子會比前三年更難熬。

「你和夏宇是什麼關係？」黃銳問的時候沒想太多，他只是意外夏宇會幫江子昕。

「黃隊，你看人很準，你覺得他是什麼樣的人？」

「我認識的是當醫生的夏宇，不是青盟的夏宇，青盟的我看不清。」黃銳斟酌了好一會，才做出回答，「你別和他牽扯太深。」

江子昕輕聲說：「來不及了。」

黃銳耳力很好，聽得一清二楚，正舉杯飲下麥茶的他立刻被嗆到，「你、你說什麼？」

「沒什麼，你別擔心。」江子昕笑笑，又幫黃銳斟茶。

✦

金皇宮槍擊事件後，業界大洗牌。

陳硯送醫後不治身亡，黑虎幫沒了老大，陳硯年輕又多疑善妒，根本沒想過培養接班人，偌大一個黑虎幫面臨警方強力查緝竟是傾刻分崩離析，幫眾都做鳥獸散，浪子回頭金盆洗手算是好的，有些人涉案被抓，也有些人另投其他幫派，依然走在不歸路上。

海哥是老狐狸，金皇宮出事那晚，他堅定躲在包廂裡，身上不該帶的東西果斷丟到窗外，平安度過警方盤查，儘管手下死傷十數人，但已算是不幸中的大幸。只是幾名參與鬥毆被捕的手下在警方減刑引誘下吐露了部分犯罪事實，導致海哥損失了一家資產管理公司和十幾個賣加味咖啡包的員工。最近他只能低調避風頭，坐看黑虎幫空出來的市場份額被其他同業瓜分。

夏宇對外總嚷嚷著自己損失慘重，說他被陳硯害得好慘，同業私下對此半信半疑。雖然金皇宮因此停業兩週，也花了不少錢重新裝修，可是重新開幕時夏宇看起來卻春風得意，神清氣爽，委實不像他口中那番苦不堪言——但無所謂，反正大家本來就看不清這位青盟現任當家的底細。

金皇宮經過重新裝修更加富麗堂皇，找不出半點槍戰造成的痕跡。開幕當日，黑白兩道都來祝賀，客人絡繹不絕。

然而好景不常，不過兩日，金皇宮就變得門可羅雀。畢竟這裡剛發生過刑案，上了市警局重點巡邏的黑名單，沒人喜歡上酒店還得被盤查，一傳十，十傳百，生意就冷清下來了。

市警局警力吃緊，每逢治安專案時就會互相支援勤務。

這天，又有警察帶隊來金皇宮巡邏，接到通知的夏宇故意苦著一張臉前來迎接。

「夏總，不歡迎我？」穿著制服的年輕隊長身姿筆挺，一見夏宇就露出笑容，那眼神分明有幾分促狹和取笑。

「怎麼會呢？江隊長，歡迎來玩，可是你下次來金皇宮可以不要穿制服嗎？」接著，夏宇改用只有兩人能聽見的音量說：「制服留在床上穿，我還沒脫過警察制服。」

「碰巧我也沒脫過醫師袍。」江子昕迎上夏宇的目光，毫不相讓地回了句，態度倒是挺客氣。

夏宇想像了一下畫面，覺得沒意思，「醫師袍多沒情趣，就一件白大褂。」

「你要穿護士服也可以，上次不是買了嗎？」

夏宇還記得江子昕讓他手下買的那套粉紅色大尺寸護士服，他指了指身邊的情與義，「阿義說想穿，我就送他了。」

江子昕順著夏宇的手指看過去，情與義比夏宇還高一點，滿身壯碩肌肉，媲美外國影集裡的魁梧隨扈，不禁訝異，「品味不錯，不過他穿得下嗎？」

情與義聽力特別好，雖然那兩人壓低了音量，他還是被迫聽了個一字不漏。

他用眼神無聲抗議：拜託，他才沒有那種癖好！雖然贏了賭局很開心，但兩人調情不要把他牽扯進去好嗎？

幸好夏宇還算有良心，開口替他解圍，「別逼他，他都害羞了。」

呃，他誤會了，老闆根本沒有要幫他解圍的意思。

江子昕與夏宇一搭一唱，朝情與義投來理解的眼神，「沒關係，不用害羞。」

到底是哪隻眼睛看出他害羞了？情與義在心中瘋狂吶喊。

在夏宇一番運作下，金皇宮很快從黑名單上剔除，不再天天有警察上門，客人紛紛回籠，重新回到往日榮景，夜夜門庭若市。

夏宇又得重新煩惱稅繳太多很肉疼該怎麼辦？

聽完情與義的報告，早有打算的夏宇覺得是時候了，「我們弄個建設公司。」

情與義再次適時地展示自己是名會思考的員工，「要處理從硯哥手上弄來的那幾塊地嗎？」

「什麼弄來？是合法取得，你這說話的技巧不行。」夏宇看了情與義一眼，趁機進行員工教育。

「是。」情與義點頭，雖然他感覺不出來這兩個動詞的差別，反正他在黑虎幫散了之後加薪了，也拿到獎金了，日子過得更好了，於是更加堅定跟著夏宇的心。

在夏宇的掌舵下，青盟不顯山不露水地慢慢壯大中。

Chapter 6

處理江子昕恢復身分的手續比較繁瑣，連帶著晉升敘獎流程跑完，已經過了一個月。但升職授階典禮還是要辦的，畢竟破獲這麼大的毒品案可不是年年有，市警局也要把握能提升形象的宣傳機會。

典禮辦得很熱鬧，不僅市警局強力動員，市長也特別蒞臨，還有媒體到場採訪，估計可以在社會新聞占一塊版面。第三偵查隊拿著大功破格拔升的除了江子昕，還有魏文華，分別升任爲正副隊長。

當江子昕看見魏文華時，頓時想明白了一切。魏文華就是福叔船上的漁工C，在黑虎幫放心進行大筆交易時通知警方收網，財哥因此著了道，也導致陳硯損失慘重，遷怒於沈末。

警方可以在黑虎幫塞一個臥底，當然可以在漁船上再放一個，而且可能不只一個，就算避開福叔的船，也不保證其他漁船上就沒有臥底。

兩人一前一後由局長親自授階，並肩接過榮譽獎章。

典禮結束後，魏文華笑笑地朝他伸出手，「江隊，你好，我們這算第二次見面吧？」

「你好，船上生活辛苦了，幸好我在船上沒認出你。」江子昕終於明白爲什麼他那時候隱隱覺得不對了，當他對船艙裡三名外籍漁工說話時，只有魏文華搖了下頭，表示只有魏文華能聽懂他說了什麼。

「對啊，我嚇了一跳，差點露餡，那時候還不知道隊長是自己人。」魏文華現在想起來也心有餘悸，如果當時他身分曝光，極有可能被黑虎幫的人扔進海裡，再也上不了岸。

「要是情況危急，我也幫不了你，頂多偷偷扔給你一個救生圈。」

魏文華乾笑，「給我五個救生圈我也游不回來。」

江子昕微微一笑，誇了誇他，「你扮漁工很逼眞。」

「我以前寒暑假會和我爸出海捕魚，早就習慣了，只是外籍漁工吃住環境差了點，我後來還假裝逃跑，沒領到船上的薪水。」魏文華心情轉換很快，隨即就把方才的話題拋到腦後，笑了出來，「哦，對了，裝聽不懂中文實在很麻煩。」

江子昕反應快，半是調侃半是回到正題，「以後工作就不能裝聽不懂了。」

魏文華被逗笑了，想到今後就是江子昕的下屬了，這話算是一語雙關，笑罷後便斂容正色道：「隊長盡量吩咐，我一定聽令照辦。」

這一個月看似風平浪靜，實則暗潮洶湧。

黑虎幫分崩離析後，一、二級毒品供應量大減，尤其是冰毒，價格因此漲了三到五成，空出來的市場份額先是被幾個小幫派瓜分，還有北部的盤商下來拓點，後來漸漸也風聞海派插手。

江子昕一上任就被叫到局長室，當時大隊長也在，兩個人坐在沙發上，一壺茶已經喝了一半，局長和大隊長八成事先討論過且有了共識才把他叫來。於是，他行禮後坐在下首，等著任務分配下來。

局長深諳攏絡人心之道，看見江子昕也不急著交代任務，先是親切話了家常，接著勉勵兩句，誇獎江子昕年輕有為、期待他日後表現，之後才進入正題。

局長喝了口茶，清了清喉嚨，「小江啊，你立下大功造福市民是很好，只可惜效果有限。最近毒品交易又開始猖獗，隨便一次夜間臨檢都能抓到送貨的，這樣下去遲早又會出事。」

江子昕聽說過這件事，點頭，「好的，我會去查，看是哪個管道出來的。」

「這一塊剛好你比較熟。」大隊長適時插話。

「好的，交給我。」江子昕知道大隊長這話沒有錯，他在黑虎幫時對毒品的進貨管道、交易模式等相關細節了解不少。而且緝毒本來就是第三偵查隊的主要業務，便也不推託，順著長官的意思把任務接下。

「這些幫派就是麻煩，正經生意不做，就要走偏門，但這樣也好，我們還有理由可以管管他們。」局長發現說得太多了，輕咳一聲，神色自若地回到正事上，「江隊長，那就交給你專案處理，需要多久時間？一個月可以嗎？」

「我會努力。」這個時間有些緊迫，然而局長言下之意並未有要商量的意思，江子昕只能先答應。

大隊長想給局長留下好印象，便補了一句，「需要資源就跟我申請。」

「好的，謝謝局長和大隊長。」

江子昕自槍戰那晚後就沒再回到美滿大樓，他早做好了準備，那間破舊套房裡的東西都是可隨時丟棄的。過一陣子房東沒收到房租也聯繫不到人，就會帶著警察去把鎖撬開，通報失蹤人口，再把他的東西清掉，繼續租給下一位租客吧？

江子昕沒有申請宿舍，他選擇在市區一棟大樓裡租了一間一房一廳，有個小廚房和陽臺，採光很好、格局方正、租金合理，有負責任的管理員和全天候保全，距離上班地點約十五分鐘車程，碰巧在金皇宮附近的房子——是的，碰巧，江子昕堅持那是碰巧。

夏宇想過金屋藏嬌，不過江子昕不同意。

「一個隊長的薪水還是夠在外租屋的。」江子昕委婉地拒絕了。

「好吧。」夏宇仍保持著笑容，只是眼神不免洩露出些許落寞，這是他第一次動念想和人同居，沒想到第一時間就被否決，儘管理解江子昕的難處，他心裡還是有些難受。

江子昕觀察入微，看出夏宇不開心，「又沒說不讓你來。」

夏宇眼神瞬間一亮，「我天天去。」

江子昕被逗笑了，「誰說我天天回家？」

他的工時會受案件輕重緩急影響，有時破案壓力大，睡在局裡也是家常便飯。而且他被破格拔升，難免有人眼紅，同僚那麼多雙眼睛盯著，他更需要以身作則，身先士卒，免得落人口實。

於是，江子昕這陣子經常加班晚歸，或者不歸，夏宇晚上只好待在金皇宮裡認真接客。難得和江子昕通上話時，才能表達相思之情，說自己鬱鬱寡歡強顏歡笑——即便每天跟在他身旁的情與義完全看不出來。

江子昕在忙什麼，夏宇能猜得出來，畢竟金皇宮裡黑白兩道匯聚，黃湯下肚後誰說漏些什麼都有可能。

「喂？」夏宇剛從某位貴客的包廂出來就接到男朋友的電話。

「我下班了。」江子昕聲音裡的疲憊掩藏不住。

夏宇看了看時間，剛好十點，「我晚上沒事了，現在就過去，吃過了嗎？幫你買點宵夜？」

「好，隨便吃點。」

「等我。」夏宇心裡甜滋滋的，聲音也特別溫柔。

情與義知道夏宇要去約會，但小祕書職責在身，不得不煞風景提醒，「夏總，輝哥特地從南部上來，等你很久了，他說等不到你就不走。」

「那好，不走的話錢照算。」夏宇笑得春風得意，像是完全沒把輝哥放在心上，邁開腳步往外走。

「可是——」情與義很為難，話說了個開頭就打住。

因為夏宇又折了回來，往包廂的方向走去，「帶路。」

「是。」情與義趕緊走到前面帶路。

夏宇邊走邊交代，「你先去準備一點他喜歡吃的，十分鐘後進來叫我，你隨便想個理由，什麼理由都可以，一定要讓我能脫身。」

眞的什麼理由都可以？情與義試著說了一個，「火災？」

夏宇瞪了情與義一眼，「你想把金皇宮燒了嗎？」

情與義立刻換了一個，「鴿子來了？」

夏宇又瞪了情與義一眼，「你嫌金皇宮生意太好嗎？」

情與義想了想這個月的獎金，放棄爭論，又想了一個，「你家那口子鬧脾氣？」

夏宇想起江子昕，眼裡重新盈滿笑意，「這個可以。」

這個理由哪裡充分了？情與義實在不理解，他總覺得夏宇談戀愛後變得更難懂了。不過既然老闆這麼交代，他只好照辦，掐著時間進包廂，用不大不小剛好夠讓輝哥也聽見的聲音把事先說定的理由複述一遍。

聞言，夏宇還一臉為難，幾可亂眞地演了一齣天人交戰，「你去跟他說，我在陪重要的客人，讓他等一等，我改天補償他。」

輝哥剛過天命之年也算通情達理，一聽就說：「快去吧，女人鬧起來沒完沒了。」

「謝謝輝哥，晚點我招待兩瓶好酒，算是跟你賠罪。」

「客氣什麼?你要有心就好好考慮我的提議。」

「我再想想。」夏宇歉然一笑，起身，邁開兩步停下，轉頭糾正，「對了，不是女人，是男人。」

輝哥的表情有些複雜，按理來說，他這個年紀的老江湖遇到再大的事也能面不改色，此時竟被夏宇的話噎了一下，尷尬地回：「男、男人鬧起來更麻煩，快去吧。」

夏宇把輝哥的表情看在眼裡，笑意更盛，道別後就出了包廂。

夏宇沒讓手下跟車保護，他不想太過張揚，只讓情與義開車送他到江子昕的住處。

車上，夏宇低聲開了口，「上次的事查了嗎?」

情與義並不意外老闆突然問起工作，很快做出回答：「黑虎幫的人大部分都散了，就剩白猴、銀狐還帶著三、四十個人，他們想自立門戶，拒絕了幾方勢力的邀請。可是他們沒了工廠等於沒了生財管道，只會買別人的貨摻料賣，大家也不是傻子，好壞還是能分辨的。他們賣了一陣子就沒人買了，需要點頭腦的生意都做不起來，就靠接一些髒活過日子。」

夏宇不動聲色，沒有表示意見，只是繼續問：「跟著江隊的人是他們嗎?」

江子昕上任後收過恐嚇信、家禽內臟包裹，座車也被刮花，且有不明人士疑似跟蹤他。雖然江子昕沒跟夏宇說，但青盟在警局裡的眼線還是把消息傳了出來。

「應該是。」情與義敢這麼說就是有把握，「有幾個人被我們認出來了。」
「能解決？」
「挖過來青盟？」激烈的手段當然有，但要兵不血刃，情與義想不到有什麼好方法。
夏宇沒好氣地說：「青盟不收垃圾。」
「是。」情與義聽了感到一陣欣慰，太好了，老闆沒把自己當垃圾。
夏宇沒發現自己隨口的一句話鼓舞了員工，「繼續盯著，想辦法解決，不要被他發現。」
「是，我會處理。」雖然情與義不覺得江子昕沒察覺，姑且還是應下，他頓了頓，又道：「夏總，海哥對我們好像有些意見，合作的事——」
車後座上夏宇輕笑，被夜色掩蓋的臉上表情冷漠，「我心裡有數。」
「是。」
沒多久，黑色賓士低調地停在一棟大樓外，一身西裝的夏宇拎著一袋宵夜下車，拿出男朋友給的門禁卡進入大樓，直奔香閨。
夏宇在樓下就看見暖黃色的燈光從窗戶透出來，知道江子昕先到家了，如往常那樣拿鑰匙開門，對著客廳沙發裡的人說了一聲，「寶貝，我來了。」
夏宇沒收到回應，走近一看，原來江子昕坐在沙發上睡著了，俊秀的臉上有著淡淡的黑眼圈，下巴冒出鬍渣，身上穿著的襯衫也皺得不像話，看來這幾天是真的累壞了。

他將宵夜隨手放到茶几上，將手撐在江子昕身後的沙發靠背，俯身靠近，打算輕輕在他額上落下一吻。

本以爲神不知鬼不覺，沒想到江子昕倏地睜開眼睛，看見是夏宇，緊繃的神經才放鬆，扯開一個慵懶的笑容，聲音微啞，「怎麼不叫我？」

「不想吵你。」夏宇看見江子昕疲憊的樣子實在心疼，坐到江子昕身邊，伸手將人攬過來肩靠著肩、頭碰頭，感受著男朋友的體溫與氣息，快一週沒見面而感到空虛難耐的心此時才覺得踏實滿足，他語氣溫柔，「吃東西嗎？還是早點睡？」

「吃，誰叫你又不讓我睡。」

「我什麼事都還沒做。」夏宇承認之前幾次自己是有些過分，不過今天可沒有。

「宵夜的香氣太誘人，把我餓醒了。」江子昕打起精神，勾了勾嘴角，一掃困頓疲態，重新散發出神采。

這瞬間的表情把夏宇給迷住，忍不住湊近親了江子昕，語帶寵溺，「是我的錯。」

夏宇對江子昕的住處還算熟悉，主動脫下西裝捲起袖子，熟門熟路地到廚房拿了盤子，把帶來的碳烤雞排和幾樣燒烤裝盤。

兩人坐在沙發上，沒了在外刻意維持的距離，並肩坐著，舉止親暱自然。江子昕打開電視隨便選了一部動作片，邊看邊吃宵夜。

吃完宵夜沒多久，電影還沒播完，夏宇就感覺到肩上沉了沉，轉過頭，果不其然看見男朋友的睡顏，長長的睫毛在眼下落下一片陰影，江子昕頭靠在夏宇肩上睡著了。

夏宇看了他一會，拿起遙控器關掉電視，抱起人走進臥室。

江子昕這次睡得很沉，但夏宇還是怕吵醒他，動作輕柔，小心翼翼地把男朋友放上床。夏宇體貼地幫忙對方脫去不好睡的衣褲，蓋上被子，關燈，相擁而眠。

夏宇睡著前，忽然想著自己是不是年紀大了？為什麼光是這樣平凡的日常就讓他覺得滿足？

管他的，想那麼多做什麼？

他現在只想抱緊身邊的人，好好睡一覺。

一早，夏宇半睡半醒，翻身想抱美人，卻撲了個空，這才睜眼，發現本來應該在床上的男朋友正站在鏡子前著裝。

江子昕髮梢微濕，已經沐浴剃鬚將自己打理乾淨，經過一夜的休息，精神煥發，英姿颯爽，恢復到夏宇熟悉的樣子。

夏宇瞥向牆上的鐘，六點半，他皺了下眉，「你要上班了？」

「時間差不多了。」江子昕換好襯衫、休閒褲，只要不是去參加表揚大會，還是被迫報名擴大臨檢，他上班不需要穿制服。

江子昕領口下面兩顆釦子沒扣上，露出的鎖骨讓夏宇忍不住多看兩眼，不由得想像，熱烈吻上那處將人撩撥至情動後得到熱切回應的情景——他就只是想想，他知道時間不對，江子昕肯定會把他推開，但就算只能想想他還是開心。

「這麼早？你每天上十幾個小時的班不累嗎？要不要棄明投暗？我給你安排個位置。」夏宇覺得江子昕這份工作實在不怎麼樣，錢少事多還危險。

江子昕好不容易棄暗投明，怎麼會被夏宇幾句話給動搖，不過仍配合地回兩句，「什麼位置？少爺？還是司機？」

「我怎麼捨得你拋頭露面？當然只能是青盟的盟主夫人了。」夏宇狀做心疼地說著，語畢便朝江子昕敞開懷抱。

江子昕不爲所動，反應冷淡，「謝了，那個職缺還是空著吧，說出去不怎麼體面。」

夏宇對於被拒絕並不意外，如果江子昕同意，他反而要擔心男朋友是不是工作遇上麻煩了，即便如此，還是得特別強調他提供的可是熱門職缺，「怎麼不體面了？很多人搶著應徵呢！」

「哦？那你可以錄取那些人。」江子昕語氣輕鬆，彷彿一點都不介意。

夏宇才不上當，但氣勢也不落入下風，理直氣壯地說：「寧缺勿濫。」

「只好空著了。」江子昕笑了，心情很好，走到床邊揉了揉夏宇的頭髮，「別聊了，你可以睡晚一點。」

「不睡了，我也是有事要忙的。」夏宇勾著江子昕的脖子不讓人走開，嘴唇往上一湊，親了幾口才依依不捨地放開。

江子昕隨口問：「忙什麼？」

「早上阿義要給我補課，中午約了客戶吃飯，下午要進建設公司盯進度。」夏宇懶懶地說著，一想到得和江子昕分開，情緒就悶悶的。

「別一臉不情願了，幾歲了還賴床？」江子昕輕捏了下夏宇的臉，夏宇沒躲開，任由對方捏。

「我是捨不得和你分開，明明在同一個城市裡，我都產生遠距離戀愛的錯覺了。」夏宇把握時機傾吐愛意，期待得到男朋友多一點關愛。

江子昕沒要安慰夏宇的意思，點點頭，「知道是錯覺那還有救。」

夏宇沒放棄，繼續裝可憐，「我空虛寂寞冷。」

江子昕目光在夏宇身上上下打量，沒多久又點點頭，得出一個結論，「你是慾求不滿嗎？」

夏宇哪裡對人說過自己慾求不滿？然而美色當前，一咬牙還是破了例，眼神哀怨，「是啊，你的男朋友慾求不滿了。」

江子昕應了一聲，似乎覺得自己確實是冷落了男朋友，看向夏宇的眼神特別溫柔。

「這幾天你先用手吧。」語畢，他像個惡作劇得逞的孩子，眼角眉梢都是笑意，朝夏宇眨了下眼，拿起皮夾手機鑰匙，出門上班。

夏宇看著關上的門，有些錯愕，沒多久不禁莞爾一笑，低低說著，「誰說我沒有？」

早晨天空還有些霧濛濛的，車流量不多。開車出門的江子昕沒多久就到了上班地點，那是一棟左右對稱的建築物，左邊是市警局，右邊是刑警大隊，中間有穿廊和空橋連接。

江子昕和守衛打了招呼，熟練地把車停進大樓後方的停車場，看著時間還早，便決定去附近早餐店幫留守的同事們買早點，慰勞大家辛勞。沒想到出了大門，才走兩步就聽見一個青年的聲音。

「沈哥？」那人的語氣略帶遲疑卻難掩興奮。

江子昕聽見了，腳步幾不可查地頓了一下，他沒有回頭，繼續往前走。

青年卻不放棄，追上來拉住他的手，「沈哥！是你對吧？你沒事眞是太好了！就知道沈哥厲害！」

江子昕不得不停下，被迫面對來人，青年猶帶幾分稚氣的臉龐映入眼簾，是阿誠。阿誠身上穿著廉價花襯衫和破洞牛仔褲，頂著厚瀏海露出兩側頭皮的髮型，和街上常見的混混沒兩樣。只是他臉色青白，雙頰凹陷，有股病態感，但在看見江子昕時和吃了興奮劑一樣，頓時就來了精神，眼睛都亮了。

江子昕雖然覺得意外，卻並不慌亂，略一打量阿誠，隱隱有不好的猜測，「你怎麼在這裡？剛從警局出來？」

阿誠環顧左右，湊近江子昕，低聲說：「運氣不好，被鴿子抓來問話，我現在跟著一個大哥跑腿打雜。」

江子昕沉下臉，「不是叫你別再和道上有牽扯嗎？」

「我也不想啊，在外面沒什麼我能做的工作，去工地做一天累得要死，被罵到臭頭，還只領到一千二，以前在幫裡跑腿的小費都不止這些。」阿誠很委屈，急著為自己辯駁。

江子昕聽得眉頭都皺了起來，而且他聞到一股味道，「你被抓來問什麼事？」

阿誠眼神飄忽，不敢看江子昕，「沈哥，這件事我可不可以不要說？」

不想說的肯定不是好事，江子昕臉色更不好了，「離開那些人，不要混黑道，早點回家，回學校念書。」

江子昕神態嚴肅，半訓半哄，想把迷途的羔羊喚回正途。

「我、我知道，可是——」阿誠彷彿被喚回了一點上進心，但話說了一半就停，眼珠子一轉換了話題，「沈哥，你怎麼會在這裡？我剛剛看到你和警衛打招呼，你很有一套啊！連鴿子窩裡都有熟人？」

江子昕把阿誠的反應看在眼裡，不急著回應阿誠尖銳的問題，眼下有更需要弄清楚的事，「阿誠，你是不是碰了不能碰的東西？」

阿誠心頭一悚，也跟著收起嘻皮笑臉，這樣的江子昕讓他想起上船接貨那天的沈末，那股氣勢令人不自覺就想順從，這才畏畏縮縮地承認，「我有試一點，只有一點，影響不大。」

江子昕簡直要被這小鬼給氣死，想丟著不管又狠不下心，於是做了個深呼吸壓抑怒氣，嚴正告誡，「我再說一遍，離開道上，再也不要碰那些東西。」

語畢，他轉身就要走。

阿誠突然感到恐懼，雖然他不是很想聽話，可是見江子昕那副不想管他的樣子便下意識感到害怕，那種感覺就像是唯一覺得自己還有救的醫生突然說要放棄他一樣。

阿誠連忙抓住江子昕的手，慌慌張張地問：「沈哥，你要去哪？」

江子昕慢慢抽開被抓住的手，「你別跟其他人說見過我。」

「爲什麼？」

「爲了你好。」

阿誠不笨，他聽說黑虎幫垮了是因爲幫裡有人搞鬼，看著江子昕現在明顯過得不錯的樣子，立刻想通了很多事情，雖然未必全都符合事實。

他小聲問：「沈哥，內鬼是你嗎？」

江子昕頓了頓，站直了身體，手插在口袋裡，迎著阿誠的視線，反問：「你覺得呢？」

阿誠猶豫了一下，做出選擇，「不管是不是，我知道沈哥你對我好，就算別人說沈哥的壞話，我還是站在你這邊的！」

一聲呼喚從警局門口傳來，「江隊！」

江子昕和阿誠同時轉頭，看見一名穿著刑警背心的黑瘦男子，原來是魏文華正朝他招手。

江子昕表情不變，向阿誠道別，「我要走了，你如果有心回到正途，可以再來找我，我盡量幫你。」

阿誠臉上驚疑不定，「沈哥，你是鴿子嗎？」

江子昕定定看著阿誠，勾起唇角，答得簡潔明確，「是。」

他總算不需要隱瞞了，沒什麼好隱瞞的。

阿誠沒想到江子昕會承認得如此乾脆，瞪大眼睛，低喃道：「我、我本來不相信……」

「你走吧。」江子昕出聲趕人，關於他的身分沒什麼好解釋，他也不覺得有必要對阿誠交代。

阿誠看了眼正走過來的魏文華，縮了縮頭，說了句再見就趕緊走了。

江子昕目送阿誠走遠，轉身和部屬打了聲招呼，「早。」

魏文華爽朗地回了聲早，下一句就直接問：「隊長，那個小鬼你認識？」

「認識，怎麼了？」江子昕看魏文華的神態，知道他有話想說。

「昨晚那小子在附近鬼鬼祟祟的，值班同仁過去盤查，發現他有拉K，精神不太穩定，就讓他在隊上待一晚。」

「還有呢？」江子昕曉得他的副手這麼說肯定還有後續，況且吸食三級毒品不會起訴，很快就得放人，他們一般不太愛抓。

魏文華特意壓低了音量，「他竟然還問我們認不認識沈末？」

「你們應該知道怎麼說吧？」江子昕不清楚阿誠打聽他的下落有何用意，但關於臥底警員完成任務歸隊，警方對外自有一套應對說法。

「江隊，你放心，當然說了不認識，只是我們猜他和最近恐嚇隊長的事可能有點關係。」

「也許吧。」江子昕不置可否。

「隊長，黑虎幫會不會查到你的眞實身分，挾怨報復？」江子昕靠臥底使得黑虎幫分崩離析，魏文華會有這樣的猜測也很正常。

「被認出來是遲早的事，我總不可能爲此整容。」江子昕早有心理準備，雖然陳硯死了，但陳硯不得人心，黑虎幫幫眾不太可能爲陳硯報仇，不過確實可能有人的利益受到了損害，導致看他不順眼。

「江隊這麼好看，去整容反而可惜了。」魏文華笑了笑，帶點無奈地自嘲，「像我這樣的就不用整，一點都不起眼。」

江子昕拍了拍副手的肩膀，頗有感觸，「你才適合吃這行飯。」

魏文華沒覺得多開心，反倒有些發愁，「江隊該不會想讓我再去臥底吧？」

江子昕故意開玩笑，向魏文華投予嘉許的目光，「我會留意需要扮漁工的任務。」

魏文華連忙討饒，「隊長——」

第三大隊今天依然忙碌，會議室裡江子昕坐在首位，會議桌旁坐滿了人，講臺正中有一塊大白板，旁邊則是投影布幕。白板上畫著幫派關係圖，包括海派、青盟、打上叉叉的黑虎幫和幾個小幫派，並簡單寫下各自的勢力範圍、營利管道，以及江子昕提供的各幫派毒品市占比例。

「要在短時間補上黑虎幫的缺口沒那麼容易，應該是現有的盤商加大了進貨量，那幾個小幫派只會從北部買低賣高，不成氣候。」江子昕說出自己的推測。

站在講臺上的魏文華明白江子昕的意思，要抓還得從大魚抓起。他按下遙控器，投影布幕切換至下一張投影片，那是監視器拍到的疑似交易現場，「最近海派動作很多，應該是想分一杯羹，用和以前黑虎幫差不多的價格切入市場，有望吃下市裡七成的冰毒市占率。」

「海派之前主力放在三、四級毒品，可能是想轉進利潤更好的冰毒。」江子昕略一思考後問：「能賣那麼便宜，一定有第一手貨源，能查到海派怎麼進貨的嗎？」

魏文華翻看手上的資料，「海派有間貿易公司，我猜是和貨櫃一起運進來的，不過這幾年抽查了幾次都沒問題。」

江子昕骨節分明的修長手指輕輕敲打了幾下桌上的筆記本，「局長給的期限還有多久？」

「還有一週。」魏文華答道。

「時間很緊。」江子昕轉頭望向其他部屬，「你們有查到什麼嗎？」

聞言，有兩個人舉起了手。

「小曼，妳說。」江子昕示意其中一人先說。

小曼是一名女警，專長是科技追蹤和資料分析，「黑虎幫出事前，海哥和他兒子名下就有好幾筆資金匯往國外，不過轉了好幾手，追查不到真正的收款人，只知道流向墨西哥，可能早有準備要買貨。」

一名刑警推論：「也就是說，海哥早就打算吃下黑虎幫？」

「要是沒有金皇宮那晚的槍戰，或許海派就會出手了吧？」另一名刑警跟著猜測。

「現在出手也不遲，那些小幫派哪能跟海派比，最後市場還是海派的。」

江子昕靜靜聽著，他還是沈末的時候，遠遠地見過海哥幾次，他沉聲吩咐：「小曼，繼續查，我們需要更直接的證據。」

「好的，隊長。」小曼接下指令。

「下一個，小李，你說。」江子昕看向方才也舉手的小李。

小李年紀和江子昕差不多，他把江子昕當目標，總顯得有些急於表現，這時被點名了，便興匆匆地說：「隊長，我收到線報，今天在新元飯店十一樓有毒品交易。」

語畢，會議室立刻靜了下來。

江子昕停下輕敲筆記本的手指，正色問：「消息可靠？」

小李很激動，語速比平時要快，「應該可靠，是在海派的線民說的，他說今天中午海哥約好和人談一筆大生意，還會現場驗貨。」

江子昕看了牆上時鐘，現在正值十一點，「查一下海哥的行蹤，是不是真到了新元飯店，如果是，我要知道他和誰碰面。」

「是！」眾人各自回到工作崗位上。

江子昕和魏文華走到小曼的座位旁邊，盯著電腦畫面。

小曼的手指快速操控鍵盤，「海哥的車剛剛停在新元飯店，這支監視器還拍到海哥下車的畫面。」

海哥下車後還特地查看左右，在重重護衛下步入新元飯店，同行人也都行動謹慎，有個人緊跟在海哥身後，手上提著黑色手提箱。

江子昕轉頭就交代魏文華，「你讓兄弟們準備好，人手不夠就請轄區分局支援，我去跟大隊長報備緊急搜索。」

「是。」魏文華應下，隨即招呼隊上弟兄著裝備槍，並且分配任務。

與此同時，江子昕還站在小曼旁邊，螢幕上仍繼續播放新元飯店門口稍早前的錄影，這時畫面裡出現了一張熟悉的面孔。

江子昕眼神驟冷，連唇角都往下低了幾度，周身散發出的低氣壓連小曼都察覺到不對勁，困惑地問：「怎麼了？」

江子昕的目光從螢幕上離開，聲音冷得嚇人，「沒事。」

✦

新元飯店，一一〇二號房。

這間位於高樓層的VIP貴賓房，擁有雙客廳，空間寬敞，就算容納五十幾個人也不顯擁擠。

此時房間裡都是人，兩邊人馬各據一邊，壁壘分明。

海派的穿著輕便，花襯衫配黑褲，也有穿著黑背心露出金項鍊和刺青的。青盟一律穿黑西裝加白襯衫，衣著整齊，要不是人人都面色不善、周身有著掩不住的江湖氣，根本和普通上班族沒兩樣。

青盟和海派的關係一直維持表面的和平，沒鬧出什麼大事，爲了公平起見，這次正式會面不約在其中一方的地盤，誰也沒占便宜。

夏宇笑容得體，挑不出毛病，一進房間就打招呼，禮貌地伸出手，「海哥好。」

海哥早就得了消息，立即起身相迎，他年近耳順，頭髮已有許多花白，臉上也有歲月痕跡，慣著唐裝，配戴玉飾。儘管有了年紀，但他精神奕奕、目光銳利，握住夏宇的手很有力，笑得像是親切和藹的長輩，還拍了拍夏宇的肩膀，「好好好，小夏啊，好久不見。」

「怎麼會久？上個月金皇宮重新開幕，海哥還來捧場。」夏宇熱絡地回應著。

「那是，我年紀大，記性不好，現在是你們年輕人的時代了。」海哥嘆了口氣，似乎頗爲感概，「沒想到小陳那麼年輕就走了，英年早逝啊。」

夏宇跟著嘆了口氣，一臉惋惜，「是啊，有什麼話不能好好說呢？何必在包廂裡開槍？」

夏宇臉上表情不是裝的，他是真的惋惜那些裝潢費用，還有金皇宮歇業兩週的損失。

「還好有阿雄陪小陳一起上路，有伴。」海哥依然不勝唏噓，然而說出口的話就不像是那個意思了。

夏宇知道雄哥和海哥早年有些過節，聞言只是笑笑，「我們坐著慢慢聊。」

客廳兩張氣派的三人座加長沙發對放著，中間隔著一張茶几。海哥抬手示意讓夏宇先坐。夏宇笑笑地應下，還是等海哥坐好才跟著坐下，海哥畢竟是他父親那一輩的人，該有的禮數還是要有，老人家最在意這些，他還記得海哥曾笑笑地說過：失了禮節的人，怎麼死的都不知道。

夏宇朝情與義打了個手勢，情與義便去張羅，沒多久，飯店服務生推著推車進門，給海哥和夏宇先後上了一盞茶。

海哥端起茶，把茶蓋掀開一條縫，熱氣蒸騰間溫潤的茶香撲鼻而來，惹得他讚了一句，「好茶，是你準備的吧？」

那茶是珍稀的陳年普洱，清熱養胃，海哥有了年紀後胃不好，就算上金皇宮也很少喝酒。夏宇記著海哥的喜好，讓飯店提早準備。

夏宇微微一笑，「海哥喜歡就好。」

海哥笑了，慢悠悠地說：「喜歡，我就喜歡聰明人，特別喜歡和聰明人做生意，以前是老夏，現在是你。」

夏宇知道要進入正題了，「海哥這次找我想談什麼生意？」

海哥被這麼一問，反而不直接說破，只道：「上次的事我沒占到多少好處，損失倒是不小。」

夏宇微笑，喝了一口茶，態度不緊不慢，「上次我們運氣都不好，確實吃了點虧。海哥大度，讓幾個小幫小派吃點甜頭，大家都知道最後那些生意總歸要回到您手上。」

海哥低低笑了一聲，打趣似的說：「青盟看起來損失不小，但卻是低價吞了重劃區那兩大塊地，賺了不少啊？」

夏宇聳了聳肩，既不承認也不否認，語調輕鬆，臉上沒半點心疼，「這兩塊地不知道要多久才能變現，海哥若是喜歡，我明天就讓人過到您名下。」

聞言，海哥突然變了臉色，罵罵咧咧道：「我又不懂房地產，要土地做什麼？而且我是那種人嗎？說好了是你的，就不會跟你要回來。」

「我知道海哥說話算話。」夏宇臉上還是那副人畜無害的笑容，沒人知道他是不是真的要把土地讓給海哥，抑或是早就猜中海哥的反應才故作大方。只見他把手上茶盞往旁邊一遞，讓情與義接過放到茶几上，不疾不徐地接著說，「海派和青盟從二十年前就開始合作，互榮互惠，海哥要是有什麼需要儘管開口，我能幫得上的，一定全力以赴。」

這話說得中聽，海哥瞬間收起怒氣，換上笑臉，「對，都是自己人，我也不會讓你吃虧。」

他是長輩，很多事情不方便承認，就算羨慕忌妒恨也得端著架子，「現在不比以前，生意越來越難做，現成品容易引起注意，想進點原料進來做，我記得老夏手裡有人擅長做這個？」

夏宇一聽就明白，面露訝異，「我怎麼不知道有這樣的人？」

「價錢和分成都好談。」海哥才不相信夏老臨走前沒把手裡的資源都傳給親生兒子，只當夏宇在作戲，「這項合作對青盟沒什麼風險，出了事還不是算我的？」

夏宇目光微凝，彷彿認眞思考海哥的提議，「青盟員工太多了，我得回去問問是不是眞的有人會。」

海哥明白不好逼得太緊，也擺出誠意讓夏宇回去考慮，「我這裡有高純度的現成品，你回去讓人試試，能不能做得一樣或更好？」

說完，海哥身後一名手下提著黑皮箱上前——

突然一聲巨響，房門被撞開，大批警察持槍湧入。

「不准動！警察執法！」

房裡的人一時之間都往門口看去，兩幫人馬很有默契地站過去將警察擋在門口。

晄啷一聲，窗戶玻璃碎裂，和玻璃碎片一起往樓下掉落的還有一只黑色皮箱。

「去撿回來！」江子昕大吼，立刻有員警衝下樓。

「我們懷疑此處有犯罪行爲，現在進行緊急搜索，請大家配合！」魏文華大聲宣告。

海哥和夏宇對視一眼，海哥老謀深算的眼裡閃過幾分猜忌，夏宇攤了攤手，目光坦然。不一會，兩人均吩咐手下退開，畢竟民不與官鬥。

夏宇扭頭望去，一眼就在一群警察裡看見了江子昕。雖然男朋友平常就好看，但持槍的樣子就是特別帥氣逼人，他不免有些苦惱，這下該怎麼解釋呢？

「搜身！」江子昕一聲令下，全部警察動了起來，一部分的人占據房內各個優勢位置持槍警戒，另一部分人對房裡的人進行搜身盤查。

擒賊先擒王，魏文華第一個就先搜海哥，海哥雖然不大樂意，可是見風頭不對，還是起身舉高雙手勉強配合。魏文華搜得仔細，只可惜沒有收穫，這也不意外，到了海哥這樣的地位，行事自然特別小心謹慎。

於是魏文華接著過來要搜夏宇，「夏總，不好意思了，請你配合搜身。」

夏宇懶懶坐在沙發上，長腿交疊，沒有要起來的意思，「好啊，讓你們隊長來。」

夏宇知道魏文華，情與義給他的報告裡提過，偷偷去接江子昕的時候也遠遠看過。魏文華也知道夏宇，不過他知道的夏宇就只是金皇宮的老闆、青盟的老大。

魏文華沒打算去叫江子昕，搜身這點小事要是辦不好，他還當什麼副隊長？只見他語氣堅定，不容商量，「這種事不用勞煩隊長，我來就可以了，請你配合。」

聞言，夏宇淡淡看了一眼魏文華，勾起唇角，「魏副隊，我當然會配合，沒有人比我更懂得警民合作了。」語畢，他轉開頭，像是要欣賞風景，房間裡沒什麼風景，只有一堆大男人，卻沒一個比他男朋友好看——所以他決定看著江子昕。

魏文華有些頭痛，夏宇嘴上說了會配合，卻依然穩坐在沙發上，他猶豫著要不要動手強迫夏宇就範，以維護警方顏面。

江子昕一進門就看見了夏宇，雖然監視器的畫面讓他早有心理準備，心情依舊很複雜，他們在工作上最好不要碰面，碰面了就很難有好事。

黑與白，怎麼共存？

他原本以爲可以，然而這時候他不確定了。

江子昕得對這次行動的成敗負責，他緊盯全場，確認情況大致底定，這才走了過來，示意副手退開，「我來吧。」

「是。」儘管魏文華有些訝異，但還是退開了。

江子昕站在夏宇身前，由上往下看著他，聲音冷淡，「起來，搜身。」

「沒問題，江隊要做什麼我都配合。」夏宇噙著笑聽話站起，對著江子昕眨眼放電，傾身湊近江子昕耳畔低語，「要是搜不夠，我們去開一間房，脫光了讓你搜，如何？」

江子昕被逗笑了，不過是冷笑，他挑了挑眉，「站好，手舉高，腳打開。」

夏宇依言照辦，魏文華不禁好奇，隊長是怎麼讓青盟老大如此聽話？

江子昕毫不客氣，從夏宇胸前、腰間往下到褲管，搜得極爲仔細，任何可能藏匿東西的口袋暗袋都不放過。

夏宇沒有任何怨言，還特別磊落大方，「江隊儘管搜。」

畢竟他身上哪處江子昕沒摸過？沒什麼好介意的，至於被當嫌犯看待？這種場景瓜田李下，換了他是江子昕也會心生懷疑。

江子昕和夏宇靠得很近，面有慍色，聲音不高：「約了客戶吃飯？」

這確實是個好問題，早上才跟男朋友說了中午約了客戶吃飯，怎麼此刻會和海哥在這裡呢？

夏宇保持微笑，「我和海哥是有點生意往來。」

他倆的情侶關係並未公開，現場那麼多雙眼睛看著，縱使夏宇想抱著江子昕解釋，也只能筆直站好，任憑男朋友的氣息靠近又遠離，與他隔著一段讓人不起疑的距離。

「隊長，找到了。」戴著手套的刑警捧著一個打開的黑色手提箱走進房間，手提箱有個裝著白色結晶物的小罐，和一袋像是麵粉的東西。海哥的手提箱是高級貨，耐摔防撞防彈，除了外箱有些凹陷外，沒有太大的損壞，該在箱子裡的東西也還在。

「收好。」江子昕囑咐下屬，轉頭便問海哥，「海哥，我剛看得很清楚，這個箱子是海派丟出去的。」

「江隊長，這是誤會吧？我們是奉公守法的生意人，約在這裡只是敘敘舊兼談點生意，哪敢做什麼違法的事情？就算有人帶了不該帶的東西，那也是個人行爲，怎麼能怪到我們頭上呢？」海哥滿臉困惑，像是眞的不知情。

江子昕轉頭，「夏總，你說呢？」

夏宇只是朝男朋友無辜地眨了眨眼，「我什麼都不知道。」

江子昕深深看了一眼夏宇，高聲下了命令，「都帶回局裡。」

海哥臉色有些不好看，「江隊長，年輕人做事不要太衝動啊！」

「請海哥陪我們走一趟，做個筆錄。」江子昕客氣地笑了笑，做了個請的手勢。

海哥哼了一聲，這才起身，在員警包圍下和手下一起往外走去。

江子昕看見夏宇還坐著，板起臉道：「夏總，請跟我去一趟警局，配合調查。」

「手銬play？」夏宇注意到江子昕腰間的手銬，眼角眉梢的笑意實在太明顯。

「還不走？」江子昕再次狠狠瞪了夏宇一眼，那眼神讓夏宇更覺回味無窮。

「腳麻了，你拉我？」夏宇剛搜完身就自動自發地坐下了，這時將手伸向江子昕，眼裡滿是期待，彷彿沒看見周遭有許多人。

江子昕自然沒有要和夏宇當眾調情的意思，朝著旁邊的下屬開口，「夏總腳麻了，誰來扶一下？」

魏文華馬上自告奮勇，「江隊，我來。」

夏宇看都沒看魏文華，立刻起身笑了笑，「不用了，腳突然不麻了。」

魏文華第一次和夏宇交手，簡直大開眼界，這個相貌堂堂、一身體面的男人，骨子裡和無賴沒兩樣，這樣的人能經營金皇宮？能帶領青盟再創高峰？

Chapter 7

要帶回警局的人太多，警方忙得人仰馬翻，特地調來押解用的巴士，嚴陣以待。海哥、夏宇身分特殊，採單獨押送，江子昕決定親自押著夏宇，就讓魏文華上另一台車負責看好海哥。

夏宇坐的這台警車，前座坐著兩名第三偵查隊的隊員，他和江子昕在後座。

夏宇第一次坐警車覺得新鮮，旁邊還有男朋友陪著，心情也還可以，就想聊聊天，「江隊長，我又不會逃走，有需要上銬嗎？」

江子昕不爲所動，「每個逃走的嫌疑人都說自己不會逃走。」

「有你陪著，我哪捨得逃走。」夏宇覺得自己甜言蜜語說得越來越熟練，連打草稿都省了。

可惜江子昕並不領情，他壓低聲音嚴肅地警告，「夏宇，閉嘴。」

夏宇稍稍收斂了些，笑著問：「江隊長，有人說你長得好看嗎？」

「沒有。」江子昕只想著要堵住夏宇的嘴，毫不猶豫就答了。他開始反省，和夏宇同車顯然是個錯誤的決定，他就該上海哥那一輛車，改讓魏文華看管夏宇，這樣夏宇應該會安分點。

「怎麼可能？你們警局裡的人都瞎了嗎？」夏宇覺得自己的男朋友受委屈了，明明江子昕那麼好看，怎麼沒有人稱讚他呢？

前座的小曼想表示自己沒瞎，可又怕被罵，小聲地插話：「隊長很帥，我只是不好意思說。」

江子昕冷冷發話：「顧筱曼，不用和嫌疑人聊天。」

「是。」顧筱曼吐了吐舌頭，一旁負責駕駛的小李也趕緊正襟危坐，裝作專心開車的樣子。

「不錯啊，小警花很有眼光。」夏宇聽出女警語氣裡有幾分愛慕，微微挑眉，看江子昕沒有反應，這才按捺下醋意，對著男朋友燦爛一笑，用唇語無聲說完後半句：和我一樣。

江子昕覺得夏宇是認定了他不能光明正大揍人才這般有恃無恐，然而明的不行，誰說不能來暗的？於是他稍微挪動坐姿，不巧踩到了夏宇的腳。

夏宇吃痛地喊了一聲，瞪大眼睛看著江子昕，「你踩到我了。」

「是嗎？抱歉。」江子昕微笑，臉上沒半點歉意，「夏總，我在執行公務，如果你影響我的工作，到時候罪名會多一條妨礙公務。」

夏宇當然明白江子昕是故意踩他的，但越是這樣他就越忍不住逗弄江子昕，「江隊，你今天怎麼這麼冷淡？聊個天也不行嗎？」

江子昕想聊的很多，他有無數個問題想問夏宇，只不過還不是時候，「進局裡再聊，好好聊個夠。」

如果夏宇罪證確鑿，江子昕必定會親手將男朋友繩之以法，他相信夏宇心裡也清楚。此時夏宇竟然還有心情油嘴滑舌沒個正經，江子昕暗自怒火中燒，偏偏很多話不能當眾質問，只能鬱悶地擺臉色。

夏宇裝作恍然大悟，「要做筆錄是吧，那我得趕緊聯繫我的律師。」

「可以。」

「手機在我褲子口袋。」

夏宇的手被銬住了，沒辦法拿手機，江子昕只好代勞，只是他摸遍夏宇西裝褲前後口袋都沒找到，「沒有。」

夏宇哦了一聲，笑容狡黠，「我記錯了，是在外套內袋。」

這是怎樣？拐自己去摸他大腿？這調戲人的手段是去哪學的？都幾歲了還這麼幼稚？江子昕想再踩夏宇一腳，不過夏宇已經悄悄把腳挪開了——會怕就好。他心想。

江子昕在夏宇的西裝內袋找到了手機，拿手機時手指不免輕輕擦過夏宇結實的胸肌。隔著質料輕薄的昂貴襯衫，底下是他早上還親密抱著的身體，就算江子昕意志堅定，也不免有些恍惚。

一連串的動作下來，兩人靠得很近，對方的氣息縈繞鼻尖，更近一點點就能分享肌膚的熱度，這樣曖昧的距離比真正的肉體交纏還要讓人心思浮動。

眼神交流間，彼此各懷心思，卻都忍不住多看對方一眼，然後強迫自己不能再看，硬生生轉過頭。

他們都在克制。

這趟車程說起來也就十來分鐘，前座的小李和小曼都不敢把頭往後轉，不過視線仍不受控制地朝後照鏡瞄。

雖然江子昕平常對他們不錯，偶爾會開玩笑，也經常請客，但畢竟江子昕是隊長，工作時的要求近乎嚴苛，他們從沒見過有人敢用這樣輕佻的態度和隊長說話。

居然被嫌疑人調戲了啊？而且還是青盟的老大，這要是說出去，絕對會是大八卦吧？

夏宇到警局時，他的委任律師也到了。一名約莫五十幾歲的男人，穿著合身的西裝，手上提著公事包，站在警局門口等他。

「羅律師，沒想到你已經到了。」夏宇從警車上下來，笑著和羅律師打招呼，神態自若，一點都不像正要進警局裡接受調查。

羅律師是夏老配合慣的律師，辦事牢靠，就連夏老的遺囑也是他處理的。夏宇接手青盟後沒換律師，夏老看人很準，能被他認可的人都有幾分能耐。

羅律師微微躬身致意，走在夏宇身邊，一起進警局，「我的事務所就在旁邊大樓，很近。」

二十年前，他幫夏老打贏一場官司後就建立了長期合作關係，光是做青盟的生意就賺得盆滿缽滿。

人一到齊就可以做筆錄，江子昕交代完幾件事後決定親自訊問夏宇，因爲他青盟老大的身分擺在那，不同於一般嫌疑人，自己是隊長，沒道理把這工作推給其他屬下。

偵訊室不大，約莫四、五坪，只有白亮的日光燈照著四面牆和一桌四椅。兩方隔著桌子對坐，一邊是江子昕和魏文華，另一邊是夏宇和羅律師。

江子昕進門前就讓下屬打開錄音、錄影設備，接著由魏文華按正規流程告知其權利與確認身分，待夏宇一一回答後才開口，「夏宇，你去新元飯店做什麼？」

「去吃飯啊，江隊要是不信，可以查飯店的訂位紀錄和監視器。」夏宇面帶微笑，擺出一副坦蕩的樣子。他確實向飯店餐廳訂了間包廂，也和人吃了頓飯，不怕警方查。

江子昕當然讓人去查了，順利帶回飯店監視器錄影，也問了飯店人員今天一切動靜，他在筆錄後會一一核實是否一致，於是他不置可否，接著問：「去吃飯怎麼會和張謙在樓上的房間裡？」

張謙是海哥的名字。

夏宇一聽，頓時笑開了，表情帶著幾分曖昧，「江隊，你這樣問話好像我和海哥在偷情似的。」

夏宇說完，江子昕還沒有反應，律師就忍不住拉了下夏宇的袖子，「夏總。」

夏宇巍然不動，一點都不覺得哪裡不妥，羅律師見狀只好默默收回手。

江子昕靜靜看著夏宇，不動聲色，「夏先生，我沒在跟你開玩笑，這份筆錄會在稍後移交給檢察官，請你配合調查。」

「我都來警局了，當然會配合調查。」

「你怎麼和張謙見面的？」

「我吃完飯在大廳遇到海哥的人，得知海哥剛好來新元，當然要見個面。只是我們人多，待在大廳裡不好看，還妨礙人家做生意，開個房間聊天也很正常。」夏宇理所當然地說著。

江子昕挑眉：「這麼巧？」

「我也覺得巧。」

「房間裡怎麼會有毒品？你們在交易嗎？」江子昕目光如炬，定定看著夏宇，彷彿想從夏宇任何微小的反應看出眞相。

夏宇聳肩苦笑，滿臉無辜，「我不知道啊，不是我的東西我怎麼會知道呢？」

江子昕加重了語氣，手上的筆往桌上一擱，稍微用了點力，發出啪的一聲，「你眞的不知道？」

夏宇裝作嚇了一跳，很敷衍地拍了拍胸口，「江隊，你這麼凶會把另一半嚇跑的。」

江子昕瞪了一眼對面的嫌疑人，提高音量，「夏宇！」

江子昕恨恨地心想：我的另一半不就是你嗎？要把你嚇跑哪有那麼容易？而且你那個樣子像是被嚇到嗎？

羅律師舉手插話，「江隊，請放低音量，你嚇到我的當事人了，關於方才的問題，他已經表示不知道了。」

江子昕知道夏宇滑頭，羅律師也不是吃素的，便換了個問題，「你和張謙在房間裡談什麼？」

夏宇笑笑，「閒聊而已，沒談什麼。」

「夏先生，請你配合。」江子昕才不相信，要是眞沒談什麼，有必要這麼大陣仗在外碰面嗎？他很清楚夏宇和海哥一直都有來往，但不相信兩人只是忘年之交。

「我一直都很配合，啊，你眞的想知道內容？」夏宇叨叨絮絮道：「一開始聊好久不見，接著聊茶，最後聊到我家那——」

「你和張謙經常碰面嗎？」江子昕不客氣地打斷了夏宇的話，嚴肅而正經。

夏宇忍住笑，故作錯愕，「不是讓我說嗎？怎麼不聽我說完？」

江子昕的太陽穴突突地跳，當著其他人的面不好發作，只好做了個深呼吸，勉強往上提了提嘴角，「好，你說。」

「我跟海哥說，我家那位最近常加班，好幾天不能見面，我身心靈都感覺到空虛寂寞。」夏宇說到最後還嘆了一口氣。

羅律師又拉了拉夏宇的袖子，他實在不明白，爲什麼他的當事人對於捉弄眼前這位警官如此興致高昂不屈不撓，

江子昕按了按太陽穴，努力壓下罵人的衝動，「夏先生，我對你的私生活沒有興

趣。」

「是嗎？眞可惜。」夏宇滿臉惋惜。

可惜個屁！江子昕能看出他眼底那抹惡作劇得逞的笑意，還是一如既往地欠揍。

儘管過程不是很順利，偵訊仍持續進行，江子昕反覆交錯詢問夏宇的行蹤、和海哥見面的目的，以及市裡毒品流向的傳言。夏宇總是能答得滴水不漏，偶而穿插幾句「我累了」、「江隊要不要一起吃晚餐」、「我喜歡有點脾氣的類型」等等無關緊要的閒話。

魏文華一邊聽打記錄偵訊內容，同時再次開了眼界，居然有人能在偵訊室裡嘻皮笑臉還堂而皇之搭訕？多虧他的隊長脾氣好，才能忍著沒發作，長得好看的人就是容易被覬覦吧？魏文華偷偷想著，如果他喜歡男人，說不定也會喜歡隊長這種類型。

等一下，他怎麼想到這裡去了？魏文華用力地搖了下頭，突然聽見夏宇的笑聲。

「魏副隊，你也覺得不可能嗎？」

「什麼？」魏文華剛那一瞬間分神了，不清楚此刻話題進行到哪裡。

夏宇沒跟魏文華解釋，而是對江子昕說：「你的副手都覺得我不像壞人了，江隊不採納下屬的意見嗎？」

江子昕神色冷淡，闔上手上的記事本，「訊問到此爲止，我很忙，沒空和你聊天。」

夏宇故意撥了撥頭髮，笑得特別帥氣，別有深意地說：「沒關係，你忙，我在這裡等你。」

不吵不鬧靜靜等候情人工作結束，多麼體貼的男朋友啊！夏宇很少有機會可以在大庭廣眾下展現男友風度，正洋洋得意時卻聽見江子昕發出輕笑，眼裡的促狹一閃而過。

「不行。」

夏宇很喜歡江子昕這些小表情，即便江子昕露出這樣的笑容，通常代表他即將要吃虌。不過沒關係，讓男朋友占一點上風，既能彰顯他的風度和體貼，也是情侶間的一種情趣。

「待會會有人送你到檢察署。」

夏宇抗議，「我是無辜的。」

「現在還不知道。」江子昕並不鬆口，說完就對著攝影機做了個手勢。

沒多久，敲門聲響起，是小李進來帶人，「夏先生，請跟我走。」

夏宇看向羅律師，見羅律師點頭，才不情不願地答了一聲好，依依不捨地多看了江子昕兩眼後，起身跟著小李出去。

江子昕確定從夏宇口中問不出有用的東西，便決定結束訊問。今天帶了那麼多人回局裡，這下可有得忙了，他沒心情和夏宇調情，緊接著便去審海哥。

海哥見多識廣、經驗豐富，不是第一次進警局了，顯得特別游刃有餘，只答了些不重要的問題，遇到不好答的就推說年紀大忘了，或是不知道、不清楚。

在羅律師看來，夏宇到了檢察官面前變得安分許多，雖然還是避重就輕，什麼也沒承認，但總算沒了在警局的油嘴滑舌。大概因爲檢察官年過半百，而且不是夏宇喜歡的類型吧？羅律師發現自己竟然爲此感到欣慰——當事人不會添亂眞是太好了。

入夜，夏宇才等來關係他未來兩個月自由的羈押庭，羅律師充分證明了自己的價值，在法庭上和檢察官進行了一場激烈攻防，總算迎來法官無須羈押的裁定。保全主任帶著一個小弟提著保險箱用現金繳了保金後，夏宇總算能呼吸到自由的空氣。

「羅律師，謝謝。」夏宇步出法院時不忘向羅律師道謝。

「夏總太客氣了。」順利達成任務的羅律師鬆了一口氣，「這個案子還沒結束，夏總這陣子最好別亂跑。」

夏宇眼裡閃過一絲戲謔，「怎麼樣算亂跑？去找男朋友可以嗎？」

「男朋友可以。」羅律師停了一下才回答，心中暗道原來夏宇有男朋友了，那方才看見長得好看的男警還出口調戲？未免太過風流。

羅律師是老狐狸，即便腹誹了幾句，臉上表情依舊不變，「別和海派走得太近就好。」

「沒問題。」夏宇笑笑地應下，法院前面不是適合聊天的地點，兩人說了兩句就分道揚鑣。

羅律師還有工作要繼續忙，夏宇則是在保全主任陪同下走向停車場，他的黑色賓士車已經在停車場裡等著。

「阿義呢？」夏宇沒看到熟悉的魁梧身影，總覺得不習慣。

「義哥還在裡面，聽說兄弟們都沒事，目前證據和我們的人無關，手續辦完就能出來。」羅律師事務所裡還有其他受雇律師，羅律師陪著夏宇，其他律師就負責協助青盟的員工。

保全主任讓小弟開車，自己坐進副駕，對著後座問：「夏總，您要回夏夜呢？還是？」

夏宇說了一個地點，「我在那裡下車。」

保全主任慌了手腳，「晚上的客人怎麼辦？」

「今天不接客了。」夏宇鬆開領帶，接著解了一顆襯衫領口的釦子，感覺整個人輕鬆許多，「誰來都不見。」

「您的意思是？」保全主任不明白夏宇這是怎麼了？畢竟夏宇幾乎每晚都在金皇宮招呼貴客，比任何一個小姐的出勤率都高。

「我要休假，今天出了這麼大的事，大家會理解的。」天下沒有不透風的牆，這種消息傳得又特別快，他猜今晚會有不少人來金皇宮探他口風，他懶得一一解釋，乾脆休假。

夏宇到了江子昕的住處，熟練地拿出門卡，搭上電梯。燈是暗的，江子昕果然還沒回來。

夏宇知道男朋友不會太早回來，就算一整晚不回來也不奇怪，可是他就想來這裡等著。他知道江子昕會想看見他，會想問很他多問題——答不答是一回事，但他人在這裡就代表一種態度。

夜已深，夏宇坐進客廳沙發，想了想還是傳了訊息給江子昕，接著打開電視隨便選了部影集，看沒幾分鐘就睡著了。

睡夢中，他沒有繼承家業，還在醫院值班，江子昕有空就會來等他下班，兩個人一起回家，一起吃飯。他們無所不談，不避諱地聊起工作上的趣事，每天都過得心安理得，開心就笑，不高興就擺臉色，既舒心又坦蕩。

一聽見開門聲響，夏宇就醒了，撐起半邊身體，抬頭對來人扯開懶懶的笑，「回來了？」

江子昕忙了一整天，眉宇間有著掩不住的疲憊，回到家看見夏宇的第一個念頭就是罵人，「你還敢來？」

「男朋友給了我門卡鑰匙，不就是希望我常來嗎？」夏宇坐好，揉了揉惺忪的睡眼，此時牆上時鐘的短針指向三點

江子昕轉身把門鎖好，他明白自己一旦態度轉緩，夏宇就會裝作什麼事也沒發生，「你難道不是來跟我解釋的？」

「解釋什麼？」夏宇一臉困惑，彷彿不知道江子昕在問什麼。

「你怎麼會和海哥出現在新元飯店？你們在計畫什麼？現場怎麼會有冰毒？你們要合作販毒？」江子昕一句接著一句，氣勢強硬，不給夏宇迴避的空間，說話時一步一步逼近，彎腰伸手壓在夏宇肩上，將他往後推向椅背，「還是製毒？」

夏宇抬眼，迎向江子昕的目光，笑了笑，「你是不是有職業病？回家還做筆錄啊？這些在警局都問過了吧？我們不是說好回家不談工作？你看看你，現在都幾點了？這樣超時工作下去會英年早逝的，過勞沒藥醫啊。」

夏宇避重就輕的功力早已爐火純青，只把江子昕的靠近當作是美人投懷送抱，他伸出手，骨節分明的手指輕輕摸了摸江子昕的臉頰，在警局時只能看不能摸太折磨人了。

「瘦了啊。」

江子昕不動聲色，扣住夏宇的手腕，往外拉開，「夏宇，不要扯開話題。」

「那你要我說什麼？不都說無罪推定嗎？在證明我有罪之前，我都是清白的。江隊，你現在是把我當犯人嗎？」夏宇依舊保持笑容，只是那笑容變得沒半點笑意，反而更像挑釁，嗓音帶上幾分生疏冷冽。

他也不想這樣，是江子昕先開始的，他的身分不能想說什麼就說什麼，他以爲江子昕能理解。

江子昕覺得自己對夏宇的關心和維護都是白費力氣，氣得話音微微打顫，「你說我把你當犯人？」

他扣住夏宇手腕的手用力，迅速拉起人往旁一帶，夏宇意識到不對，連忙反制，另一手斜斜劈向江子昕。

兩人你來我往過了五六招，最後還是江子昕占了上風。在夏宇一個招式落空時，順勢把人往沙發一推，反剪手臂，並以膝蓋壓制住夏宇的腰間，使其無法掙脫，隨後掏出手銬，俐落地銬住夏宇的兩隻手腕。

「那我就把你當犯人。」江子昕神情嚴肅。

如果情與義在場，可能會想哭，覺得夏宇這三年多的課都白上了。

夏宇被壓在沙發上，只能扭動身體雙腿亂蹬，一邊掙扎一邊問：「喂！你這是什麼意思？」

「你說呢？」江子昕當年是高分從警大畢業的，學科、術科皆精，赤手空拳壓制一名成年男子並不難，見夏宇還在掙扎，便抓住他被銬住的手腕往上提。

「停！痛、痛死了！你要把我的手扭斷嗎？」夏宇手肘關節被扭到了極限，痛得直抽氣，不敢再亂動，卻又不肯示弱，故意曖昧地問：「你這是要玩手銬play？」

江子昕手下稍鬆，心裡有了打算，嘴角不懷好意地往上揚了揚，「好啊。」

既然夏宇有興致，那他就奉陪，只是這次他不會讓著夏宇。

夏宇察覺江子昕有些不對勁，只當男朋友是因為白天的事在鬧脾氣。小倆口嘛，沒什麼是打一炮解決不了的，如果有的話那就多來幾次。

夏宇想到這裡就放鬆不少，也有了心情說笑，「那你主動點？自己動？」

江子昕點頭，附和，「沒問題，你只要負責爽就好了。」

雖然夏宇看不見江子昕眼裡的促狹，但男朋友突然變得這麼好說話，他隱隱生出不祥的預感，連忙放軟態度，語氣極盡溫柔體貼，「你上了一整天的班，肯定累了，不如讓我來，保證讓你舒服。」

江子昕不確定夏宇是否識破了他的意圖，看著極力想奪回主控權的夏宇，他竟覺得有點可愛。他輕笑了一聲，湊近夏宇的耳邊說：「放心，我的體力還不錯。」

「我相信你體力好，可以先解開手銬嗎？」夏宇慣於發號施令，雙手受制讓他非常不安。

「不行。」江子昕將夏宇翻過來仰躺在沙發上，手指沿著他的鎖骨往下滑，故意路過胸前，隔著衣服揉捏，沒幾下就感覺乳尖變硬。

夏宇努力忽略胸前傳來的酥麻，他在床事上從未如此被動，有種被當作獵物的錯覺。他被迫改變策略，暫時虛與委蛇，「原來你喜歡這樣玩？早說嘛，我也不是不能配合。」

「你願意配合那是最好。」

江子昕的手依依不捨地往下，停在夏宇褲檔處，方才的挑逗已經讓夏宇有了感覺，性器半勃。江子昕拉開夏宇的褲子拉鍊，手指靈巧地滑進內褲，虛虛握住性器若即若離地撩撥，同時俯身貼向夏宇，唇舌舔上他的耳朵。

「解開手銬，讓我也摸摸你的。」夏宇柔聲哄著，無奈江子昕無動於衷。而他的呼吸開始變得粗重，耳朵是他的敏感帶，以往他總會自認有技巧地避開，不讓床伴發現，然而現在避無可避，江子昕固執地親吻舔弄，從耳廓到耳垂，有時碰觸到耳洞。

強烈的酥麻感自耳邊流竄，夾雜著過於清晰的舔舐聲，他的臉頰不受控制地發燙，只知享樂的器官也迅速充血硬挺了，夏宇啞著聲音阻止，「別一直舔耳朵。」

「好，換個地方。」江子昕低低笑著，放過了泛紅的耳朵，轉移陣地，對著夏宇的脖子和鎖骨半吻半啃，固執地想留下些痕跡。

「唔。」夏宇別過頭，發出一聲壓抑的喘息——是的，他這裡也有點敏感。

江子昕在夏宇的鎖骨留下吻痕後，順手解開礙事的釦子，露出襯衫下精壯結實的肌肉。這三年多來，夏宇在情與義的督促下，每天撥出時間鍛鍊，不是沒有成效。

江子昕將襯衫拉開，但由於夏宇雙手被手銬束縛在後背，所以襯衫拉開後只能掛在手臂和肩上，這樣的畫面平添了別樣的視覺刺激，似是急不可耐又像被迫受辱。

江子昕獎勵似的親了親夏宇厚實的胸肌，含住小巧的乳粒，用靈巧的舌頭反覆逗弄。

「噢。」夏宇喉間溢發出快慰的嘆息，他覺得自己一定是性生活空缺了太久，以至於江子昕隨便刺激哪裡他都很有感覺。

儘管夏宇勉強維持表面上的鎮定，內心早已慌亂不堪，他不喜歡陷於被動的局面，也不喜歡江子昕身上的侵略性，這和江子昕以往性事時的風情萬種不同。

「你就算吸得再用力也不會有東西出來。」夏宇感覺乳尖傳來異樣的酥麻，陌生的感受再次讓他心慌，只想著要江子昕停下。

江子昕抬頭，眼神染上慾望，「我知道，但我喜歡。」

淺色的乳頭被吸吮得腫脹，顏色紅豔了些，同時泛著光澤，襯著夏宇偏白的膚色顯得特別情色。

江子昕盡情欣賞，眼底的慾望更重了些，他輕輕親了夏宇，「你也會喜歡的。」

「喜歡個屁！我才不喜歡！」夏宇急忙否認，才剛說完，江子昕又低下頭，這次是另一邊遭殃。

夏宇的呼吸變得粗重，他緊抿著雙唇，努力提醒自己不要發出奇怪的聲音，不要被江子昕誤會他喜歡被這樣對待。

江子昕逗弄夏宇胸前的挺立時，玩弄性器的手指沒停，不斷地給予刺激，夏宇的那處很快脹大硬挺，蕈狀頂端冒出的前列腺液把內褲打濕了一大片。

「你想要了。」江子昕覺得時候差不多了，夏宇被撩撥得難受，他也忍得難受。

「乖，坐上來。」夏宇不否認，自己現在只想馬上要了江子昕，他想狠狠地頂弄對方那個又濕又緊還特別會夾的肉穴。

「別急，先脫褲子。」江子昕笑著拉了拉夏宇的西褲。

夏宇急著想和江子昕翻雲覆雨，便配合地抬起腿方便江子昕將他的外褲和內褲褪下，露出兩條長腿和粗長的性器。鮮少曬太陽的長腿膚色偏白，沒有明顯的腿毛，而蓄勢待發的性器顏色略沉，看上去經驗豐富、異常凶猛。

江子昕把扯下的內褲和外褲一起扔到沙發下，沒了布料阻擋，有著槍繭的手指直接套弄起夏宇的性器，力道時輕時重，比夏宇自己來時更有感覺。

夏宇的呼吸變得粗重，聲音低沉而沙啞，帶著蠱惑，「別弄了，快坐上來，自己動。」

此刻的江子昕是清醒的，眼裡興味濃厚，他揚起下巴朝夏宇笑了笑，「爲什麼你總覺得我是下面那個？」

「你在說什麼？我們都做那麼多次了。」夏宇不明白江子昕怎麼又提起這件事。

「是啊，我是讓你很多次了。」江子昕將手放在夏宇膝蓋後關節處，抬起夏宇的腿壓向他的胸前，臀瓣間無人探索過的後穴隨即暴露。

「住手！你要做什麼？」這個姿勢很明顯不對勁！夏宇瞬間明白江子昕的意圖。他想掙脫，然而他的雙手被手銬靠在後背壓住，江子昕所處的位置能夠輕易牢牢壓制住他。

「夏宇，我也是男人，我也需要滿足我的征服慾。」江子昕不再掩飾，將下身湊近夏宇，熱脹硬挺的性器隔著褲子磨蹭夏宇白嫩的大腿內側，「我要上你。」

「不行！我是純1。」夏宇強烈抗議，夾緊括約肌。

「那是以前。」江子昕不以爲然地勾起嘴角，手指在對方的穴口外畫圈，「你這麼說，我更想要你了。」

「江子昕！你不要以爲我不會跟你翻臉！」夏宇急了，破口大罵，堅決捍衛後庭。

江子昕挑眉，臉色也不好看，「翻臉？你以爲我沒忍你？」

「這和你想上我有什麼關係？放開我，我們坐下好好談！」

「別想轉移話題，你要是想談早就和我談了。」江子昕不打算給夏宇逃脫的機會，「你說下班不談工作？好啊，我們做愛總可以了吧？」

夏宇是個知變通的人，不介意適時改變原則，馬上改口，「下班還是可以談一點工作的。」做愛很好，但他不想被上！

江子昕狡黠地眨了眨眼，勾起夏宇下巴，「放心，我會很溫柔的，痛過就舒服了。」

這句話怎麼意外地耳熟呢？

「你不是想玩手銬play嗎？」江子昕壞笑，使勁翻過夏宇，讓他背朝上露出毫無防備的臀縫。接著打開夏宇藏在沙發椅墊縫隙的潤滑液，草莓優格酸酸甜甜的香氣撲鼻而來，江子昕毫不吝惜地擠了很多，讓潤滑液淌入臀縫之間，手指慢慢進入，緩緩抽送。

潤滑液帶來的冰涼讓夏宇微微瑟縮了一下，手指侵入的異物感更是讓他頭皮發麻，他只想早點結束，咬牙說道：「速戰速決吧。」

「放鬆點。」江子昕輕笑，不打算把夏宇逼得太緊，另一隻手沿著勁瘦緊實的腰線往下，愛撫他受到打擊而變得萎靡的性器。

即便夏宇不打算有任何反應，然而敏感的陰莖受到刺激還是很快地充血了，陣陣酥麻的快感轉移了他的注意力，後穴的異物感好像沒那麼令人討厭了。

江子昕感覺到穴肉不再絞得那麼緊，鼓勵地親了親夏宇的背，從肩胛骨沿著漂亮流暢的微凹脊線一路往下。每當夏宇不由自主地微微輕顫時就刻意逗弄那處，把夏宇親得太過羞恥只能將臉埋進椅墊裡。

夏宇沒試過被後入，自然也沒被這樣親過，意外地感覺還不錯，原本他只當江子昕是出於惡作劇才想嘗鮮，現在卻有了另一種想法——江子昕是因爲愛才想占有他。

江子昕看見夏宇耳後到脖頸間一片泛紅，一聲聲悶喘接連傳出，後穴裡的軟肉也不再排斥他，知道時機成熟，便加了一根在後穴擴張的手指，也加了更多潤滑液。手指進出時發出陣陣水聲，春色無邊，「聽見了嗎？眞色。」

夏宇臉頰發燙，他當然聽見了，只不過他換了體位就換了腦袋，這時候一點都不覺得這些他平常也愛說的葷話有情趣。他抬起埋在椅墊裡的臉，故意裝出輕佻的語氣，想讓自己聽上去游刃有餘，「是嗎？和我幫你擴張的時候差不多。」

江子昕能理解夏宇還放不開，越是這樣他就越想捉弄夏宇，「夏醫師，你要教教我前列腺在哪裡嗎？」

「你躺下換我來，我就告訴你！」夏宇衷心希望江子昕找不到，這樣他就不會在江子昕面前失控。

「我還是自己摸索吧。」江子昕笑了，注意到距離穴口約莫兩個指節處有個突起，每當滑過那裡時夏宇都會不自覺地想要逃開。

於是，江子昕的手指故意按壓那處，夏宇的身體立刻發軟，隨之響起的是一聲壓抑不住的呻吟，甜膩銷魂。

「看來我找到了。」江子昕故意又將手指滑過那處，激得夏宇又是嘶的一聲，「夏醫師，對嗎？」

夏宇無力對抗前列腺被刺激的快感，理智上知道這是正常的生理反應，情感上還是覺得丟臉，硬著脾氣回嘴，「是又怎樣？別想我會給你什麼獎勵。」

「你就是最好的獎勵。」江子昕身上衣著整齊，只是拉下拉鍊，從內褲裡掏出硬挺勃發的分身，他已經忍了太久，抽出手指，性器圓潤的頂端對準擴張好的濕淋淋穴口，一寸寸地沒入直到下身恥毛抵著夏宇臀部。濕熱穴肉緊緊裹住性器，感官的愉悅和征服的快感一併湧上，江子昕發出低低的嘆息，「夏宇，我得到你了。」

「啊，不，停下——」夏宇腦門一片發麻，肌肉緊繃，太深了，從來沒有被進入過的地方就這樣被深深嵌入。被入侵的感覺太羞恥，身體被撐開的痛感伴隨著絲絲酥麻，他已全面失守，進出的性器將他的面具和防備一一撕破。

江子昕俯身讓胸腹完全貼上夏宇的後背，雙臂緊緊抱住夏宇，頭順勢擱在其肩膀上，湊近夏宇耳邊說：「相信我，就像我相信你一樣。」

「嗯。」夏宇正在努力適應埋進他身體裡的碩大——江子昕不亂動後，他好受多了。

「我也是男人，你能給我的快樂我也能給你。」江子昕想說的不只是性事上的平等，在工作和生活上的方方面面也是，他知道夏宇聰明，能聽懂。

夏宇感覺自己以一種被保護的姿勢被江子昕牢牢抱著，他們肌膚緊貼，體溫炙熱，鹹濕的汗水混合在一起，不分彼此。他從來沒被人如此親密地擁抱過，儘管和他上過床的男男女女早已數不清，但是像這樣的擁抱，他一次也未曾經歷過。

「江子昕，你喜歡我嗎？」夏宇吸了口氣，嗓音微啞，他一定是瘋了才會問這個問題，話剛說出口就後悔了，「我隨便問的，你不用回答。」

「我愛你。」江子昕親了親夏宇的臉頰，毫不遲疑地回答，「夏宇，我愛你。」

不只是喜歡，而是愛。

夏宇堅硬的外殼被敲開，心底好像有什麼東西被融化了，他扭過頭，努力地親上江子昕，在結束這個讓他快喘不過氣的吻後，他鄭重地開口：「我也愛你。」

「我知道。」江子昕自然是知道的。早在他身受槍傷時，夏宇焦急的神情和所有親力親爲的悉心照顧已說明了一切，更別提夏宇在體位上的退讓——這還不是愛，什麼是愛呢？

溫馨的氣氛沒維持多久，那個輕佻油滑的夏宇就回來了，他挑釁地瞥了江子昕一眼，「要做就快點做，我還想知道你的技巧好不好？沒把我弄爽了以後不給你上了。」

江子昕不得不佩服夏宇的厚臉皮和適應能力，剛剛還一副不怎麼甘願的樣子，現在就都放開了？

「這可是你說的。」江子昕放開環住夏宇的手，轉往他胸前揉捏玩弄小巧的乳粒，腰胯復又動作，將性器抽出大半再迅速頂入。他記性很好，沒忘記要狠狠輾過前列腺的位置。

夏宇沒想到江子昕突然來這麼一下，破碎又甜膩的呻吟脫口而出，快感來得太急太快，根本來不及應變。既然如此，夏宇也就放棄了應變，拋開多餘的自尊，放任口中吐出誘人的細碎音節。

夏宇無論是喘息或是呻吟，聽在江子昕耳裡都分外性感，比什麼春藥都讓他興奮，更加大開大闔地抽送，「你不用再派人跟著我，我的事我能處理。」

夏宇被頂得兩腿發軟，根本不能好好說話，「你……啊……你發現了？」

「怎麼可能沒發現？」江子昕失笑，拍了拍夏宇的臀部，「夾得這麼緊，等一下痛的可是你，放鬆一點。」

「是不是你技巧不行？」夏宇雖然嘴硬，還是努力放鬆穴肉，不再抗拒，甚至開始迎合。

「技巧不行你還硬成這樣？你的身體比嘴巴誠實多了。」江子昕的手在夏宇的性器上套弄兩下，感覺他即將釋放便惡劣地收手，「別急，靠後面射出來，很舒服的。」

夏宇低低罵了一句，「那得看你本事。」

江子昕放慢了抽送速度，改爲九淺一深，手在夏宇身上或撩撥或揉捏，滑膩緊實的肌肉手感很好，「你瞞著我的事太多了，你以爲每次都能安然脫身？」

「你沒事就好。」不知道是因爲看不見江子昕的表情，或是身體緊密相連，夏宇平常說不出口的話，此時就能脫口而出。

「夏宇，你到底把我當什麼？」江子昕氣得用力頂弄夏宇，肉體碰撞的聲響在房裡迴盪，「難道你出事我會開心嗎？」

夏宇被頂得撐不住身體，眼眶盈潤，氣息不穩地反駁，「你的工作就比我安全？」

這個話題不會有結論，於是江子昕專注在性事上，抓著夏宇的腰挺弄著，專找夏宇反應最大的角度和力道。

夏宇初嘗性愛的穴口泛著水光，深處被頂得酥酥麻麻的，滅頂的快感如同電流從尾椎骨蔓延至全身。

「啊，啊——」

極致的歡愉襲來，夏宇的性器前端無預警地噴濺出一道道白濁液體，打濕了布面沙發。刺激前列腺得到的高潮能綿延更久，近十秒的時間裡夏宇的腦海一片空白，舒服得難以形容。

除了對體位轉變的不適應外，夏宇找不出這場性愛的缺點，他依然是和喜歡的對象結合，身心都急切地渴求著對方，既迷亂又瘋狂——而且他射了。

男人的生理反應就是如此直接，有慾望就勃起，有射精就是歡愉。刺激前列腺帶來的快感超過以往，爽是很爽，但他並不打算就此交出主導權。

江子昕隨後射在夏宇的後穴裡，他久未釋放，陰莖抽出時，精液多到從穴口沿著大腿根汩汩地流淌下來。

那畫面非常色情。

江子昕瞬間就看硬了，夏宇還沒反應過來便被他換了姿勢繼續第二場。

天色將亮，情事總算結束。

兩人早已轉移陣地來到雙人床上，渾身赤裸蓋著被子的夏宇已經解下手銬，背對著江子昕閉眼假寐。

江子昕知道夏宇沒睡著，把他抱進懷裡，嘴唇輕輕蹭著他的嘴角和臉頰，「生氣了？」

「沒有。」夏宇愛理不理的，說完又轉過頭去。

「那就是生氣了。」江子昕輕笑，半撐起身體，湊到男朋友耳邊，「下次讓你在上面。」

夏宇立刻把頭扭回來，「以後都在上面。」

「那得看你表現。」江子昕笑笑，不把話說死，他不是那麼在意體位，他只是不想永遠當被動承受的那一方，一如他不想只當個被保護的角色。即便夏宇在床上的表現值得給五星好評，然而征服夏宇、證明自己並不遜色的心理滿足感是無法衡量的，這點他也不會放棄。

夏宇的聲音帶點啞和倦，不是很樂意地逼問：「哪方面的表現？」

江子昕伸手在床頭櫃摸了摸，找到菸盒和打火機，骨節分明的手指夾起菸分外好看，他點上菸後半躺在床上，吸了一口，緩緩吐出白煙，「海哥沒那麼簡單，你和他合作討不了便宜，得逞一次是僥倖，下次就不一定了。」

夏宇想坐起身時嘶了一聲，眉頭蹙起，又躺了回去，「我把海哥當長輩，陪他傳長輩圖，偶爾聊聊天。」

「別以為我不知道黑虎幫那幾塊地怎麼落入你手裡的。」江子昕恢復身分後查過夏宇，透過公務系統查找資料方便得很，夏宇名下的公司和個人財產清清楚楚，當然，這只是明面上乾淨的資產。

「你查我？」

「這是我的工作。」

儘管心裡不舒服，不過夏宇能理解，片刻沉默後淡淡說了一句，「把菸戒了，傷身。」

江子昕的菸癮是當臥底時染上的，當時他承受巨大壓力，身邊無人可信任，需要有個不引人注意的紓解方法。現在他走到了陽光底下，也有了可以相信的人，按理不再需要依賴尼古丁。於是他點頭，把菸熄了，「好。」

江子昕打開床頭櫃抽屜，拿出一個綁著金色緞帶的銀色小紙盒，遞到夏宇眼前，「生日快樂。」

「你怎麼知道？」夏宇訝異，他從沒提過，可是當他迎上江子昕的眼神他就懂了，肯定是江子昕查他的時候看到的。

江子昕看夏宇的表情便明白自己沒必要多做解釋，「打開看看？」

夏宇依言拆開，盒子裡是一只男錶，不是特別名貴的牌子，沒有鑲鑽，也不是什麼限量款，價格連夏宇平常戴慣了的黑水鬼的十分之一都不到。但那是他男朋友買給他的，爲了他而買的。

「謝謝。」夏宇立刻就把錶戴上，蓋住手腕上被手銬磨出來的紅痕，並攬過江子昕親了一口，看著男朋友眼下隱隱的黑眼圈，心疼地說：「睡吧。」

「好。」雖然兩個小時後就要起床，江子昕還是配合地躺下，抱著夏宇入睡。

此時此刻，沒有針鋒相對，沒有隱瞞搪塞，沒有黑白對立，只有一對相擁而眠的戀人。

Chapter 8

夏宇打了個呵欠，覺得全身痠痛，站也不是，坐也不是，在位於金皇宮頂樓的辦公室裡走了一圈，最後還是選了柔軟的沙發坐下，一邊揉著腰一邊和情與義說話。

「昨晚辛苦了。」情與義他們昨晚直至午夜才被放出來，像夏宇這樣的好老闆，當然得體恤下屬。

「不辛苦，問問話走個過場就出來了。」情與義眞的覺得不辛苦，比起應付要求很多又難以捉摸的老闆，即便進警局實在無聊，至少心情上很放鬆。

「加班費會準時匯給大家。」夏宇點頭，情與義大部分時間都讓他很放心。

這樣的嘉獎對員工來說最爲實際，情與義很開心，不過他臉上還是一貫地沒太大波動，簡單道謝，「謝謝夏總。」

夏宇坐了一會還是覺得全身都不舒爽，眉頭微蹙，換了個坐姿，沉聲問：「現在狀況怎樣？」

情與義發現老闆今天有些煩躁，但他早上是去姓江的香閨接到夏宇的。按以往經驗，夏宇一夜春宵後通常都顯得神清氣爽，今天看上去卻有幾分萎靡，難道小倆口吵架了？大概是跟昨天在交易現場被抓有關吧？

察覺到異狀的情與義特別小心，把彙整好的情報交給夏宇後謹慎地回報：「海哥今天早上也交保了，他們的人有三個沒弄出來，畢竟貨就在他們帶過來的箱子裡。」

夏宇接過資料，目光微凝，略一思索，「海哥對這三個人有什麼打算？」

「聽說要讓他們頂罪。」情與義回答。這種事很常見，只要談好安家費，殺頭的生意都有人願意做。

「海哥那一套也不是每次都管用，如果我是警方，肯定會在這三個人身上用力。」夏宇突然意識到自己一直揉腰，有損其威嚴的形象，便不動聲色地挪開手，「鴿子還有什麼動靜？」

「從昨天開始，店裡內外都有人盯著，兄弟們出去辦事也有人跟著，大夥都不太習慣。」

「讓大家忍一忍，既然被盯上就收斂點，不要和人起衝突。」夏宇手上的生意都是合法買賣，不怕被找碴，只擔心部分員工沉不住氣，和同業有些小打小鬧。

「是。」情與義想到昨天的事，謹慎地開口，「海哥那邊還在等我們回覆。」

夏宇早就想好應對之道，「拖個兩天再跟他們說沒找到人，反正剛出事，他們也要避風頭。」

「是。」

夏宇揮了揮手讓情與義退下，想到一件事又把人叫住，「去讓跟江隊的人回來。」

情與義訝異，「不跟了嗎？」

「換一批高明點的，都被發現了，還跟什麼？」夏宇覺得沒面子，不知道江子昕心裡怎麼笑他。

情與義老實承認，「我們這方面的人才不多。」

要擅長追蹤、潛伏，還能排除障礙，這種人通常不會選擇做他們這行，他訓練的手下能有三分樣就不錯了，本來就不期待瞞過江子昕。

夏宇嘆了口氣，明白情與義說的是實情，「先讓人遠遠看著吧，之後再做打算。」

「是。」

江子昕整夜沒怎麼睡，一早八點準時出現在警隊辦公室，有大量工作等著他處理，才剛批完一份公文，魏文華就拿著幾張列印的模糊照片過來敲響他辦公室的門。

「進來。」江子昕點開下一份電子公文，隨口問：「什麼事？」

魏文華簡潔說明來意，「隊長，昨夜港口貨櫃場有一起小規模火災，匿名報案者指出，夏宇一交保就帶著手下前去湮滅夾帶在貨櫃裡的毒品。」

「不可能。」江子昕下意識地回答，抬頭迎上魏文華困惑的眼神，才故作若無其事地接過照片，看了兩眼就還給魏文華，「凌晨三點十八分？照片鑑定過眞僞？是否有變造的可能？能拿到完整監視器影片嗎？問過貨櫃場的人嗎？」

照片是貨櫃場的監視器錄影畫面，拍到臉部輪廓神似夏宇的男子和幾名壯漢。但只是輪廓神似，騙騙和夏宇不熟的人還可以，可騙不了江子昕，更何況那個時間夏宇就在他床上，有充分的不在場證明，然而這個不在場證明不能對魏文華說。

魏文華很錯愕，宛如被當頭澆了一盆冷水，他沒想到江子昕反應如此冷淡，只得迅速整理好失落的情緒，「我才剛收到資料，晚點會一一查證。」

「好。」江子昕說完便低頭看公文，過了一分鐘，察覺魏文華還沒走，抬頭問：「還有事？」

魏文華定定打量著江子昕，斟酌用詞，「隊長，你相信青盟嗎？還是說你相信夏宇？」

「爲什麼這麼問？」江子昕挑眉，魏文華似乎對他起了疑心，他對此並不樂見。

「我總覺得你對夏宇態度不一樣，好像特別容忍他？」即便江子昕並未給夏宇什麼優待，可魏文華就是覺得不對勁，那兩人之間似乎存在著說不清道不明的曖昧。

江子昕面上沒有波動，暗自思索該如何解釋。不論他和夏宇是否交往，對於夏宇的爲人，他抱持正面看法，「我想你也看過他的資料，他原本是外科醫生，現在仍保有醫師執照，這幾年支援過幾次偏鄉醫療活動。接手青盟後，他收掉了很多生意，如今青盟涉及的刑事案件比三年前起碼少了一半以上。」

魏文華不以爲然，「醫生又怎樣？他以前可能是個好人，自他接手青盟後，手上哪有可能還是乾淨的？只是沒被抓到而已，黑道就算漂白了還是黑道。」

「你想抓夏宇，我不反對。」江子昕察覺到魏文華的意圖，儘管有點頭痛，不過他不認爲有企圖心是壞事，投向魏文華的目光帶有幾分嘉許，「但你得讓證據說話。」

魏文華比江子昕年長兩歲，同樣以優異的成績自警大畢業，他贊成論功行賞，並不眼紅江子昕能當上隊長，他覺得自己也能抓到像陳硯那樣的大魚，而夏宇就是個很好的目標，「好，我會把照片交給鑑識科，該補的影片、該問的人我也會去查。」

「我等你的結果。」江子昕是認眞的，只要一切屬實，他就會處理夏宇。

魏文華躍躍欲試，應下後便離開江子昕的辦公室。

過了不到半小時，魏文華再次敲門進來，江子昕覺得奇怪，「鑑識科效率這麼好了嗎？」

「怎麼可能？」魏文華咧嘴一笑，「雖然張謙涉案的證據不足，交保放出去了，不過那三個碰過箱子的海派混混還在。」

「有結果了？」江子昕一聽立刻放下手邊工作。昨晚他下班前交代了把那三個人分開關押，還讓小李時不時就去勸兩句。

「有個人動搖了，想用情報換減刑。」

「什麼情報？」江子昕精神一振，專案成立至今一直無法有重大斬獲，主要原因就是線索不多，如果有可靠的內部情報，可以省很多力氣。

「張謙想賺錢又怕惹禍上身，最近找了個搭夥的，幫他處理風險高的貨，送到各個藥頭手上。」

「領頭的是誰？」江子昕知道海哥的合作對象不會是一個人，運貨這種工作只會是由一群人或一個幫派進行。

「你肯定見過。」魏文華頓了頓，瞥見江子昕銳利的眼神望過來，便不賣關子了，「你的老同事，白猴、銀狐。」

江子昕神色淡淡的，不冷不熱地應了一聲，看不出對此有何想法，「接頭方式、送貨路線呢？」

「問了，他說海哥不信網路那一套，都讓藥頭打電話用暗語叫貨，號碼他不知道。不過他見過兩個藥頭，都有前科，我已經讓人核對身分，晚點應該就有結果。」魏文華心情不錯，語調輕快，說到此處還故意頓了頓，「另外，他爲了展現誠意還送了一個消息。」

「說吧。」

江子昕顯然不是個很好的聽眾，他不擅照顧屬下心情，遑論適時給予誇獎，這讓魏文華有些洩氣。不過兩人共事月餘，大致理解了江子昕的行事作風，魏文華很快調適好，接著說：「他說他們和青盟的關係很好，這次是爲了一起做生意才碰面。」

海派做什麼生意他們都很清楚，不過江子昕還是問了一句，「什麼生意？」

「當然就是箱子裡的東西，冰毒。」魏文華頗有得色，這個消息讓他更相信自己的直覺，夏宇果然有問題，看來他抓到夏宇建功指日可待了。

江子昕的臉色沉了幾分，垂下眼睛，眼角餘光掠過開了一道縫的抽屜，裡面有隻手機畫面一亮，無聲地跳出訊息提示。他深呼吸，抬眼望過去，語氣冷冽，「繼續盯著青盟和夏宇。」

「是。」

江子昕看了眼牆上的時鐘，「筆錄整理完趕快和人一起送去給檢察官，注意不要超過時間。」

法律規定拘捕犯罪嫌疑人後，必須在二十四小時內送請法院審查有無羈押必要。海派這三人都拒絕了夜間偵訊，所以截至今早八點以前的時間並未計入檢警共用的二十四小時，但剩下的時間也很緊迫了。

魏文華力求表現，連忙做出回應，「隊長放心，我剛把人送上車才過來的。」

「很好。」江子昕嘉許地看了魏文華一眼，「一小時後開會，把全部資料整理好，討論接下來的行動計畫。」

「是！」魏文華知道立功的機會來了，高聲應下後就忙不迭地離開了。

待辦公室的門關上，江子昕拉開抽屜，看著著手機訊息一個接一個跳出來卻不點開，喃喃道：「夏宇，你在搞什麼鬼？」

他心煩意亂地揉了揉額角，把抽屜關上並上鎖，慣性伸手探向口袋掏菸，撲空後才想起自己答應夏宇要戒菸，早上就把菸都丟了。

江子昕深吸了一口氣，拉開另一個抽屜，裡面還有半條菸。

一小時後，江子昕把半條菸原封不動給了隊上的老張，老張誠惶誠恐地收下，「隊長，這是怎麼了？」

「我戒了。」江子昕向來心性堅定，決定了不要什麼，就能果斷地不要了，菸是如此，感情……也會是如此吧？

夏宇和江子昕是不能見光的關係，他們對此看法一致，於是夏宇讓人給江子昕準備了一隻乾淨的手機和一組號碼，只用來和夏宇聯繫。

夏宇今天沒有過生日的心情，他給後庭擦了點藥後就趴在沙發上休息，實在太過無聊，便傳了好幾則訊息給江子昕，江子昕工作時通常不回訊息，今天也不例外。

過了一會，夏宇慢慢地翻身坐起，辦公室桌上還放著一疊文件，他卻提不起勁去看，撥了內線叫情與義進來。

情與義進辦公室時，恰巧聽見夏宇嘴裡嚷著無聊，認真提議，「不然還是把今天的搏擊課上了吧？下午沒排行程，剛好補課。」

「就說了我身體不舒服。」夏宇拒絕了，他早上也是用同一個理由請了病假，至於病因則略過不提。

情與義無奈，「那夏總休息，我先去忙了。」

夏宇叫住他，「別走，去一趟鴿子窩。」

「還要去？」鴿子窩有很多個，情與義很清楚夏宇想去的僅有那一個，他只是不理解，昨晚才剛出來，怎麼又要回去？

夏宇起身，拉了拉領帶和襯衫，順平皺褶，嘴角一勾，「玩膩了就丟開，這可不行。」

情與義聽不懂，誰玩膩誰了？

黑色賓士行駛在市區道路上，夏宇正琢磨著要不要順路買點東西過去時，接到了一通電話。

「夏先生，你好，我是第三偵查隊副隊長魏文華，有幾個問題想問你。」魏文華開啓了電話錄音。

「好啊，說吧。」夏宇好奇江子昕的下屬想問他什麼事。

魏文華一副公事公辦的口吻，「你今天凌晨三點去哪裡了？」

「我在睡覺。」夏宇沒有遲疑，隨口答道。在床上和在睡覺差不多，反正他不可能說自己當時正被江子昕壓在身下。

魏文華不放棄，繼續追問：「是嗎？那怎麼有人在港口附近看到你？」

「看錯了吧？」夏宇語氣輕佻，聽起來彷彿滿不在乎，卻暗暗起了戒心。

魏文華知道夏宇油滑，旁敲側擊不會有結果，改變策略單刀直入，「你有不在場證明嗎？」

聞言，夏宇不客氣地笑了，笑罷再出聲時，語氣帶著滿滿的揶揄和戲謔，「誰讓你來問我的不在場證明？」

江子昕會讓魏文華問他昨晚下半夜的不在場證明嗎？有誰比江子昕更清楚他昨晚在哪裡？

魏文華臉上熱熱的，夏宇這麼問似乎是看準了江子昕並不認同自己此番舉動，他一時熱血上湧，差點就要回嘴，猛地想起電話正在錄音，只好生生吞下話，「夏先生，我這樣問當然有充分的理由，請你配合調查，老實回答！」

夏宇見識過的牛鬼蛇神太多了，威逼利誘都經歷過，早就不吃這一套，嗤笑一聲，「你這不是正式的筆錄吧？我沒有義務回答你。」

說完夏宇就把電話掛了，就算他樂於警民合作，那也是挑對象的。

電話另一頭，辦公室裡的魏文華氣得把話筒摔回座機上，引起同事們的側目。

小李是隊上最資淺的，他的座位離魏文華最近，聽見聲響嚇了一跳，「副隊，怎麼了？」

「沒事，你趕快把名單上那些人的資料和這兩個月的通聯紀錄調都出來，還有十分鐘開會。」魏文華勉強扯出笑容。

「是。」小李趕緊埋頭作業。

魏文華起身往外走，去茶水間倒了杯冰水一口喝乾。他本來應該按正常程序讓夏宇過來配合調查，但他知道江子昕不會批准，急於表現下打了電話，沒想到反而被夏宇識破並出言譏嘲。

夏宇掛掉電話後就問前座的情與義，「昨晚凌晨三點左右，港口那邊出了什麼事嗎？」

情與義想了想，「有個海哥罩的貨櫃場出了場小火災，不是什麼大事。」

夏宇可不這麼認爲——不是大事魏文華就不會打電話給他了，而且還背著江子昕？

「掉頭。」夏宇決定不去找江子昕了，男朋友工作忙，他就不去添亂了，改天讓人連本帶利用身體補償就可以了。

夏宇一吩咐，司機立刻打了方向燈，車子在下一個路口迴轉，然而往回開也要有個目的地，司機不敢問，朝情與義看了一眼。

情與義猜不透夏宇，只能開口詢問：「夏總，要去哪？」

「去看海哥。」夏宇說完想起羅律師不讓他和海哥走得太近，又再改口，「算了，回青盟上課吧，你教我幾招手被銬住時如何反擊，還有手銬怎麼解開？」

情與義很想問夏宇爲什麼突然想學這個，但是直覺提醒他最好不要問，「是。」

「繼續注意海哥的動靜。」

「夏總的意思是？」

「青盟這麼香的一大塊肉，誰不想要呢？」

「是。」情與義似懂非懂，他不知道夏宇如何看出海哥對青盟有興趣的，反正這個時候只要說「是」就對了。

✦

吸毒的癮頭一旦上來，就只想要被滿足，而且是現在立刻馬上。毒品買家才不管警察查得多緊，也不管最近正在風頭上，所以這陣子相關的交易只是轉趨低調，卻依然熱絡。

江子昕讓人盯著被供出的兩個藥頭，密切監聽和監視他們的動靜，摸清了暗語和購買方式，很快擬訂了計畫，讓隊員喬裝買家釣魚，確定犯罪事實後先不打草驚蛇。盯了兩天，總算等到藥頭現貨賣完叫貨，跟著送貨的人找到了一個據點。

那是市郊農田間的一座老舊工廠，招牌上的字跡斑駁。工廠前的空地堆放著垃圾雜物和廢機具，雜草從龜裂的水泥地冒出頭，一片破敗景象。

送貨的人騎著一輛破機車，把車停在工廠前的空地，東張西望一會，才加快腳步走到側面小門，工廠裡的人很快開門讓他進去。

這附近工廠很多，第三偵查隊的隊員們身著便服分散在四周，有的在車裡打盹，有的裝作在等人，另外還有一兩名警員穿上外送員制服騎著機車穿梭在路上。

魏文華和江子昕坐在同一輛車裡，魏文華在駕駛座，江子昕在副駕，車停在不遠處的小路上，兩人遠遠盯著那座工廠。

「隊長，我們要進去了嗎？」魏文華覺得時間差不多了。

江子昕陷入思考，是該立刻行動？還是等時機成熟一網打盡？但什麼時候是時機成熟？

他需要對行動成敗負責，也得對隊員們的安危負責。此刻上前攻堅過於冒險，畢竟無法確定嫌犯人數，嫌犯手上握有何種武器也是未知，而且還可能就此打草驚蛇，比較穩妥的方式是以占據優勢的警力強行壓制。

「等等。」江子昕的聲音平靜得沒有起伏。

於是魏文華拿起對講機，把江子昕的指令傳達給第三偵查隊上下二十名隊員。

江子昕也沒閒著，把情況上報給大隊長，大隊長二話不說就派了第四小隊過來支援，讓江子昕看情況抓人。

夜幕低垂，窗戶和鐵皮縫隙透出橘黃色亮光，工廠裡的人似乎放鬆了警戒，隱隱傳出談笑聲、勸酒聲，甚至還讓外送員送來下酒菜。

「隊長，是時候了吧？」不久前第四隊的人也問過，可是被江子昕拒絕了，魏文華怕錯過立功的機會，才過了十分鐘便忍不住又問。

「再等等。」江子昕神色不變，他臥底三年最不缺的就是耐心，以及審度局勢的判斷力，和屢次讓他化險為夷的直覺。

又過了快一個小時，一輛天藍色BMW駛至工廠前方空地，工廠老舊的鐵捲門顫巍巍地上捲，待車子開進工廠裡停好後，鐵門又被放了下來，整段過程短短不到五分鐘。

然而這五分鐘已足夠江子昕判斷工廠裡的大致人數和情況，並看清車裡那名尖嘴猴腮的瘦小男子。

江子昕拿起對講機，聲音堅定，「大魚入網，準備行動。」

收到指令的隊員們瞬間精神一振，兩隊隊長很快擬好行動策略，由第三隊正面攻堅，第四隊從後包抄斷絕後路。

此時由警員喬裝的外送員出馬，他假裝送餐，上前敲門，敲了好一陣子，最後是一名聲音年輕的混混罵咧咧地來開門，畢竟酒酣耳熱之際誰都不想離開酒桌。

「是在吵三小？」

門一打開，埋伏在工廠外的警力魚貫湧入，同時大喊：「趴下！警察執法！手舉高！不要動！」

原本圍坐在兩張簡陋桌子前喝酒吃菜的十幾名匪徒倉皇逃竄，幾名面色凶狠的回過神後掏出槍來，對著蜂擁而至的警察就是一槍。

「趴下！」江子昕喝斥住想往前衝的魏文華，拉著經驗不足反應慢的小李滾到一處掩體後方，隨後槍聲密集地響起，小李嚇得臉色發白。

儘管這群匪徒並非專業槍手，加上又喝了酒，準頭實在不怎麼樣，但貿然上前還是可能會被流彈所傷，隊上的老張運氣不好，小腿就中了一槍。

江子昕從躲藏的鐵架縫隙看見那群人邊開槍邊往後門逃，趁著槍聲間歇的短暫幾秒，回擊兩槍，兩個人倒在地上。魏文華也抓住機會回了幾槍，打中一個人的肩膀。

江子昕朝魏文華打了個手勢，隨即兩人各帶著三名隊員，一左一右兵分二路，壓低身體放輕腳步，在雜物掩蔽下悄無聲息地靠近匪徒。

一個半醉的中年男人一邊胡亂開槍一邊叫囂：「幹！有種出來打啊！躲什麼躲！」

他的同伴對他喊了一聲，「操！走了啦！」

中年男人這才和同伴往後門逃，然而跑沒幾步，就見十幾個同夥慌慌張張地跑了回來。

「你們回來做什麼？」

「後面也有鴿子！」

其中一名臉上還帶著幾分青澀的少年嚇得兩腿發抖，失聲哭喊：「大哥！怎麼辦？」

被喚作大哥的是一名矮瘦男子，左右都有手下護衛。他聞言環顧四周，罵了一句三字經，熟練地拆下打完的彈匣，從褲子口袋掏出新的換上，接著瞪了那名少年一眼，「還能怎麼辦？只能拚了！」

出聲應和者寥寥無幾，不少人深知突圍希望渺茫，只能做困獸之鬥，多拉幾個警察墊背是幾個。

江子昕不想硬碰硬，他槍法好，便選擇游擊戰術打幾槍就變換掩蔽位置，領著隊員一一打傷持槍的匪徒。

這場槍戰約莫持續了半小時才落幕，持槍匪徒均倒在地上痛苦呻吟，剩下的則是放棄抵抗束手就擒，被第三偵查隊的隊員一一上了手銬、腳銬。

見大勢底定，江子昕用對講機喊第四偵查隊的人進來一起收拾戰果。

這群匪徒以白猴為首，一共十八個人，其中大半江子昕都有印象，剩下沒見過的應該是白猴新收的手下。

江子昕讓小李和小曼確認嫌犯身分，檢查傷勢後安排送醫，其餘人手仔細搜查工廠內外，自己則是走到白猴面前蹲下，淡淡地開口：「你們的冰不是自己進的吧？哪裡來的？」

「姓沈的，果然是你！」白猴忍著腳上槍傷的痛楚，怒目瞪著江子昕，「啊，現在要叫江隊了，恭喜啊！你升官的新聞我都看到了，還讓人給你送了賀禮，就是那些死雞死豬啊，湊了三牲祝你早日上路。」

白猴長得尖嘴猴腮，聲音尖細，平常說話就難聽，冷嘲熱諷時更是令人討厭。

江子昕在黑虎幫時沒少受白猴欺負，當時只能忍氣呑聲，如今風水輪流轉，不用再受氣，任憑白猴再惡言惡語也影響不了他的心情。他勾起嘴角笑了笑，「配合點，說不定能從輕量刑。」

手腳都被銬住的白猴見江子昕不爲所動，心下更是憤恨，「就猜到是你暗中搞鬼！要不然那麼大一個黑虎幫哪可能說垮就垮？」

江子昕知道白猴個性扭曲偏激，沒辦法講道理，索性旁敲側擊，狀似閒聊道：「你明明不怎麼服陳硯，怎麼突然這麼忠心了？」

白猴哼了一聲，露出肉痛的神色，「那短命鬼讓我去弄一隻鴿子，說好辦成了要給我五百萬，要不是你搞鬼，我早就拿到錢了！」

江子昕想起黃銳出車禍的事，臉色一沉，「黃隊的車禍是你搞的鬼？」

白猴能當上堂主，還在黑虎幫出事後保住一點元氣，自然有點小聰明，他警覺地瞇起眼睛，「你現在是想多算我一條罪？我可什麼都沒說！」

江子昕眼神轉冷，板著臉像是在琢磨些什麼，白猴心狠手辣慣了便往壞處想，頓時背脊發寒收了聲。

魏文華滿臉笑容，跑著過來報告，「隊長，我們找到倉庫了！」

江子昕起身，不理白猴，「很好，我去看看。」

白猴看江子昕要走，又看看魏文華，頓時閃過惡毒的念頭，笑得特別難聽，語氣下流，「你的手下知道你含過硯哥雞巴，還和夏宇睡過嗎？厲害啊，現在鴿子的手段真是不一樣了啊！」

江子昕回過頭看向白猴，沒有說話，一旁的魏文華反倒氣得大罵，「你別胡說八道！」

白猴被魏文華氣急敗壞的反應取悅了，邊笑邊說：「是不是真的你問他啊！他就靠這種上不了檯面的手段當上隊長的。」

「隊長……」魏文華看向江子昕，想問卻不敢問。

江子眼神冷漠，「重點看管，單獨押送。」

「是。」魏文華沒等到江子昕的澄清，不免懷疑白猴所言可能屬實，但他實在無法想像江子昕會做那種事。

白猴見狀，打鐵趁熱，又補了一句，「你看看，你們隊長這是默認了。」

魏文華心情複雜，只能罵白猴出氣，「閉嘴！想說什麼進了警局再慢慢說！」

說完，他還踹了白猴受傷的腳，白猴吃痛慘叫一聲，怨毒地瞪著魏文華，卻也不敢再多嘴自討苦吃。

待忙完收隊已是深夜，魏文華開車載江子昕回警隊，幾經猶豫後，魏文華還是伸手關掉了行車紀錄器。

他的動作引起江子昕注意，往駕駛座掠過去一眼，「怎麼了？」

「隊長……」魏文華欲言又止，他想問的問題實在難以啓齒。

「不想說就別說了。」江子昕收回目光直視前方，看向夜色的雙眼依然明亮，只是透著一絲倦意，魏文華想問的事他能猜到，卻不好回答。

魏文華咬牙，還是開了口，「白猴是亂說的吧？」

江子昕神色平靜，「他是不是亂說話和案件有什麼關係？」

魏文華被噎了一下，只好找個看似充分的理由，「我不想隊長有不好的流言傳出去，這樣我們在其他隊面前也會抬不起頭來。」

江子昕不以爲然，輕笑，「只要能破案，怎麼會抬不起頭來？」

這不是魏文華想要的答案，他想知道眞相，他想聽江子昕親口承認或是否認，由於太過急切，語氣不免高亢激動，「隊長，你爲什麼不澄清呢？難道——」

「魏副隊，我沒有義務向你交代任務中的每一個細節。」江子昕感到前所未有的疲憊，他逼自己做了幾個深呼吸，讓聲音不帶過多的情緒，「你也臥底過，知道爲了活下去，爲了完成任務，有些犧牲是必要的。」

江子昕沒有正面承認，可是這話魏文華聽懂了，即便白猴說的不是眞的，江子昕八成也做過某種「犧牲」，這樣的事實讓他難以接受，「就算成爲臥底，有些事還是可以不用做，我們是警察，又不是——」

最後兩個字太過難聽，魏文華話到嘴邊才勉強吞了回去，不過江子昕顯然也能猜到。

江子昕挑了挑眉，已被激起怒氣，「所以我是隊長，你是副隊。」

魏文華被這句話刺痛了，他知道江子昕不高興，也知道自己逾越了副手的本分，但他就是覺得不甘。而且又想起上週他想查夏宇卻被江子昕阻止，愈發覺得江子昕很可疑——即便鑑識結果指出影片有變造過的痕跡，到貨櫃場進行所謂「滅證」行爲的人不是夏宇。

「知道了，我會記住自己的身分。可是，隊長，你和夏宇到底算什麼？現在你也是爲了活下去、爲了完成任務嗎？」

江子昕一聽，氣得握拳重重打了下車門，冷聲答道：「不關你的事。」

魏文華忿忿地閉上了嘴。

行車紀錄器再次被打開，車內一路安靜無聲直到抵達警局。

白猴送醫當晚就動了手術取出子彈，意識清楚，傷勢穩定，江子昕去病房看過他幾次，白猴還是不肯配合，重要的事都沒說，冷言冷語倒是不少。好在他的手下口風沒那麼緊，威逼利誘個幾句就把知道的都說了，雖然無法一窺全貌，至少能拼湊出大概。

黑虎幫垮了後，白猴和銀狐湊一塊自立門戶，想帶著自己堂裡的手下繼續幹老本行，然而少了貨源和經銷管道，生意哪那麼容易做？過了幾個月苦日子，一半的兄弟都走了。好不容易接到一個肥差，當當外送員就有錢拿，不苦不累、錢多事少，大夥以為苦盡甘來，沒想到倉庫就被抄了。

銀狐和白猴雖是臭味相投，但銀狐更精明，多疑且謹慎，行蹤飄忽不定，白猴的手下只知道銀狐住過的一處公寓。

江子昕帶隊按地址去搜時已是人去樓空，警方仔細蒐證之餘也對鄰居做了訪查，婆婆媽媽都不清楚這戶屋裡住了個凶狠人物，還誇銀狐客氣有禮貌。

此案屬重大刑事案件，全市分局都動了起來，搜了三天還是沒找到銀狐，無計可施下，只好先將其列為重大犯罪分子，等著程序走完發布通緝。

白猴傷癒出院後直接進了看守所，和他的小弟們關到一處。

至此，第三偵查隊查緝毒品一案算是有了階段性的成果，江子昕對局長和大隊長也能有個交代；銀狐當然要繼續抓，倉庫毒品的上游也要查，但那是下一階段的任務了。

除了口頭勉勵，局長也承諾給幾乎天天加班的第三偵查隊每人記一個大功，再撥一筆加菜金。

江子昕一回辦公室就向下屬宣布消息，頓時歡聲雷動，隊員們熱烈討論聚餐地點，最後選了市警局附近的熱炒店，經濟實惠還能盡情喝酒說話。

距離工廠緝捕行動已過兩週，第三偵查隊隊員難得在晚上六點準時下班。

「隊長，你要一起搭車過去嗎？」小曼敲門進了江子昕的辦公室。

江子昕看了眼手機上的訊號追蹤軟體，有個小紅點出現在附近，「我有點事，晚點出發。」

「隊長不會是不想去吧？」小曼訝異，略帶失望地問。

「我一定去，晚點就到。」江子昕沒有多做解釋，轉頭望向窗外人來人往的街道。

小曼的眼睛亮了亮，笑逐顏開，「好喔！隊長一定要來！」

江子昕等下屬全都離開，過了十分鐘才不急不忙地關電腦收拾東西下樓，他從警局大門出來並不往停車場走，而是過了馬路走到下一個街角後往右轉。那裡路邊停著一輛眼熟的黑色賓士，江子昕靠近，敲了敲後座的車窗。

車窗緩緩下降，露出夏宇的臉。

江子昕手靠著車門上緣，彎下腰，微笑，「怎麼來了？」

「順路來看看你。」夏宇知道江子昕這段期間工作忙，也就減少了訊息、電話打擾，明明身處同一座城市，想見卻不能見。今天忍耐到了極限，夏宇就過來等江子昕。

江子昕點頭，臉上還是帶著笑意，說出的話卻有些不近人情，「看到了，你可以走了。」

「你下班了？一起走？」夏宇不放過見面的一點機會，骨節分明的手指忍不住撫上那張俊美的臉。

江子昕拉下那隻不安分的手，瞪了夏宇一眼，「晚上隊上聚餐。」

夏宇被瞪得心情很好，扯開不正經的笑，「那就是不用加班了，我去你家等你？」

「好，我得走了。」江子昕邊說邊警戒地看了看四周，轉身離開。

夏宇依依不捨地升上車窗，既是感嘆也是自嘲，「這就是偷情的感覺吧？」

駕駛座上的情與義目不斜視，裝作什麼都沒看到，也什麼都沒聽見，老闆的感情生活不是他可以評論的，雖然他覺得老闆根本樂在其中，不以為苦。

夏宇沒有在粉紅泡泡裡沉浸太久，手指搭在大腿上輕輕敲打著，「有點不太對勁。」

「怎麼了？」情與義不解。

「我記得那個角度看不到這裡。」

情與義也認為夏宇說得有道理，想了想，勉強給出一個答案，「也許是心有靈犀？」

夏宇抬眼，打趣道：「沒想到你信這種東西？」

情與義沉默，他不知道該怎麼回答。

夏宇抬手看了一眼江子昕送的錶，目光微凝，「時間不早了，回金皇宮吧。」

「是。」

江子昕抵達街邊的熱炒店時，店內已是人聲鼎沸，小曼一直注意著門口，一看見江子昕立刻招手，「隊長，這裡！」

第三偵查隊上班都穿便服，在餐廳和普通人一樣，並未引起注意，全隊二十人，分坐兩桌。

菜很快上齊，啤酒也上了一手，每人身前的玻璃杯都被斟滿。難得聚餐大夥都很開心，江子昕心情輕鬆，臉上也不吝露出笑容，有別於工作時那周身冷冽的氣質，此刻他看起來不僅好看，還特別好親近，小曼忍不住多看了幾眼。

江子昕很少碰酒，在下屬起鬨下配合地喝了兩杯。相較於江子昕的節制，其他隊員大概平時壓力大，一喝起酒就忘了分寸，負責結帳的小曼這一餐吃得心驚膽顫，不斷清點酒瓶，就怕超過預算。

一行人走出餐廳時已是深夜，近一半的人都醉得都站不直，走起路搖搖晃晃的，江子昕讓店員幫忙叫了計程車，看著下屬一個一個上車才放下心。他原本也給自己叫了計程車，卻在上車前被一個人叫住。

「沈哥！」

聲音從餐廳旁邊暗處傳來，轉頭望去，一個穿著寬鬆黑襯衫的瘦高少年朝江子昕招手。

「阿誠？」江子昕沒想到會遇到阿誠，便把計程車讓給其他人，走過去和阿誠說話。

「太巧了！沈哥，沒想到在這裡遇到你。」

「確實很巧。」江子昕上下打量阿誠，阿誠和上次見面相比多了幾分落魄，頭髮長了，下巴冒出些許鬍渣，「最近過得好嗎？」

「還可以。」阿誠生硬地笑了笑，低頭避開江子昕的眼神，雙手往口袋摸了摸，找出菸盒，遞了一根菸給江子昕。

江子昕沒接，「我戒了。」

阿誠便把菸放入自己唇間，掏出打火機時手一抖，沒拿好掉到地上，他尷尬地解釋，「手滑。」

江子昕見狀，打趣道：「怕我問你話，緊張了嗎？」

「沈哥懂我。」阿誠乾脆地承認，他知道自己江湖歷練少，藏不住情緒，撿起打火機重新把菸點上，吸了一口，緩緩吐出，閃爍的眼神隱在煙霧後，「聽說你在找銀狐？」

江子昕相信阿誠多少能聽見風聲，便不否認，輕輕一笑，「全市的警察都在找他。」

阿誠捏著菸彈掉菸灰，努力擠出善意的笑容，「我知道他在哪裡。」

江子昕的笑容立刻歛去。阿誠在餐廳前巧遇他，特意選在下屬都上車後才叫住他，還送了他一個重要情報？天底下哪有那麼好的事？

江子昕警覺地後退一步拉開距離，但已經遲了，他身後不知何時悄無聲息地站了兩個人，其中一人朝他揮棒，後腦突如其來的劇痛讓他暈了過去。

「沈哥，對不起。」阿誠丟開手裡的菸飛快接住倒下的江子昕，嘴裡喃喃地道歉，然而江子昕已經聽不見了。

拿著球棒的高大男人嗤笑一聲，「他把我們整得那麼慘，你還跟他道歉？是不是不想跟我們混啦？」

阿誠一聽，立刻變了臉色，拚命搖頭，生怕眼前二人誤會，「我、我沒有，我不是那個意思。」

另一個戴著黑色棒球帽，壓低帽簷遮住半張臉的瘦削男子，抬起下巴，陰狠的目光掃向江子昕，敷衍地誇了阿誠，「你做得很好，沒你的事了，把人給我。」

阿誠不敢違逆男子的命令，顫抖著手把江子昕往前一送。

高大男子嫌手上球棒礙事，往旁邊垃圾堆一扔，架起江子昕就要往停在路邊的廂型車走，看起來像是扶著喝醉的同伴。

阿誠連忙拉住那名棒球帽男子的衣角，跪在地上，低聲下氣乞求，「銀狐大哥，可以給我冰了嗎？我好難受，我忍不住了。」

阿誠說著說著就哭了。

原來戴著棒球帽的男子就是遭通緝的銀狐，他約莫三十出頭，長相普通，容易過眼就忘，只有偶爾流露的陰狠目光能看出此人絕非善類。沒人想到銀狐會出現在人聲鼎沸的熱炒店外，也沒人想到他會對江子昕出手。

銀狐鄙夷地看了一眼阿誠，從口袋拿出一小包夾鏈袋丟在地上就往車上走。阿誠見狀趕緊彎腰去撿，打開夾鏈袋湊近鼻子一吸，頓時眉頭舒展，快活舒暢得不得了。

銀狐沒再理會阿誠，一行人很快帶著昏迷不醒的江子昕離開。

阿誠飄飄然地回過神後癱坐在原地，愧疚感遲來地湧上，他拿頭撞牆，撞了幾十下才停下來，眼淚鼻涕流了一臉，嗚咽地呢喃，「我錯了……」

Chapter 9

夏宇把金皇宮的事處理得差不多就到了江子昕的住處，由於江子昕晚上去聚餐，他便沒準備宵夜，只帶了解酒的熱湯，等江子昕回來就能喝。他待在客廳裡看電視，看著看著就睡著了，直到被情與義的電話吵醒。

情與義是個有分寸的人，知道他來江子昕住處，沒重要的事不會打電話吵他，何況現在時間是——清晨五點？他竟然睡了這麼久？而且江子昕還沒回來？

夏宇聽見窗外有雨聲，不好的預感湧上心頭，「怎麼了？」

「夏總，有件事要報告。」情與義的聲音比平常要急促一些。

「快說。」

「我們的人把江隊跟丟了。怎麼都找不到，想問問你們是不是在一起？」

「沒有！」夏宇想罵人，他煩躁地按了按額角太陽穴，「怎麼跟丟的？」

「你交代要遠遠跟著，兄弟們就保持了一點距離。江隊在餐廳裡吃飯，一般這種時候不會出什麼問題，所以一個兄弟內急去上廁所，另一個吃東西時稍微閃了下神，再將注意力轉回餐廳時，江隊就不見了。」情與義很委屈，人不是他跟丟的，但被罵的是他。

「這麼說起來是我的錯？」夏宇被氣笑了。

那笑聲讓情與義心裡發毛，他趕緊否認，「不是！」

「你說現在該怎麼辦？」

「等人回來？」情與義不確定江子昕是真的出事了，還是躲起來耍他們玩？他們一大票人找了一整夜都找不到江子昕，只好硬著頭皮來認錯。

夏宇心急如焚，「等什麼？要是出事了怎麼辦？」

「報警嗎？」情與義遲疑，江子昕才失蹤幾個小時，就算江子昕身分特殊警方也不會受理吧？

夏宇氣得大吼：「青盟養那麼多人是做什麼的？快去找！」

情與義掛掉電話後沒多久，青盟上下幾千人便動了起來。

青盟在黑白兩道耕耘數十年，要人脈有人脈，要眼線有眼線，想查一件道上的事並不困難，只是需要點時間。

天色將亮未亮，夏宇拿起披在椅背上的西裝外套穿上，回到金皇宮，直接進了頂樓的辦公室。

情與義早就等在辦公室裡，不用夏宇問話，他就先開口，「夏總，目前還是沒有江隊的消息。」

夏宇深吸一口氣，提醒自己保持沉著冷靜，「什麼消息都沒有？」

「快炒店的店員說江隊他們搭計程車走了，她說江隊長得好看，所以她很有印象，不會記錯。」

「計程車？」夏宇皺眉，難道江子昕遇上計程車大盜被劫財劫色？但以江子昕的身手，怎麼會打不過一個計程車司機？眞有那麼醉？「確定他上了計程車嗎？監視器畫面呢？」

「快炒店喝酒鬧事的人多，店裡是裝了監視器，可是剛好前一天晚上壞了，還沒修好。」

夏宇眼皮一跳，他最討厭這種巧合了，太多巧合通常就是有鬼，「沒別的監視器？路口的呢？」

「那是警方的系統——」情與義說到這裡看了眼夏宇，察覺夏宇神色裡的不耐煩，背脊一涼，連忙說重點，「剛把技術部的人叫醒，需要一點時間進入警方的系統。」

「快。」

夏宇聲音不大，情與義卻從中感覺到了壓力，他無法想像要是江子昕有什麼萬一，他的老闆會多失控，「是！」

夏宇心煩意亂地在辦公室裡來回踱步，心情惡劣到極點。青盟技術部的人把昨晚快炒店附近所有路口的監視器畫面都下載回來。無奈沒有一支拍到快炒店門口，而且那個時間來來去去的車輛很多，無法鎖定哪輛車有嫌疑，加上黑白兩道遲遲沒有消息回傳，夏宇的臉色越來越陰沉。

「注意那些和他有結怨的對象。」

「和江隊有過節的嗎？」情與義懷疑夏宇不知道這個範圍有多大，就算說不上整個同業，至少有成百上千個人的生計多少都受到了江子昕影響啊！

「牢裡的、沒有組織的先不查。」夏宇知道情與義在想什麼，開口縮小了範圍。

「是。」情與義特別懂得察言觀色，不敢說一句多餘話，立即派人去查。

中午，情與義硬著頭皮去敲夏宇辦公室的門，秉持身為俏祕書的職責，體貼地詢問：「夏總，你要吃飯嗎？」

夏宇只冷冷瞥了他一眼，俏祕書便識相地退出辦公室。

有什麼比伺候一個難搞的老闆更困難？

有，那就是伺候一個生氣想殺人的難搞老闆。

還好，下午調查就有了結果。

夏宇辦公室的門再次被敲響，「進來。」

情與義向來表情不多，身陷槍林彈雨都能面不改色，但他這次卻是面色凝重，「夏總，有江隊的消息了。」

夏宇見情與義這副樣子，心情更差了，「快說！」

「銀狐昨晚抓了一個人，可能就是江隊。」

夏宇氣得用力拍了下桌子，「銀狐？這傢伙竟然敢抓他？」

仔細想想，銀狐確實有理由抓江子昕，畢竟江子昕一舉瓦解了黑虎幫，最近還抓了銀狐的同夥白猴，進而把銀狐逼上逃亡之路，簡直仇上加仇。

夏宇雙手緊緊握拳，恨不得立刻痛揍銀狐，「他在哪裡？」

「有間釣蝦場和他關係不錯。」

「走，把人帶回來。」如果黑虎幫還在，夏宇也許會忌憚幾分，然而光憑銀狐和那幾個手下，他根本不放在眼裡。

情與義提醒夏宇，「夏總，銀狐已經投靠海哥。」

夏宇聽見海哥的名字就冷靜下來，他們這行講究打狗得看主人，要動一個人之前得先摸清楚他是誰罩的。

「去金庫拿兩盒普洱茶。」

「是。」情與義應下後馬上轉身去辦，並未問爲什麼普洱茶禮盒會放在金庫裡。

夏宇則是進辦公室裡的暗房，換一套乾淨體面的西裝，對著鏡子打理明顯憔悴的自己。要見海哥，他得打起十二萬分的精神。

海哥的地盤靠海，只要進入海線一帶，任何風吹草動都很難逃過海哥的眼線。

夏宇沒想瞞著海哥，帶著情與義和十幾個手下一共五輛黑頭車，浩浩蕩蕩地開往海邊一棟豪華別墅。

車隊在距離別墅還有五分鐘車程處就停了下來，那是一條只通往海哥別墅的路，路口立起了柵欄，還有兩名黑衣人守著。

夏宇爲了展現誠意，不顧情與義阻止下了車，對著那兩名黑衣人客氣地自我介紹，「我是夏宇，來拜訪海哥。」

夏宇的名字在業界還算響亮，其中一名黑衣人立即拿起手機通報，並示意夏宇等候批示。

夏宇在車外罰站了十分鐘後，黑衣人的手機才響起，說了幾句便把電話掛斷。

「海哥說只能放一輛車進去。」黑衣人一副公事公辦的態度，就算夏宇名號再大，到了海派的地盤也得聽海哥的。

青盟眾人臉色一變，圍了上來，氣氛劍拔弩張之際，被夏宇吼了回去。

夏宇朝黑衣人歉然一笑，「好啊，我們就一輛車進去。」

人在屋簷下不得不低頭，夏宇早已有心理準備。

只有夏宇這輛車緩緩駛入，車上就三個人，司機、情與義和夏宇。

車子一靠近別墅就有近百名海派幫眾站了出來，司機按著指示把車停在前面廣場。

車子一停妥，坐在副駕的情與義先下車替夏宇開車門，夏宇風度翩翩地下車，臉上笑得如沐春風。被這麼多人不懷好意地盯著的確不太好受，但他是青盟的領頭人，就算是裝也得裝出氣勢來。

別墅裡走出一個年近半百的中年男子，這個人夏宇見過，是海哥的得力助手，跟隨海哥多年，忠心耿耿，身形粗壯，人稱福哥。

福哥走到夏宇身前，禮貌地請他入內，「夏總，這邊請。」

夏宇道了一聲謝就帶著情與義往裡面走。

從別墅能看出主人的涵養，和黑虎幫的財大氣粗不同，海哥小時候念過一些書，喜好的東西比較風雅，蓋這棟房子時提了不少意見，格局有著中式建築前後進的概念。兩人穿過前堂從側廊來到中庭，中庭裡擺滿了松枝盆栽，海哥正在替盆栽修剪枝葉，看見夏宇來了才放下手中的修枝剪，喚人搬來一張椅子讓夏宇坐下。

海哥像個慈祥的長輩，笑容親切，「小夏，怎麼來了？」

銀狐昨晚的行動連夏宇都查到了，海哥沒理由不知情。夏宇很清楚海哥能猜到他爲何而來，既然海哥要裝傻，他就配合著寒暄，「很久沒來拜訪了，帶了兩盒珍品普洱要送給海哥。」

情與義把禮盒遞過去，由夏宇交給海哥。

海哥接過，掂了掂沉得不像話的茶葉禮盒，掀開蓋子看了一眼便闔上，笑了笑，「人來就好，自己人還帶什麼禮物？」

夏宇擺出晚輩應有的恭敬，語氣誠懇，「這是應該的，一點心意，希望海哥可以收下。」

「你這麼有心，我不收好像太不近人情了。」海哥眼角擠出深深的笑紋，把茶葉禮盒好好放在旁邊的盆栽架上。

夏宇單刀直入，他是來要人的，就怕晚個幾分鐘讓江子昕多吃苦頭，「海哥，江子昕是我的人。」

「他是青盟的？」海哥定定看著夏宇，搖了搖頭，「我看不像。」

「他沒有加入青盟，但他是自己人。」夏宇也知道海哥不信，可是他沒有更好的理由讓海哥插手放一名警察。

「他是警察，還進黑虎幫當臥底，把東南亞到國內一整條產業鏈弄垮，怎麼會是自己人？」

「我們的目的不就是要教會陳硯敬老尊賢嗎？若是讓陳硯繼續占著市場，那不是影響大家做生意？」夏宇笑著反問，硬是把江子昕的行爲合理化。

海哥年紀大了，但腦子還很精明，只說：「就算信你又怎樣？他又不在我這裡。」

「海哥是長輩，只要您一句話，銀狐怎麼會不聽呢？」夏宇說到這裡，看海哥還是沒有表態，不由得加重了點語氣，「如果海哥同意，我幫您教教銀狐也是可以的。」

海哥明白眼前的年輕人不似外表那般斯文可欺，淡淡開口：「自己收進來的狗哪有讓別人教的道理？」

海哥不讓他動銀狐，夏宇雖然覺得可惜，不過來日方長，不急，現在最重要的是把江子昕弄回來，於是他沉住氣，「謝謝海哥。」

海哥瞇起眼來，笑問：「我什麼都沒說你就謝我？」

夏宇知道海哥有所動搖，然而還不夠讓他願意出手，只得再加點籌碼，「海哥之前要找的人，我有點眉目了。」

果不其然，海哥開懷一笑，讚許地看了眼夏宇，「你回去等消息，最晚明天中午，我讓你接到人。」

此時鄰近傍晚，距離明天中午還有十幾個小時，夏宇很想問海哥能不能提早，又怕表現出太過在意江子昕，反倒害了他。

「好。」他笑了笑，沒有半點勉強地應下，表情管理無懈可擊。

「你答應我的也別忘了。」

「不會忘的。」

海哥說話算話，隔日中午十一點，海哥那裡就來了人，給了一張紙，上面有一個地址和幾條線勾勒而成的簡略地圖，一夜沒睡的夏宇立即帶著情與義和十幾個手下去接人。

那個地址屬於市郊的一間便利商店，到了便利商店他們就得依潦草的手繪地圖指示行動，去往一條沒有路名的山路。

夏宇沒有懷疑地圖的真實性，海哥這人能做到一幫之主還是有幾分信用的。於是，他毫不遲疑地拐進山路，蜿蜒而上約莫兩公里，找到了一間廢棄的小工寮。

情與義讓下屬攔住想破門而入的夏宇，自己一馬當先撬開門鎖，門一開就看見有個人奄奄一息地躺在地上。

儘管從門口看不見地上那人的臉，但夏宇一眼就認出那是江子昕，根據他閱人無數練成的眼力，那腰那腿也不會是別人了。

夏宇再也忍不住了，用力推開擋住他的下屬，撲向江子昕身邊。

江子昕臉上掛了彩，臉頰額角都有瘀青，臉色蒼白，氣息微弱。眼睛綁了塊布條，嘴巴貼了膠帶，雙手雙腳都被束帶固定，一身皺巴巴的衣服不僅沾上塵土還有一些血汙，沒少受皮肉傷。

夏宇心疼得要命，不到兩天就被弄成這個樣子，接著是無邊的怒意湧上，他發誓不會放過銀狐。

夏宇小心翼翼地撕下江子昕嘴上的膠帶，情與義在另一邊解開綁住江子昕手腳的束帶。陷入昏迷的江子昕眉頭蹙起，眼睫毛動了動，像是掙扎著想要醒過來。

夏宇發現了，趕緊輕拍江子昕的手臂，柔聲呼喚：「子昕？江子昕，醒醒，你能聽見我的聲音嗎？」

「夏宇？」江子昕的眼睛睜開了一條縫，眼神茫然，含糊不清地嘟囔，「又是幻覺。」

「是我。」夏宇連忙拉起江子昕的手碰自己的臉。

江子昕的雙手還麻木著不好活動，被夏宇一拉頓時皺眉。又痛又麻的刺激喚回了江子昕一點意識，眼神慢慢找到焦距，總算把夏宇看進眼裡，繃緊的肌肉慢慢地放鬆，微微勾起嘴角，虛弱的聲音帶著欣喜，「真的是你。」

夏宇鼻子一酸，說起話時竟然哽咽了，「是我，我會送你回家。」

儘管江子昕被擄不到四十八個小時，夏宇的內心卻已歷盡煎熬，甚至做好可能失去江子昕的心理準備。此時的他並不若表面上那般平靜，心中滿是失而復得的狂喜，難得地感謝起神佛。

江子昕聽了卻是搖頭，「不回家，去你那裡。」

夏宇馬上察覺到不對，江子昕不會無故提出這樣的要求。

「好，我們上車。」語畢，他扶起江子昕，「能走嗎？」

「可以。」江子昕被綁了好一陣子，長時間維持同一姿勢，腿腳發麻，加上身上不少皮肉傷，走動時衣服摩擦傷口多少影響了行走速度，但他確實能走。

夏宇暗暗鬆了口氣，幸好江子昕沒有大礙。

江子昕走得慢，夏宇也不催，陪著他慢慢走。

青盟眾人從沒看過他們老闆這樣侍候人，於是決定當作沒看到。能被夏宇經常帶在身邊的都是情與義特別訓練過的，知道什麼該看、什麼不該看，裝聾作啞的技能和打架鬥毆一樣熟練。

把人帶上車後，車隊沿著來時的山路向下。

「去夏夜。」

黑色賓士這次沒有停在夏夜飯店門口，爲了避人耳目直接駛入清場過的地下停車場，搭乘專屬電梯直達夏宇的VIP客房。

夏宇和江子昕進入房間，情與義和青盟眾人則守在房間外。

這間客房定期有人整理，擺設一如江子昕第一次到訪那時，處處充滿回憶，不過現在不是敘舊調情的時候。

兩人一坐到客廳的沙發上，夏宇就開口了，「雖然你身上應該沒有需要緊急救治的傷，我還是建議你去一趟醫院做全面的檢查。」

夏宇剛剛在車上就勸過江子昕一次，他覺得江子昕簡直胡鬧，上次槍傷和這次都一樣，哪來那麼多不想去醫院的理由？

不再手麻腳麻之後，江子昕的肢體動作靈活多了，下車時果斷拒絕了夏宇的攙扶。然而他氣色還是很差，說話也比平時氣虛，多了點弱不禁風的美，只是脾氣仍舊很倔，「不用，我自己的身體自己知道。」

「你沒必要逞強。」夏宇深呼吸，他已經在盤算該怎樣在不傷害江子昕的情況下把人弄暈扔進醫院，「給我一個理由。」

「我需要你把我關起來，無論我怎麼求你，你都別心軟。」江子昕看著夏宇，神情嚴肅，「撐個十天半個月，應該就沒事了。」

夏宇瞬間意會，臉色大變，「銀狐打了你，還給你餵毒？」

「冰或者其他的？我不清楚，他們按住我後注射的，一天三、四次吧。」江子昕拉起袖子，指著手臂上幾個小紅點，「你看，這裡有針孔。」

「可惡！」夏宇鮮少在人前發火，此刻他再也控制不了滔天怒意，那張好看的臉微微扭曲，滿心只想著要弄死銀狐。

「你能做到吧？對我狠一點。」江子昕其實一直暗暗握拳，讓指甲陷進肉裡，藉著一點痛覺提醒自己，保持意識不渙散。他必須把自己託給夏宇，這樣他才能放心，放心清醒後的自己還是原本那個江子昕。

夏宇沒有立刻答應，他對自己並不自信，如果江子昕求他，他眞的能狠得下心？

江子昕不喜歡示弱，遲遲等不到夏宇的承諾讓他急了，只好袒露自己最脆弱的一面，「我能相信的就只有你了。」

這一瞬間的江子昕蒼白而美麗，脆弱卻也堅毅，令人爲之動容。

夏宇心中一痛，不再多想，伸臂抱住戀人，「你可以相信我。」

夏宇只能答應，他不能把江子昕送醫，不能讓警方發現江子昕染毒，不能讓江子昕丟掉熱愛的工作。他必須陪江子昕度過這場風暴，確保烏雲散去後，江子昕還是那個眼神堅定明亮的男人。

「你瘦了，這兩天是不是沒吃東西？我讓飯店準備點吃的。」夏宇柔聲問。

「我不餓，我現在飄飄然的，還看見了兩個你。」江子昕的背脊都是汗，手心也出現血痕，他的意志力是有極限的，既然夏宇答應了他的請求，他就不用再硬撐著了。

聞言，夏宇注意到江子昕眼神開始渙散，笑容也漸漸變得詭異，知道考驗就快來了，「我帶你去房間，先睡一下。」

江子昕似乎沒聽見夏宇說話，喃喃說著：「好，去你家？也可以……」

夏宇費了點力氣，途中打破了一個花瓶、弄翻了一張椅子，才把神智不清的江子昕弄進臥房床上。好不容易等到江子昕睡著也不敢離開房間，只能打電話讓情與義準備一批東西。

俏祕書的職責就是在老闆提出要求時使命必達，化不可能為可能，這件事說起來困難，但身在青盟就容易得多。夏老經營青盟多年，累積了盤根錯節的人脈管道和花用不盡的金山銀山。

情與義一一記下後就立刻張羅，他沒問為什麼要準備手銬，腦中只閃過一個念頭——這次老闆應該是真的需要助興的玩意吧？

夏宇轉行後對毒品做過一番研究，每個人體質不同，導致成癮的施用次數、劑量也不同。當他聽到江子昕說自己一天被注射三、四次毒品時，心都涼了，銀狐的意圖太明顯。

緝毒刑警染毒淪為毒蟲這種事傳出去多諷刺？或者銀狐要的不是讓江子昕身敗名裂，而是想透過毒品控制江子昕，讓他成為言聽計從的魁儡，提供情報和掩護。

戒斷症狀來得又急又猛，出現在江子昕睡下的六小時後。

夏宇先是聽到細小的抽氣聲，發現江子昕醒了，靠近床邊一看，江子昕縮在棉被裡，眼淚和鼻涕無法控制地流了一臉。

夏宇想拍拍江子昕的背，卻摸到了一身汗，而且當他碰到江子昕時，江子昕宛如驚弓之鳥般從床上彈起，看著他的眼神相當陌生，彷彿不認識他，還扣住他的手腕往背後反折。夏宇舉起另一隻手朝江子昕揮過去一拳，無奈被江子昕偏頭閃過。

江子昕像是不滿意夏宇的態度，朝他膝蓋後彎處毫不留情地踢了一腳，冷聲質問：

「你想做什麼?」

夏宇單手被扣住被迫跪在地毯上，他突然後悔沒有拿手銬銬住江子昕了，「你不認識我了嗎?我是夏宇，你的男朋友。」

「夏宇?」江子昕歪頭看著夏宇，似乎認出了他。

夏宇能感覺江子昕扣住他的手微微顫抖，瞬間明白江子昕毒癮發作了，「還記得嗎?你要我照顧你，你還說——」

江子昕顯然心情惡劣，打斷了夏宇說話，手上用力，「你一定能弄到冰，給我一點。」

夏宇無言，這是江子昕求人的方式嗎?跟他想像的完全不一樣。

「我知道你很難受，但是——」

「別說廢話。」江子昕失去耐心，踹了夏宇一腳。

夏宇吃痛悶叫一聲，後知後覺明白過來，原來之前江子昕抓他時手上都是留了力的。夏宇沒有自討苦吃的喜好，便順著江子昕的話說：「我身上沒有冰，我出去拿給你。」

「讓你的手下拿進來!」江子昕並不打算放開夏宇。

夏宇苦笑，「寶貝，你這是捨不得我離開嗎?」

「快!」江子昕又踹了夏宇一腳。

夏宇只好用空著的一隻手撥了電話給情與義，讓他用最快的速度把冰送進來。

沒多久，情與義敲響了房門，「夏總，東西送來了。」

江子昕押著夏宇去開門，門剛開了一條縫就被大力撞開，情與義帶著五、六名員工七手八腳地把夏宇和江子昕撞開，趁江子昕沒反應過來時把他壓制在地上。

稍早前夏宇便和情與義約定，如果他提出不合理的要求，就表示他需要支援，所以情與義接到電話後，並未依照指示去張羅毒品，而是帶人衝進房裡。

剛脫困的夏宇來不及在意自己在員工面前面子受損，只顧著高聲提醒眾人不要弄傷江子昕，「你們手腳輕一點！」

「夏宇，你這個騙子！」江子昕被綁住後還不安分，拚命掙扎，只是沒掙扎幾下，他便渾身劇烈顫抖，一張臉白得嚇人。

夏宇看出江子昕又迎來了一波症狀，出聲趕人，「好了，你們出去吧。」

「夏總？」情與義有些擔心，怕夏宇又出什麼事，

夏宇知道江子昕也愛面子，不會喜歡自己的醜態被人看到，「沒事，我可以應付。」

可以應付？那剛剛是誰受制於江子昕，還打電話求救？

情與義和手下面面相覷，沒有挪動腳步。

夏宇讀懂了下屬們的眼神，即便尷尬，臉上仍是維持一貫從容的微笑，「方才是我太大意了，現在人都綁起來了，我還治不了他嗎？」

「夏總，要不要幫忙把人挪到床上，這樣江先生會好受一點。」情與義目不斜視，

他明白夏宇趕人就是不想他們目睹江子昕發作的樣子。

「好，你留下。」說完，夏宇瞪了其他人一眼，讓他們離開。

江子昕沒心思注意一旁的動靜，他只覺全身難受，肌肉刺痛，明明沒吃東西卻一直覺得噁心想吐。

情與義和夏宇合力把江子昕抬上床，夏宇怕江子昕不舒服，只將他的右手銬在床頭，只要確保他無法離開床上就好。

情與義離開前，夏宇低聲提醒，「這裡的事不准說出去。」

「兄弟們一定保密。」

「快去把人抓回來。」

「是。」

等江子昕這一波戒斷症狀緩和後，夏宇才靠近床邊，扶狼狽的江子昕坐起，再拿溫熱的濕毛巾幫他擦臉擦背，只是還是不敢解開手銬。

江子昕被銀狐擄去將近兩天，本就虛弱，方才發作時一番折騰，更是耗費不少體力，此時他脫力似的掛在夏宇身上，任憑擺弄。

「還不舒服嗎？要吃點東西嗎？」

「好多了，不餓。」江子昕臉色不太好，搖了搖頭，聲音微啞，說完，他頓了頓，感覺到右手被銬住，隱約憶起方才經過，把頭埋進夏宇肩窩，悶悶地道歉，「對不起。」

夏宇就著這樣的姿勢抱住江子昕，將人緊緊擁進懷裡，臉頰蹭了蹭他細軟的頭髮，低沉的磁性嗓音帶著憐惜，同時語氣堅定，「別說對不起，你回來了就好。」

江子昕自嘲地笑了笑，「又讓你看笑話了。」

夏宇拍了拍江子昕的背，柔聲哄著，「下次我丟臉的時候一定叫上你，這樣我們就扯平了，嗯？」

江子昕輕輕哼了一聲，聽起來和撒嬌不多，「你才不會。」

夏宇看江子昕有心情回嘴，知道他心裡好點了，便把人放開，從口袋取出一個小藥罐打開，倒出一粒白色六角形藥錠，遞到江子昕唇邊，「含在舌下，別咬也別吞下去。」

江子昕依言照做，張嘴伸舌將藥錠捲入，最後才問：「這是什麼？」

「舒倍生，讓你舒服一點的東西。」夏宇知道江子昕服了藥才問是表示信任他。

江子昕好奇，「哪裡弄來的？」

戒癮藥都是管制藥品，一般藥局買不到，青盟有自己的門路，夏宇不便解釋太多，骨節分明的手指輕輕碰了下江子昕憔悴許多的臉頰，「你別管。」

「好。」江子昕答應，眼睛亮了亮，帶著幾分促狹，「我保證不會爲了這件事逮捕你。」

「你捨得逮捕我？」

「你說呢？」

「你捨不得。」夏宇斬釘截鐵道。

江子昕滿臉不同意，挑眉反駁，「我已經逮捕過你一次了。」

夏宇臉皮厚，就愛耍賴，「我不是出來了嗎?那次不算數。」

江子昕服藥後症狀緩解許多，人也精神了點，夏宇就讓飯店送一碗魚片粥過來，粥是老火慢煲的，米粒一入口就幾近化開。江子昕原本不想吃，拗不過夏宇才配合著吃了一口，本來以爲自己不餓，一吃才覺得飢腸轆轆，很快就把一碗粥吃完了。

夏宇把碗放回桌上餐盤，回到床邊想讓江子昕躺好，「睡覺吧。」

江子昕卻不配合，拉著夏宇的手，目光固執又帶點委屈，「我想抓銀狐。」

他始終認定自己放鬆戒備被銀狐綁架是一種恥辱，戒斷症狀發作更是令他感到難堪，而越是煎熬難受，他就越想親手抓到銀狐。

「你現在這個樣子怎麼抓他？」夏宇不同意，江子昕不會只發作這一次，出去了反而危險，「好好調養，什麼都別想。」

江子昕自己又何嘗不明白，於是重重嘆了口氣，鬱悶地躺下。

「我想傳個訊息給大隊長，但不能被發現我人在這裡。」江子昕清醒了點就開始惦記工作，擔心無故曠職兩天，隊上不知道會亂成什麼樣子。

這件事對夏宇來說好辦，「你先睡一覺，明天寫封信，留下能辨認的暗語，我讓人寄到你大隊長的公務電子信箱，保證查不到來源。」

「好，謝謝。」江子昕放下一樁心事，沒多久就沉沉睡去。

夏宇只留了盞暖黃色夜燈，坐在一旁靠牆的單人沙發上，靜靜地守著江子昕，累了就閉上眼睛片刻，幾乎沒離開過。

撐過了第一週，江子昕發作的次數明顯降低，症狀也減輕不少，更不再出現失控行徑，如此一來，也就沒必要拿手銬銬著他了。

在夏宇又給了一錠舒倍生後，江子昕有精神埋怨了，「你就沒有別的讓我舒服的辦法嗎？」

夏宇看懂了男朋友的眼神，江子昕不是眞的不高興，他笑著反問：「比如說？」

江子昕剛洗過澡，套著浴袍坐在柔軟的大床上，將夏宇拉向自己，微微仰起頭，舔了舔嘴唇，動作充滿性暗示，「你不想要我嗎？」

夏宇向來很擅長接收這樣的暗示。他手指扯開江子昕浴袍的帶子，露出光裸結實的身體，揉了一把胸前的紅豔，順著誘人的漂亮線條逕自往下，探向胯間的性器，感覺那物禁不住撩撥迅速充血，低低取笑，「我是不是該去查舒倍生的副作用有沒有一項是增加性慾？」

「不用查了。」江子昕不害燥，笑得風情萬種，將夏宇推向床，翻身跨坐到夏宇身上，隨即感覺有一硬物抵著他，便討好地用臀肉磨蹭，「一定有，所以你得負責。」

如此美景看得夏宇喉結滑動，情慾上湧，「我會好好負責。」

他找出潤滑液，一手固定江子昕的腰，抹了大量潤滑液的另一隻手開始爲江子昕的穴口進行擴張。

江子昕低低的呻吟慢慢變了調。

✦

江子昕平時工時太長，和夏宇總是聚少離多，唯有在江子昕養病時，兩人才能整天膩在一起。

夏宇特別珍惜這段日子，也給自己放了假，哪裡都不去。

「你不用上班嗎？」江子昕覺得夏宇白天陪他就算了，晚上不是應該去金皇宮嗎？

夏宇摟著江子昕半躺在床上，兩人都衣衫不整，身上還有情事後留下的氣味。夏宇的手指在江子昕窄瘦的腰線上徘徊流連，滑膩又有彈性的肌膚觸感很好，怎麼都摸不夠。

聽見問話，他懶懶地答：「我少接幾天客，金皇宮也不會倒。」

「無故曠工。」江子昕一邊看著電視新聞，一邊享受戀人愛撫帶來的愉悅。

夏宇嘆氣，手沿著江子昕的腰線沒入被子往下探，「美色誤人。」

江子昕橫了夏宇一眼，「怪我？」

那眼神，把夏宇看得又有了興致，他翻身壓向江子昕，又親又啃，壞笑道：「怪我，荒淫無度。」

又是一場春色無邊。

兩週過去得很快，時間一到，江子昕就做好了離開的準備。

一早江子昕就將自己打理好，洗澡刷牙剃鬚，將略長的瀏海往後撥，露出光潔的額頭，再換上燙好的襯衫和休閒褲，在鏡子前站定——鏡子裡的人眼神明亮，從容自信。

夏宇從床上起來就看見這一幕，他慢悠悠地下床走向江子昕，身上只穿著一條黑色內褲，從江子昕身後環抱，頭擱在江子昕肩上，「這麼早起？」

「我該回去了。」

「藥帶著，不能斷。」夏宇原本擔心時間太短，江子昕無法徹底戒斷毒癮，但大概是成癮時間不長，加上江子昕意志堅定，即便偶爾發作，症狀也輕微到不至於影響生活和工作。

「我知道。」江子昕將藥錠分裝好貼身攜帶，且藥錠夏宇讓人處理過了，從外型看不出是戒癮藥。

「注意安全，就算你身手好，明槍易躲，暗箭難防。」夏宇看著鏡子裡風采依舊的江子昕，慶幸之餘也有些餘悸猶存。他雙臂緊了緊，深吸了一口氣，讓鼻腔浸滿江子昕的氣息。

江子昕明白夏宇的擔心，「你放心，哪有那麼多人想綁架我？」

夏宇不認同，「我就想。」

「好吧，你算一個。」江子昕微微一掙，夏宇就鬆開了手，江子昕轉身面對夏宇，在他淡色的薄唇上落下一吻，感謝戀人的細心照料，「時間差不多，我該走了。」

「需要什麼就來找我，別自己硬撐著。」夏宇發誓，他以前沒那麼嘮叨的，但因爲對象是江子昕，就忍不住多說了幾句。

江子昕笑了笑，拍拍夏宇的手臂，「知道。」

夏宇打了通電話讓飯店關掉監視器，才讓江子昕離開房間。江子昕走後，夏宇沒在房裡待多久，梳洗換上衣服後也出了夏夜。

無須夏宇交代，情與義立刻派人進行徹底的清掃，連一根江子昕的頭髮都不會留下。

Chapter 10

這兩週第三偵查隊士氣低迷，人人無精打采，他們的隊長在無故曠職兩天後請了長假。前幾個月面對高強度工作時，大家叫苦連天，突然放鬆下來，又覺得很不適應。期間隊上不少人試圖聯繫江子昕，無奈江子昕手機未開機，通訊軟體未讀未回，音訊全無。

各種揣測和謠言紛然而至，有人猜江子昕身患絕症，而且是末期，時日無多；也有人猜江子昕閃婚生子，雙喜臨門陪孩子去了。其他更天馬行空充滿創意的猜測都有，無論哪一種都有人支持和懷疑。

按規定，隊長請假由副隊長暫代隊長職務，魏文華帶著隊員們繼續追捕銀狐，無奈銀狐擅長隱匿行蹤，幾個線索追查到最後都斷了。

魏文華便又打起了夏宇的主意，他認爲那名油嘴滑舌、沒個正經的黑幫少主肯定有問題。

於是，第三偵查隊一半的人繼續搜找銀狐，以及追蹤市裡毒品交易活動；另一半的人則是把夏宇的資料調出來深入追查，連他交往過哪幾個小模都沒放過。

「每個都很正，太沒天理。」小李看著資料上的照片，夏宇過往的交往對象各個貌美如花，萬裡挑一，隨後他從電腦上調出一段監視器畫面，「他是和男的睡了對吧？帶著帥哥上飯店，三個小時後只有那個男的出來。」

小曼也湊過去看，嘖嘖地感嘆，「我看這些人都是炮友吧。」

「不過怎麼最近這半年都沒拍到他和誰進出飯店？」

「會不會是有穩定的交往對象了？」

「誰啊？」小李眼睛一亮，說不定可以從這個人身上查出什麼。

「一個黑道老大需要談地下戀情嗎？」小曼想不到夏宇需要低調與人交往的理由。

就在小曼和小李研究完夏宇的感情史後，江子昕出現在第三偵查隊辦公室裡。

江子昕精神奕奕，笑著向眾人打招呼，「早。」

小曼揉了揉眼睛，不敢置信，她最喜歡的隊長眞的回來了，於是開心得又叫又跳，「隊長，你總算回來了。」

第三偵查隊的隊員們一個接一個圍了上來，你一言我一語，一時熱鬧非凡。

接到消息的魏文華從江子昕的辦公室快步走出，見到江子昕時表情有些微妙，但隨即迎上前來，給了江子昕一個熱情的擁抱，「隊長，歡迎回來。」

江子昕注意到魏文華的表情，沒有多問，只是拍了拍他的肩膀，「這段時間辛苦你了。」

「不辛苦，隊長回來就好。」魏文華頓了頓，試探地問：「隊長這段時間是出去玩了嗎？」

「抱歉，沒有紀念品。」江子昕歉然一笑，沒有解釋自己去了哪裡。

「隊長怎麼可以忘了買紀念品給我們呢？」魏文華乾笑兩聲，眼神卻露出幾分懷疑，還想追問時來了一通內線電話。

小李接起，應答了幾聲後掛斷，向江子昕說：「隊長，大隊長請你去他的辦公室。」

「好，你們先忙吧。」江子昕說完便往外走。

小曼見狀，連忙跟著江子昕出了辦公室，在走廊上叫住他，「隊長。」

江子昕停下，小曼欲言又止。

「出了什麼事嗎？」江子昕問道。

「好像有對你不好的傳聞，和黑道有關。」小曼知道自己幫不上忙，只能先知會江子昕一聲。

「知道了，謝謝。」

江子昕請長假的事早就在刑警大隊裡傳開，前往大隊長辦公室的路上，他無視數名同事投來探究的目光，身姿筆挺，步伐堅定。

大隊長的辦公室在次頂樓，寬敞明亮，出電梯轉個彎就到，江子昕先和祕書打聲招呼，依指示到會客室坐下。祕書上了茶水，又等了一會，大隊長才從辦公室內間出來。

江子昕立刻起身問好，大隊長笑容滿面，神態熱絡，「江隊，看見你平安無事我就放心了。」

「謝謝大隊長關心。」

「關心是應該的，坐著說話吧。」

等大隊長坐下後，江子昕才跟著坐下，且正襟危坐，做好了聽訓的心理準備。

「小江啊，作爲長輩，我很想說人回來就好，但作爲大隊長，我還是必須問，你這半個多月去了哪裡？怎麼請了那麼長的假？還一通電話都不接？」大隊長收到江子昕的信後打了電話給江子昕，和其他人一樣，沒有撥通。

江子昕坦承，「我被銀狐抓走了。」

「銀狐躲在哪裡？」

「我不知道，我被蒙著眼，行動也受限，只知道換了好幾處地方。」而且他被抓是半個月前的事了，以銀狐的狡詐多疑，八成已經換過據點。

大隊長猜到江子昕落入銀狐的手不會好過，「他們打你了？傷得重不重？」

「一點皮肉傷，都好了。」

「你怎麼回來的？」大隊長目光如炬，老練地接著問。

「夏宇救了我，讓我在飯店裡養傷，不被銀狐的人找到。」江子昕避重就輕，染毒的事他不想說，避免對方產生無謂的猜想。

大隊長很快就問到事件的關鍵，「我能理解銀狐要抓你出氣，但夏宇爲什麼要救你？」

江子昕淡笑，「救人需要理由？」

大隊長不以爲然，「他是青盟的老大，救人當然需要理由。」

江子昕說出了想好的理由，「也許是希望我欠他一個人情吧？」

大隊長定定看著江子昕，那雙眼睛儘管因上了年紀而顯得有些混濁，卻仍透出洞察一切的機敏，他在片刻沉默後語重心長地開口：「子昕，我很看好你，你的能力很出色，聰明冷靜，有韌性，能忍，我很希望你繼續在隊上服務。」

江子昕在大隊長的目光下有種無所遁形的錯覺，他聽出了大隊長話中有話，不過依舊坦然不懼，語氣如常，「大隊長，有話直說。」

「有人提供了一段錄音檔檢舉你，魏文華收到後，交上來給我，你也聽聽吧。」大隊長拿出手機，按下播放，赫然是一段夏宇和海哥的對話。

「海哥，江子昕是我的人。」

「他是青盟的？我看不像。」

「他沒有加入青盟，但他是自己人。」

驟然聽見這段錄音，饒是江子昕再處變不驚也不免皺了皺眉頭。

大隊長始終留意著江子昕的反應，他輕咳一聲，「你有什麼想法？」

「我不知道這件事，沒有任何想法，重要的是大隊長有什麼想法？」這個問題不好答，江子昕索性把球丟回給大隊長。

「經過鑑定，這段錄音檔沒有變造過的痕跡，但夏宇爲什麼要那樣說？第一種可能是他說的是眞的，第二種可能是他是爲了保下你才那麼說。」

「我是警察，不可能是青盟的人。」江子昕迎向大隊長審視的目光，一派光明磊落。

大隊長板起臉，拍了下桌子，「你能證明嗎？」

江子昕被激得口氣差了些，「沒有的事我如何證明？」

「那就是第二種可能了，夏宇那樣說是爲了救你。」大隊長面色稍霽，眉頭間的紋路卻更深了，「他爲什麼要救你？你和他是什麼關係？」

「我和他的關係不影響我的工作。」

「我從黑虎幫以前的成員裡聽到一個傳言，你在黑虎幫臥底時和夏宇有過肉體關係？」能當到大隊長，自然有不少線民和消息管道。

「臥底那段期間，夏宇正在追求我，陳硯要我配合，在外人看來是有些曖昧，可是當時我沒有和他上床。」

大隊長眼睛瞪大，江子昕這段話訊息量太大，當時沒有上床，那後來呢？

「余誓以至誠，恪遵國家法令，盡忠職守，報效國家；依法執行任務，行使職權；勤謹謙和，爲民服務。如違誓言，願受最嚴厲之處罰，謹誓。」江子昕昂首，緩緩唸出成爲警察時的誓詞，「至今，我沒有絲毫違背。」

大隊長嘆了口氣，「讓你留在原職會有問題。」

江子昕話都說到這個份上了，他也沒必要再逼問下去，只是聽起來江子昕和夏宇之間確實是有些什麼啊！想到這他就頭痛得不得了。

江子昕看著大隊長，情緒沒有多大波動，甚至還微微地笑了一下，「大隊長想怎麼處置我？」

「你暫時留職停薪吧。」大隊長又嘆了口氣，「我再想想。」

「好。」江子昕點頭，沒有任何反駁，「謝謝大隊長。」

他知道這個處分已經很輕了，道謝後就起身行禮離開。

江子昕的手碰上門把時，正好聽見大隊長在自言自語，「如果將功補過的話，應該就沒人有意見了吧？」

江子昕笑了，推門而出。

他沒有回第三偵查隊，搭電梯直達一樓，直奔停車場，駕車離開。

魏文華在隊長辦公室裡，站在窗邊看著江子昕的車消失在視線，神色複雜，似是負疚，又似欣喜，還參雜著一點拚比之心。

江子昕回警局上班，夏宇也恢復平時日程，上午重拾荒廢了兩週的搏擊訓練，下午回建設公司看了那兩塊地的規畫方案和財務投報，儼然是個正經的生意人。

入夜，夏宇摘下江子昕送的錶收進抽屜，離開金黃宮，坐上了黑色賓士，副駕上坐的是情與義。

「那隻狐狸在哪？」

情與義很快給出答案，「按您的吩咐關在貨櫃裡，已經三天了。」

夏宇微笑，「很好。」

過去兩週，夏宇都待在飯店陪江子昕，雖然嘴上嚷著在休假，但可沒眞的閒著。

情與義斟酌著用詞，「夏總，這樣對海哥是不是不太好交代？」

「當然不好交代。」夏宇低笑兩聲。

情與義實在搞不懂老闆在想什麼，明知不好交代還要得罪海哥？難道眞的是不愛江山愛美人？老闆應該把後果考量進去了吧？他是不是該打開人力銀行的履歷了？

「去看看那隻狐狸。」

「是。」

黑色賓士在夜色裡駛進工業區，四周放眼望去都是工廠廠房，有的比鄰而建，有的隔著一大段距離。廠區有大有小，只要拉上鐵門，誰也不會知道別人的廠房裡發生了什麼事。

車子一靠近其中一間廠房，警衛便主動開門，廠房門升起又落下。

下車後，情與義熟門熟路地找到照明開關，啪的一聲，瞬間燈火通明，廠內一邊是機具和貨物，另一邊是空地，一大片空地中放著一個二十呎的綠色貨櫃。

司機打開貨櫃櫃門，裡頭赫然有個被綁住手腳的人。

那人相貌平凡，沒了過往的意氣風發和狠辣，被限制了行動後只能狼狽不堪地倒在地上，聽到聲響才勉強仰起頭。

夏宇走進貨櫃裡，在那人身前兩步處停下，居高臨下冷聲問：「你就是銀狐吧？」

「你是？」銀狐被關在暗無天日的貨櫃裡太久，突然見到光，雙眼難以適應，一時無法辨認來人。

夏宇沒理會銀狐的問題，臉上掛著從容優雅的微笑，慢慢地蹲了下來，「聽說你躲得很好，我爲了找你費了不少工夫。」

銀狐認出夏宇的聲音，「夏宇？你爲什麼抓我？我有得罪青盟嗎？」

夏宇有點時間，不介意多聊兩句，「我就看你不順眼，不行嗎？」

「青盟那麼大的幫派怎麼可以不講江湖道義？」

誰說青盟講道義了？夏宇不記得自己上任過後有這項堅持。

「如果你想知道理由，我就給你理由。」夏宇輕笑，周身卻是瀰漫著生人勿近的氣息，「還在黑虎幫時，你就帶人砍過青盟的人，占過青盟不少便宜，看在陳硯的面子上我忍了。後來，你讓手下賣貨被抓時說自己是青盟的，讓青盟當擋箭牌；爲了控制那群新招的未成年手下，你給他們吃冰，這就是江湖道義嗎？」

銀狐沒想到私下幹的齷齪事會被夏宇當面揭穿，底氣不足地辯解：「那、那是幫裡的家務事。」

「我還沒提你幹討債時弄死過十幾個人，有放火燒人家房子的、有逼人跳樓的、也有逼良為娼的……」夏宇早就把銀狐的底細摸得一清二楚，他記性很好，隨口便能說出許多銀狐做過的錯事，唯獨不提江子昕。他不想讓銀狐知道，銀狐不該動江子昕，這才是真正踩到他底線的原因，倘若真有鬼魂索命之說，衝著他一個人來就夠了。

銀狐惱羞成怒，破口大罵，「又不是只有我這樣做，你多管閒事做什麼？」

既然不否認，那就是承認了，至此，夏宇找不到讓銀狐活著的理由。

他似笑非笑地看著銀狐，卻不接話。

銀狐極為不安，「你、你想做什麼？我現在是海哥罩的，你就算想要我一根指頭也得先問過海哥！」

銀狐很清楚自己分量不夠，便把靠山抬了出來。

夏宇無動於衷，逕自起身，在他看來，這場對話已經可以結束了。

「你不會真的要和海哥翻臉吧？」銀狐急了，不相信夏宇敢不看海哥的面子。

夏宇朝情與義做了個手勢，戴上手套的情與義拿著繩子靠近銀狐，在銀狐脖子上套了一個繩圈。

「這是做什麼？」銀狐開始掙扎。

「別怕，不是要勒死你。」夏宇笑了笑，才輕輕地說出後半句，「怎麼會讓你那麼輕鬆就死掉呢？」

聞言，銀狐頓時面如死灰。

夏宇打開從方才就由情與義提著的手提箱，從箱子裡取出藥劑和針筒，熟練地裝上針頭、抽取藥劑，再注射至銀狐手臂上。

「你給我打了什麼？」

「再過一會，你會意識清楚，但四肢無力，幾乎不能動，這個時候就會解開你手腳上的束縛。」

銀狐不信只有這樣，顫抖著聲音問：「再、再來呢？」

「你不會想知道的。」夏宇把針筒和藥劑放回手提箱，「不過既然你這麼有求知慾，就給你個提示好了，你看看這個貨櫃裝了什麼？」

「大豆油？」銀狐在這個貨櫃裡待了三天三夜，只能趁警衛送飯過來時，藉著對方手電筒那一點光查看四周。第一天就發現貨櫃裡有幾十箱大豆油，他原本沒有多想，只當作是卸貨沒卸完，但這一切顯然不是巧合。

「你、你不會是要——」銀狐內心的恐懼達到了頂點，渾身止不住顫慄，想掙扎逃走，身體卻因針劑藥效發作而使不上力。

銀狐以前認定夏宇那「笑面閻羅」的稱號是虛名，到了這時候，他才醒悟直接去見閻羅說不定還比較好受。

夏宇讚許地誇了他一句，「看來你也想到了。」

「你是因爲我檢舉你燒貨櫃滅證嗎？」銀狐情急之下脫口而出，「那是海哥讓我做的，你不能算在我頭上，放、放過我！」

夏宇目光冰冷，這他早就知道了。

銀狐看夏宇沒有說話，更急了，靈光一閃，想起自己最近做過的那樁大事，「是不是因爲那個鴿子？那個姓江的！」

夏宇不答，往外邁步，任憑銀狐如何哭喊求饒都沒有回頭，晚點就會有人來處理這個貨櫃。

「救、救命……誰來救我……」銀狐全身都使不上力，漸漸陷入了絕望。

一如他過去親手逼著走上絕路的那些人。

✦

當晚，金皇宮來了一名不速之客。

夏宇回到金皇宮不久就收到保全主任通報，「夏總，有客人找你。」

夏宇剛料理完銀狐，心情說不上好，只是意興闌珊地問：「誰？」

「是江隊。」

江子昕一身便服從正門走進來，指名找夏宇，保全主任認出那是讓他輸了兩個月薪水的小白臉，也是老闆娘，趕緊吩咐手下好好招待。

「又臨檢？」夏宇隨口問，起身準備下樓，江子昕來了他當然一定得見。

保全主任搖頭，「只有江隊一個人。」

夏宇一聽就覺得有問題，他倆都沒想過要把交往的事昭告天下，江子昕怎麼會獨自過來金皇宮指名找他，還走正門？

情與義也聽出了不對勁，貼心地提議，「夏總，要不我先去問江隊有什麼事？」

「不用。」夏宇整了整身上的西裝，順了順頭髮，大步往外走。如果江子昕想先讓他知道，必然會提前知會他。

江子昕站在一樓大廳中央等他，幾個認出江子昕身分的客人和酒店員工，不免或直接盯著他看，或含蓄偷瞄。

「江隊，好久不見，怎麼有空來金皇宮？」夏宇擺出營業用笑容，客氣地歡迎江子昕，外人根本看不出這兩人早上還睡在同一張床上。夏宇說完沒等江子昕回話便裝模作樣地訓斥一旁的員工，「你們怎麼沒安排包廂？讓江隊在大廳裡罰站太失禮了。」

大廳領班覺得委屈，「夏總，是江隊說不用。」

夏宇表情不變，再次察覺到不尋常，不過他自認牛鬼蛇神見多了，練就了長袖善舞的功夫，應該不至於搞不定男朋友吧……

「江隊，別站著，我們到包廂坐吧？」夏宇朝江子昕做了一個請的手勢。

江子昕從夏宇出現就沒說話，表情似笑非笑，雙手插在口袋裡，身姿挺拔，周身有股不容忽視的氣場，等到夏宇做完一連串的表面功夫，他才冷冷地回：「不用了。」

「這是什麼意思？」夏宇笑容不減，裝作困惑地偏了偏頭，「是對金皇宮哪裡不滿意嗎？」

江子昕猛地上前一步，抓住夏宇領帶用力一扯，勾起嘴角，惡狠狠地問：「夏宇，你在外面說我是你的人？」

江子昕這表情真的非常對夏宇的胃口，尤其是那雙漂亮眼睛瞪人的樣子。

而且，他靠他這麼近，是欠親嗎？

夏宇告誡自己千萬得忍住，旁邊圍了一圈人，每個都往這裡看，他扼腕之餘故作訝異，「我說過這種話嗎？江隊聽誰說了？」

「有沒有這回事？」江子昕毫不退讓，他知道很多人圍觀，他就是要讓大家看，最好明天黑白兩道都聽說他倆一言不合當眾翻臉。

夏宇近距離看著江子昕那張臉，以及微微仰起頭時的頸部線條，不禁有些心猿意馬，「我哪能記得那麼多事？也許開過什麼玩笑，誰會當真呢？」

江子昕眼神亮了亮，一字一字慢慢說著：「你得道歉。」

夏宇看出江子昕是來吵架的了，那麼多雙眼睛看著，事關青盟的臉面，他不能一直讓著江子昕，「江隊啊，一點小事，我都不記得了，你也沒損失，談什麼道歉呢？」

江子昕冷哼，抓著夏宇領帶的手趁勢往前用力一推，「你給我記著，以後別讓我看見你！」

夏宇猝不及防被推得退後一步，還好情與義在夏宇身後暗中擋了一擋才沒跌倒。他臉色有些難看，顯然被激得動了氣，笑容轉冷，「江隊，你別忘了，這裡是我的地盤，你要是不想看見我，就別走進來！」

江子昕沒半點懼意，甚至還笑了笑，「要走了。」

「恕我不送了。」

江子昕走了兩步，忽然回頭，目光落在夏宇手腕上，低低說了一句，「夏總今天倒是沒戴錶。」

夏宇早上還戴著江子昕送的錶，但現在大庭廣眾下剛吵了一架，不好解釋自己為什麼把錶摘了，同樣壓低了聲音，故意帶點挑釁回道：「是啊，我剛想換支錶呢。」

江子昕挑眉輕笑，「換就換吧。」

說完，他轉身離開，不再回頭。

情與義實在看不懂，這小倆口到底又怎麼了？前一天不是還好好的嗎？

夏宇看著江子昕的背影消失在大門，隨即重新堆起笑容，朝四周拱拱手，「不好意思，打擾各位雅興了，今晚每間包廂消費打九折，大家一定要玩得開心。」

圍觀的客人們立刻報以熱烈的掌聲，裝作沒看到方才那一幕，至於回包廂聊起八卦，那就是另一回事了。

夏宇沒有在大廳多待，說了幾句場面話後就回頂樓辦公室。

隔日，曾傳出小型火災的私人貨櫃場再次於深夜竄出火光，熊熊火勢波及十餘只貨櫃，消防隊忙到清晨才將火勢撲滅。

災後現場一片凌亂，許多貨櫃被燒得焦黑，貨櫃裡的貨物付之一炬，損失尚無法估計。

警方在疑似起火點的其中一只貨櫃發現一名男性焦屍，焦屍脖子似乎曾纏繞繩索。該貨櫃櫃門大開，起火時該名男子理應可逃脫，初步研判無他殺嫌疑，推測男子是上吊自殺失敗後改爲自焚。

貨櫃場員工表示，每只貨櫃進場前皆會封櫃上鎖，不解男子是如何進到貨櫃裡。

這則新聞短暫出現在新聞媒體上，很快就被人們遺忘。

夏宇猜到江子昕特地到金皇宮找他當眾吵架，是爲了和他劃清界線，遏止那些暗地裡揣測他倆關係的傳言。

然而江子昕在回警隊的第一天就被停職，停職不算小事，江子昕竟然沒和他說。而且江子昕離開金皇宮那晚就把夏宇派過去暗地裡保護江子昕的人甩掉，還訊息不看，電話不接，連住處也沒回去，已經三天了。

簡直是人間蒸發。

這時候，夏宇才意識到，江子昕可能是眞的在和他吵架。

他和江子昕最後說了什麼呢？

江子昕除了當眾要他道歉之外，最後還提起了那支錶——不過是沒戴他送的錶就生氣了？

不對，江子昕不會因爲這樣就生氣。

難道是江子昕知道他發現錶裡的追蹤器了？這件事是他該生氣吧？他還沒找到合適時機和江子昕說這件事呢！

他收到錶後每天都戴著還不夠嗎？他只是在處理銀狐的那晚把錶拿下而已！

等等，不會是處理銀狐的事被江子昕發現了吧？

夏宇想起江子昕說要親自抓到銀狐，而那永遠無法實現了。以江子昕的個性，確實有可能因此生他的氣。

夏宇坐在他那張舒服的辦公椅，幾乎整個人都陷進椅背裡，用手揉了揉臉，心想感情危機來得措手不及啊！

情與義知道夏宇心情不好，敲門進來後恭敬地稟報：「夏總，海哥讓人傳話，想約個時間見面。」

「說我在忙。」夏宇勉強打起精神專注工作，一聽見情與義提起海哥，頓時懶得搭理。

情與義見夏宇沒趕他出去，便繼續說：「上次你答應給人，我們已經推了十六天，海哥肯定很不耐煩了。」

「是有點久了。」夏宇同意，就算海哥耐性再好，這時候也快按捺不住了吧？

「還有，銀狐的事可能被海哥發現了。」

「DNA驗出來了？」夏宇拿起方才就擱在桌上的錶，看著錶面，若有所思。

「是，昨晚上了新聞快訊。」

「這件事沒留下什麼把柄吧？」夏宇對這樣的發展並不意外，驗出銀狐的身分也好，警方能早點結案，要不然江子昕每天都得加班——只是他沒料到江子昕被停職，不管怎樣都不用加班了。

「兄弟們都很小心。」情與義對此還是很有信心的，畢竟他們可是專業人士。

「那就讓他猜吧，他沒有證據。」夏宇把錶戴回手上，還是江子昕送的那只。戴上錶後，夏宇總算看向情與義，笑了笑，「你覺得我在海哥那裡說的事，鴿子怎麼會知道？」

「夏總，你的意思是？」

夏宇冷笑，「既然海哥那麼急就約見面吧，七天後交人，讓海哥也把東西準備好，有人沒貨也不行吶。」

「是。」

情與義出門後，夏宇立刻想到一個計畫，他又給江子昕留了訊息，這次不是甜言蜜語，而是一句「警民合作」。

訊息突然顯示已讀。

夏宇笑了。

這天，月黑風高，夜裡靜得很適合做點見不得人的勾當。

港口不遠處有間兩百坪空租的廠房，十點一到，廣場上悄無聲息地停了數十輛車。

夏宇讓大部分手下在外面等著，只帶著十幾個人走向大門，工廠門口站了三圈海派人馬，福哥看見夏宇便上前招呼，「夏總，裡面請。」

夏宇點頭，狀似隨意地閒聊，「海派來了不少人啊。」

而且海派的人今天都穿了白衣服，似乎有意做出區別，這不是個好兆頭——像是要避免兩派人混在一起時不會砍錯人似的。

福哥裝作聽不懂，「青盟不也是嗎？」

夏宇笑了笑，不提兩幫原本約好只帶十個人的事，「人多熱鬧啊。」

「對，熱鬧好。」福哥假笑附和著，也不問青盟怎麼來了那麼多人。

廠房門在一陣金屬嘎吱聲中被拉開，工廠裡燈火通明，四周堆著幾處棧板、木箱和貨架。

約莫二十多名白衣壯漢站在場中，中間只有一名穿著唐裝的老人坐著。

等到夏宇走近後，海哥才慢悠悠地站起，抬了抬手，立刻有人把椅子拿走。海哥親切地笑了笑，語氣和善，「小夏啊，你不會怪我多帶了些人吧？」

夏宇露出理解的笑容，「怎麼會呢？海哥這麼做一定有您的原因，絕對不是不信任我。」

海哥的笑容微微一僵，嘆了口氣，「當年我和老夏都沒料到你長大了會是這個樣子。」

夏宇其實很煩海哥倚老賣老，老是提到他的父親，但在沒撕破臉前，他還是得維持表面功夫，配合地問了句：「什麼樣子？」

「年少有爲。」海哥頓了頓，話鋒一轉，「只是太有爲了，不是好事。」

「我做錯了什麼？」夏宇笑著聳了聳肩，「難道我不夠敬老尊賢？」

「銀狐的事你不要以爲我不知道。」海哥深深地看了夏宇一眼，見夏宇裝傻打死不認，不快地哼了一聲，「他所作所爲確實有違江湖道義，我就當作你在替我教他，事情過了就過了。」

夏宇收起了一點笑容，「還以爲海哥看人最重道義，沒想到會收銀狐。」

「我是幫老陳照顧手下。」海哥隨便拿了個藉口搪塞，「不談他了，你把人帶來了？」

夏宇面露訝色，「海哥指的是什麼人？」

海哥覺得自己快被夏宇氣出心臟病來，深呼吸後耐著性子說：「不是說好你把人交給我，我把貨給你一半嗎？」

「是有這件事，我身邊這些人裡就有海哥要的人。」夏宇指了指跟著他進工廠的十五名黑衣人，接著問：「海哥的貨帶了嗎？」

海哥不耐煩地朝手下打手勢，立刻就有人去搬了一個木箱放到兩撥人中間，打開木箱的蓋子，箱子裡都是一袋袋包裝好的白色結晶體。

「這是預付，等你的人把東西做出來，再把剩下的給你。」

夏宇點頭，「能驗貨？」

海哥知道規矩，「可以。」

夏宇朝旁邊的人使了眼色，一名手下上前隨便挑了一包，打開夾鏈袋聞了聞，手指沾了一點粉末嘗了一口，架式熟練。

該名手下朝夏宇點點頭，表示貨沒問題。

既然貨沒問題了，海哥就接著逼夏宇交人，「你的人呢？過來。」

夏宇沒動，他身後十多名黑衣人一起往前邁了一步——

一陣刺耳的警笛聲猛地劃破了夜晚的寧靜，廠房外頓時紅藍光大作，不知何時大批警力已經團團包圍住工廠。

警方拿著擴音器對工廠裡的人喊話，「你們被包圍了！盡快投降，不要做無謂的抵抗！」

工廠裡兩方人馬迅速掏槍，海派的人將槍口對準青盟以及門窗外的警察，而青盟則是只把槍口對準海派。

海哥再也裝不出和善長輩的樣子，躲入身邊護衛的保護範圍內，破口大罵，「夏宇！你找鴿子來暗算我？」

夏宇明白這下自己是百口莫辯了，放棄解釋，「如果我說不是，你也不會信吧？」

「你以爲你能置身事外嗎？進了牢裡我也能教訓你！」

「誰說我會和你一起進去？」夏宇被逗笑了，「海哥，年紀大了，退休養老不好嗎？」

「果然是你搞的鬼！」

夏宇冷笑，「既然你想除掉我，還動了我的人，我也只好不懂敬老尊賢了。」

海哥氣得搶過手下的槍朝夏宇就是一槍，夏宇一直注意著海哥的動作，即時閃過，情與義連忙護著夏宇往後退。

海哥這一槍打破了對峙，兩方人馬紛紛按下扳機，旋即槍聲大作，兩邊都有人中槍倒地。青盟每個人都穿了防彈背心，在第一波射擊後，幾名身手俐落的還衝上前將海派幾個槍手手上的槍踢飛。

隨著槍聲響起，警察也紛紛破門破窗，從四面八方湧入。

「警察！不要動！投降手舉高！」

這時海派的人才發現，除了夏宇和情與義外，夏宇帶進廠房的那批人都是警察，於是勃然大怒，激烈反擊，一時廠內槍林彈雨。

「抓住海哥！」

夏宇冷不防聽見一個耳熟的聲音，回頭一看，是江子昕！

江子昕明明就說他會在場外指揮，爲什麼親身涉險了？夏宇無法不去在意江子昕的動靜，按照原訂計畫，自己和情與義此時應該直接撤退至工廠外，然而看到江子昕後，夏宇改變了心意。

「你先走。」他推了情與義一把。

「夏總，我答應過夏老要保護你。」情與義暗暗地嘆了一口氣，他早就知道人力銀行上的履歷是沒機會打開的。

「要是我比你先見到我爸，我會幫你解釋的。」夏宇吼了情與義一聲，「走吧！」

見夏宇執意不肯離開，情與義只好把他拉到旁邊找了個貨架掩護，這處和衝突現場有段距離，只要小心流彈，問題不大，「江隊也是專業人士，他會保護好自己。」但老闆你可不是啊！這句話情與義不敢說出來。

「我知道。」知道是一回事，可是夏宇就是想留下來，想著自己也許能幫上什麼忙，要是江子昕出事，他會懊悔一輩子。

海派人馬見形勢不妙，散成了好幾群，海哥在一片混亂下中了槍，身邊隨扈有的也帶了傷，有的心生怯意棄他而逃。沒過多久，海哥腿上又中了一槍，再無鬥志，束手就擒。

如此一來，海派剩下的人四處逃竄，想鑽空逃出生天，當然也不乏有人打算以命搏命，多拉幾隻鴿子一起上路。

由於警民合作，夏宇和情與義不方便帶槍，在這樣的場面下難以自保。情與義眼明手快，看見有把沒打完子彈的槍落在地上，便無聲無息奔過去拾起。他戴著手套，不怕留下指紋，屆時就算比對彈道也只能找到槍，不會找到他身上。

這時，夏宇注意到一名海派幫眾持槍瞄準了江子昕的背。

情急之下，夏宇顧不得自身安危，赤手空拳撲向那名海派幫眾，先是打掉他手上的槍，再用身體借力將人壓制在地，動作堪稱俐落，三年來的訓練沒有白費。

然而站在不遠處的另一名海派幫眾，卻趁機朝夏宇開槍。

夏宇一聲悶哼，腹部一陣劇痛，連忙壓低身體往旁邊一滾，避免迎來第二顆子彈。

江子昕始終留意全場動靜，一轉頭瞥見夏宇倒下，很快猜到發生了什麼事。他朝向夏宇開槍的海派幫眾射出兩槍，確認對方中槍倒地後，飛奔至夏宇身邊。

江子昕抱著夏宇，輕輕搖晃他的肩膀，「夏宇！你能聽見我說話嗎？」

夏宇有些費力地睜開眼睛，「江隊？你不是要跟我裝不熟嗎？」

「我們確實不熟。」江子昕沒想到夏宇還有心思說笑。

夏宇勉強勾起嘴角，不讓自己看起來太狼狽，「那你怎麼抱得這麼緊？」

「都這種時候了，你就不能少說兩句嗎？」江子昕怒道，低頭檢查夏宇傷勢，見他緊緊摀著腹部，三件式西裝裡的灰色背心暈出一片深色，登時背脊發涼，「你別再說話了，撐著，我帶你出去。」

「說話有助於維持意識清醒啊。」夏宇苦笑，每說一句話都牽動傷口，他忍不住皺眉。

江子昕曉得不能再等下去，抱起夏宇，「夏宇，你給我好好活著！」

那也要我做得到啊——這是夏宇失去意識前的最後一個念頭。

尾聲

夏宇的意識有些迷離，在煩躁的雨聲中，似乎也聽見了說話聲。

「夏總，江隊交了新男朋友，比你帥多了，而且身分清白，不用躲躲藏藏的，小倆口每天都在曬恩愛，看得阿虎都想交一個男朋友了。」

「你別亂說，我沒有要找男的！不過阿義說得沒錯，夏總，你再睡下去老闆娘就要跑了，到時候你後悔都來不及，根本白白替人挨槍，不值得啊。」

「夏總，金皇宮的狀況不太好，鴿子弄了個理由又讓金皇宮停業了，兩百多名員工都放無薪假，我處理不過來了。」

「對啊，還有——」

哪來那麼多壞消息？

夏宇頭痛欲裂，氣得想吐血，五臟六腑都不舒服，別的可以晚點處理，他只想立刻去問江子昕怎麼那麼快就變心了。掙扎著睜開眼，看見一片白光，身邊響起一聲聲驚呼。

「太好，醒過來了！」

「醫生，快去叫醫生！」

夏宇這才看清楚自己身在醫院，他還是第一次躺在病床上。顧不上其他，他拔掉手上的點滴針頭就馬上下床，動作過大拉扯到腹部傷口，痛得表情扭曲。

「夏總！」情與義連忙扶住夏宇，此時保全主任帶著一名醫生匆匆走進病房。

「別擋著，我要去找江子昕！」

「夏總，你別急，你昏迷一個禮拜了，要出院也沒那麼快。醫生你說是嗎？」醫生來到了病床前對夏宇笑了笑，「學長，你還不能出院，要不要我拿病歷給你看？你自己判斷？」

夏宇一看，發現是認識的學弟，突然覺得特別沒面子，瞬間冷靜下來，坐回病床上，「你應該有把我縫好吧？」

「田主任開的刀，你放心，針是我縫的，知道你會問，縫得特別細，但要是你亂動，裂了就不關我的事了。」

夏宇這才發現腹部陣陣疼痛，倒吸一口氣，掀開病人服查看，紗布上已滲出血來，「裂了。」

再次處理完傷口並包紮後，收到訊息的江子昕剛好趕到病房。

看見夏宇醒來，江子昕開心得竟有點想哭，他走到病床邊握住夏宇的手，「你找我？」

夏宇這次不敢動作太大，小心坐起，隨即臉色一沉，「你去哪找的新男朋友？」

江子昕沒想到夏宇第一句話竟是質疑他移情別戀，錯愕地反問：「我怎麼不知道我有新男朋友？」

一旁，情與義和保全主任交換過眼神，沒人敢出聲。

夏宇察覺不對，斜眼望過去：「阿義、阿虎，這是怎麼回事？」

情與義只好解釋：「醫生讓我們跟夏總說點話，也許有助於夏總清醒，我們想不到要說什麼，就說點你聽了會想醒過來的。」

情與義在心裡暗暗承認，他說那些話多少也是氣夏宇不聽話跑去挨槍，害他差點對夏老交不了差，但沒有想破壞小倆口感情的意思。

「金皇宮停業的事也不是真的？」

情與義和保全主任點頭，「夏總你不會怪我們吧？至少你醒過來了，我我們應該沒做錯？」

夏宇實在不知該拿他們如何是好，瞪了兩人一眼，「你們出去吧。」

情與義和保全主任如釋重負，趕緊離開。

江子昕笑著感嘆：「如果知道這樣能讓你醒過來，我第一天就說了。」

「你確定不是把我氣死嗎？」夏宇拉過江子昕緊緊抱住，感受他的溫度和氣息，「我好想你。」

江子昕低聲說：「我也是。」

夏宇讓江子昕坐上床，江子昕小心地避開夏宇傷處躺進他的臂彎裡，兩個大男人窩在一張病床上，手腳都顯得無處安放，卻沒有人嫌擠。

溫馨的氣氛沒維持多久，夏宇放在江子昕腰上的手開始不安分，還越來越過分，耳鬢廝磨間，他語帶曖昧地開口：「難得住院，你要不要去借一套護士服？」

江子昕很無言，抓住夏宇不規矩的手，「你還有心情想這個？別告訴我這是槍傷的後遺症？」

不過，往好處想，有精神做些不正經的事，夏宇應該沒有大礙了吧？

「都是你的關係。」

「你別亂動。」江子昕將手伸進被子裡，拉起病人服熟練地探向熱燙的性器，時輕時重地套弄。

夏宇不滿意，但也不想傷口再裂一次，無奈下勉強接受。

夏宇出院那天，田主任特地來看他。

夏宇讓情與義在病房裡等著，他和田主任單獨到陽臺上說話，放眼望去是萬里晴空，心情跟著開闊，很多陳年芥蒂好像也不那麼在意了。

「你的復原狀況不錯，雖然還得追蹤，不過應該不會留下太大的後遺症。該怎麼做你都知道，我也不多說了。」

「還得謝謝田主任。」夏宇這句感謝發自肺腑，沒有半點客套，他看過病歷和片子，知道那天狀況有多危急，要不是田主任處置得宜，他可能當天就得進冰櫃了。

田主任年近半百，頭髮已經白了一半，說起話來直接明瞭，「我聽說你現在是黑幫老大啊？」

夏宇尷尬地笑了笑，輕描淡寫，「做點小生意而已。」

「小生意能做到挨子彈？」田主任不喜歡彎彎繞繞，直接拆夏宇的臺，瞪了夏宇一眼，「混得不好無所謂，我只希望你不要再因爲槍傷被送進來。」

「我不能保證。」夏宇無奈，他說的是實話，常在河邊走，哪能不濕鞋？「只能盡量。」

田主任嘖了一聲，雖然對答案不滿意，但這樣實話實說的夏宇還是比較對他的脾氣，「夏宇，那年我剛升主任，有些事情處理得不是很好，現在想起來對你有些過意不去。」

「是我太衝動，和病患家屬吵起來是我不對。」夏宇回憶往事也是頗爲感慨，當年的自己要是有現在一半圓融忍讓，也不會讓事態演變至難以收拾的地步吧？

雙方各退了一步，讓當年的不快消散在幾句話裡。

「對了，那年鬧事的幫派垮了，主任不用擔心他們會再來鬧事了。」

「我哪有時間擔心那種事。」田主任拍拍夏宇的肩膀，「下次在外面吃個飯吧。」

夏宇爽快應下，「好啊，主任要來我店裡吃飯嗎？我招待。」

田主任臉色古怪，似乎想到了什麼又不好意思明說，「不用了，挑間正常點的餐廳就可以了。」

「好。」夏宇被田主任的反應逗笑，看來田主任知道他開的是酒店了。

✦

後來警方從海派的據點查獲大量一到四級毒品，從原料到成品都有，震驚社會。江子昕再次立下大功，在隊上算是坐穩了隊長的位子，幾個質疑的聲音也消失了。

隨著這次行動成功，魏文華對夏宇的想法也有所轉變，在只有兩人的車上，魏文華再次關掉了行車紀錄器。

「隊長，我之前懷疑你包庇夏宇，是我錯了，我跟你道歉。」

江子昕訝異，他沒想到魏文華會道歉，「沒關係。」

「隊長，我現在才懂你那句『有些犧牲是必要的』。」魏文華對江子昕投以敬佩又憐憫的目光，「你犧牲自己，讓夏宇迷上你，將他導向正途，甚至爲你擋槍，這樣下去，確實能改變整個青盟，遠比把夏宇抓進牢裡效果更好。」

江子昕覺得魏文華好像哪裡理解錯了，但就某方面來說，又不算偏離事實太多，沉默半晌，「……沒有犧牲。」

魏文華體貼地補了句，「我會保密的。」

「好。」江子昕暗想，雖然實情和魏文華理解的有落差，可是只要他不說出去就行。

結束這段對話後，魏文華重新打開了行車紀錄器。

✦

當初江子昕在金皇宮和夏宇當眾大吵後，他回到了美滿大樓，但他不在「沈末」租過的套房，而是在阿誠租的那間。

阿誠的房間打理得比想像中乾淨，裡頭東西不多，除了兩套年輕人喜歡的潮牌衣服和三雙球鞋外，沒看見什麼奢侈品。

房裡書桌玻璃墊下壓著一張泛黃的照片，照片裡年輕的母親抱著一名五、六歲大的孩童，兩人笑容燦爛。

阿誠縮在靠牆單人床的角落，止不住地全身顫抖，江子昕坐在椅子上雙手抱胸，面無表情地盯著阿誠。

阿誠一邊流淚一邊吸鼻子，「沈哥，我還要多久才能戒掉？」

江子昕冷著臉道：「如果你不堅持住，永遠都戒不掉。」

「我不想再做那樣的事了，沈哥，我對不起你。」阿誠想起自己爲了一包冰而出賣江子昕，不由得滿心愧疚。

「我說過了，等你戒毒成功我就原諒你。」江子昕看了眼那張泛黃的照片，嘆了口氣，「就算不爲了我，想想你媽，她還在療養院等你。」

阿誠聽著眼淚又流了下來，「我也不知道怎麼會變這樣？我原本想說賺夠了錢，就能把她從療養院接回來，自己照顧她。」

江子昕不打算安慰阿誠，阿誠需要戒癮的動力，無論是對他的愧疚，或是對照顧母親的企盼。

「沈哥，你那個藥還有嗎？」

「有。」江子昕拿出藥錠，遞給阿誠，「含在舌下，不要咬。」

「好。」阿誠接過，聽話照做，他不記得這是第幾次發作了，他最近過得渾渾噩噩，失去時間感，還好江子昕一直陪著他，要不然他一定又會拿著母親的醫藥費去買冰了。

阿誠在毒癮不發作的時候也不出門，因爲江子昕不讓他出門。他知道自己意志力薄弱，便任憑江子昕接管他的生活，平常吃喝叫外送，沒事就玩玩手遊、和以前的同事傳訊聊天。

「沈哥，我總覺得有事要發生。」

「怎麼了？」

「自從銀狐大哥出事後，我那些朋友就加入了海派。」阿誠慢慢說著，「我們玩同一個手遊，固定晚上十點打關卡，可是他們都說明晚要工作，沒空打。」

江子昕聽到這裡就猜到海派即將有動作了，「你問他們要去哪裡？」

阿誠不笨，自覺有了籌碼，開始討價還價，「那些朋友對我還不錯，他們做這行也是不得已的，能不能不要抓他們？」

江子昕簡直哭笑不得，沒好氣地說：「海派讓手下全部動員，那會是什麼樣的場面？你的那些朋友得先活下來，再去想這個問題。」

阿誠一臉驚恐，「沈哥，你別嚇我。」

「隨你，不信就算了。」江子昕不著急，對付阿誠他很熟練，欲擒故縱就對了。

「好，我問就是了，我這是爲了救他們，他們應該不會怪我。」阿誠很快就想開了，「對了，沈哥，你要是立功了，能請我吃飯吧？」

「好。」江子昕的手機發出訊息提示音，他看了一眼，嘴角不自覺上揚。

「沈哥，你在跟誰傳訊息？交女朋友了嗎？」

「男朋友。」

✦

等到夏宇出院後，江子昕依約請阿誠吃飯，選在他被綁架那晚去的熱炒店，還帶上了夏宇，開了一間包廂。

阿誠認得這間熱炒店，一到就先自罰了一杯啤酒，顫顫地開口：「沈哥，這間店有點眼熟，那個……你是不是還怪我？」

「這間店離警隊近，東西好吃，沒想太多。」江子昕邊說話邊把阿誠面前的啤酒瓶拿開，幫他倒了柳橙汁，「你過幾天才滿十八，剛剛那杯啤酒我就當沒看到，等一下只准喝果汁。」

「是。」阿誠瞄了一眼對面穿著西裝的男子，和男子身後身形壯碩的隨扈，有些放不開，低聲用氣音問：「沈哥，他們是不是坐錯桌了？」

江子昕被阿誠的話逗得嘴角上揚，「沒有錯。」

夏宇前幾日得知當初是阿誠出賣江子昕，要不是江子昕阻止，他早就想給阿誠一點教訓。此時看見阿誠，他臉上露出不懷好意的笑容，問江子昕：「他就是那個小朋友？」

「我不是小朋友，我、我快十八了。」阿誠抗議。

江子昕頷首，「對，他就交給你了。」

「好啊。」夏宇對情與義吩咐了一句，「收著，好好教。」

情與義沉聲回答，「是。」

「爲什麼沒人問我的意見？」阿誠懷疑自己聽錯了，他的沈哥不是要他走上正途嗎？怎麼把他交給了像是黑道的人？

江子昕把阿誠個性摸得很清楚，此時只問了一句：「你不想加入青盟嗎？」

阿誠一聽，頓時肅然起敬，原來坐在對面的居然是青盟的人？

「沒、沒有不好，太好了！可是沈哥不是要我別混幫派嗎？」

「反正你改不了，那就去青盟吧，至少有人幫忙盯著。」江子昕無奈地說著。

阿誠本性不壞，但意志薄弱，受到一點誘惑就淪陷，放著不管可能會越走越偏。

「能有份賺錢的工作，還能回學校念書，沒錯吧？」江子昕和夏宇確認，見夏宇點頭才放心。

「青盟不是托兒所，不過收一個人還是可以的，只是青盟有青盟的規矩，之後阿義會教你。」夏宇朝阿誠指了指情與義，隨後神情轉爲嚴肅，「還有，青盟不容許背叛，你能做到嗎？」

「我發誓！我一定不會背叛青盟！」阿誠知道自己之前犯了錯，爲了表示決心，他起身跪在地上，朝夏宇磕了三下頭。

夏宇原本對阿誠還有些成見，此時越看他越覺得有趣，「你是不是黑幫電影看多了？起來吧，現在不流行這個了。」

阿誠迅速站起，走到夏宇身邊，躬身討好地問：「老大怎麼稱呼？」

「我是夏宇。」

夏宇？不就是青盟的老大嗎？阿誠原本以爲眼前這人是青盟的哪位堂主、護法之類的，沒想到直接見到了最頂層人物啊！

「老大，我——」

夏宇皺眉，打斷阿誠的話，「叫夏總就好，你就當應徵上了一間叫青盟的公司。」

阿誠聽過關於夏宇的事蹟不少，心下既敬畏又崇敬，語氣有些激動，「夏、夏總，我一直很崇拜你。」

「夠了，吃飯吧，菜都涼了。」夏宇無奈，他不是來參加粉絲見面會的好嗎？

「是。」阿誠立刻回到方才的位子，正襟危坐。

江子昕從沒見過阿誠如此乖巧，頓時感覺把這隻迷途羔羊託付給夏宇是對的。

夏宇讓情與義也入坐，四個人開始動筷。這頓飯幾乎只有夏宇和江子昕在說話，情與義目不斜視專心吃飯，阿誠則是忍不住打量有說有笑的兩人。

最後，阿誠實在忍不住好奇，「沈哥，你們是什麼關係啊？」

江子昕笑了，「看不出來？」

阿誠搖頭，「看不出來。」

江子昕拉過夏宇當著阿誠的面親了一下，又問：「看出來了吧？」

阿誠眼睛瞪大，想起江子昕說過的話，茅塞頓開，「男男男男男朋友！」

夏宇挑眉，雖然心裡開心，但仍正色交代情與義，「他有口吃的毛病，得治。」

「是。」情與義面不改色地應下，暗暗感嘆總算不是只有他一個人被曬恩愛的兩人閃瞎了。

夏宇朝阿誠丟去警告的一眼，「說出去的下場你知道吧？」

阿誠一悚，想起朋友繪聲繪影說過夏宇手段狠戾，好幾個死對頭都莫名其妙就消失了，他們猜那些人八成被剁成肉泥餵魚，頓時緊張慌亂，「我、我一定不會說出去！」

飯後，阿誠坐計程車回家，江子昕低調地上了夏宇的車，兩人今晚難得能好好聚聚。

車子平穩流暢地行駛在城市夜色裡。

夏宇一上車就放下了車子前座和後座間的隔板，他和江子昕在餐廳裡小酌兩杯，身心放鬆，坐姿隨意，不若以往在人前的拘謹。

「聽說你扳倒海哥只有一支嘉獎？這必須申訴！」夏宇有自己的消息管道，爲江子昕所獲獎勵太少而忿忿不平。

江子昕不以爲意，「誰叫我和黑道過從甚密，功過相抵呢？」

「你們大隊長太超過了，還管下屬的私生活？不會連床上體位都要過問吧？」夏宇不認爲兩人過從甚密有什麼問題，他根本沒討到任何好處。

江子昕看向夏宇的眼神帶著挑釁，「要是問了，我就說我是1。」

「這樣他會覺得你是警界之光，給你記兩支大功嗎？」夏宇裝作寬容大度，手環上江子昕的腰，探進衣服裡，「會的話我就不要這點虛名沒關係，我這個人務實。」

江子昕白了夏宇一眼，抓住夏宇不規矩的手，「沒把我調去交通隊就不錯了。」

「當交警好啊，危險性低，我還能天天幫你做業績，讓你開單開到手軟。」

「不需要。」

「那你需要什麼？再送你玫瑰花？還是打十個戒指把你每根手指都套住？」

「那能看嗎？」江子昕實在無法想像那樣的畫面，笑了一陣後才認眞回：「只要你好好的，不要被我抓到就好。」

「我不會讓那種事發生的。」

江子昕聽出了一些端倪，夏宇承諾的和他希望夏宇做的有落差，然而這世上本就不是非黑即白，一定有他們能和平共處的辦法。

夏宇敏銳地從江子昕的沉默捕捉到一絲不安，手上用力將人往懷裡帶，從後環抱著江子昕，彷彿能感覺到彼此心臟的跳動，也彷彿拉近了彼此心的距離。

「我說過嗎？我討厭下雨。」夏宇自嘲地笑了笑，嗓音低沉富有磁性，「在醫院昏迷的時候，我做了一個很長的夢，我站在下個不停的大雨中，又濕又冷。」

「後來呢？」

「等了好久，終於有人撐著一把傘來接我，我沒看到他的臉就醒了。」夏宇握住江子昕的手，十指交扣，「我想，那一定是你。」

「你放心。」江子昕將夏宇的手握牢，「我來了，就不會走。」

夏宇讓江子昕的臉朝向他，低頭吻下。

車子不知道何時停下，前座的情與義和司機都不敢出聲。

長吻結束，江子昕這才注意到車子已經停下，外面不是夏夜飯店，也不是江子昕租屋處，「這是哪裡？」

夏宇領著江子昕下車，眼前是一棟典雅的別墅，「我家。」

夏宇過去總把情人往飯店帶，從未帶人回家。

江子昕瞬間明白了夏宇的意思，「下次我休假，也帶你回我家。」

「好。」

天空飄起微微細雨，情與義下車，他原本拿了兩把傘，被夏宇瞪了一眼後便只遞出一把。

夏宇和江子昕共撐一把傘走向別墅，江子昕問：「你還討厭下雨嗎？」

「和你在一起就不討厭。」夏宇一手撐著傘，一手將江子昕摟得更緊了。

江子昕對夏宇的答案還算滿意，揚起張揚好看的笑容，也答了一句，「我喜歡夏宇。」

夏宇微愣，轉頭，「什麼？你說清楚點。」

一吻落下，無須解釋。

這一晚，又是難分難捨。

全文完

番外
餐桌禮儀

深夜，郊區。

這裡荒涼得一整個晚上都不見得有一台車經過，區公所電費預算經常捉襟見肘，路燈也就時亮時不亮。但是一處蓋到一半的廢棄建築工地卻悄悄地透出了一絲光亮，要是有好奇的人靠近，就會被面色不善的黑衣大漢擋住去路。

工地裡凹凸不平滿是灰泥的地上躺著一個虎背熊腰的中年男人，短袖花襯衫袖口露半甲刺青，四肢都被繩子牢牢捆住，嘴上貼著膠帶，含糊不清地罵罵咧咧，瞪著站在身前的西裝男子。

那是名不像是會出現在這種場合的男人，他相貌英俊，嘴角掛著搏人好感的微笑，穿著訂製的三件式西裝，看著就是位溫文有禮的紳士。紳士身後站了兩圈黑衣人，顯然都是他的手下。

這位紳士戴著黑色皮手套的手往旁邊一放，就有人遞上一把裝了消音器的槍，紳士拿到槍後蹲下，槍口漫不經心地指向地上的男人。

男人立刻就閉嘴了，他努力挪動身體，想離那把不長眼的槍遠一點。

「我和海哥也算忘年之交，本來可以幫他照看一下兒子，沒想到你故意來招惹我？金皇宮是讓你鬧事的地方嗎？每天來潑漆丟雞蛋很好玩嗎？這處工地後面有個坑，我覺得把你扔進去用水泥灌了也很好玩，要不要試試？你老在外面放話說要做掉我，我想不理你都不行。」

西裝男子說得有點累了，朝手下使了眼色，「讓他說話。」

一名黑衣人過來撕掉地上男人嘴上的膠帶。

地上男子一能說話就破口大罵，「夏宇！你過河拆橋！忘恩負義！黑吃黑！破壞規矩！」

夏宇挑眉，沒把那些指責往心裡去，平靜地分析，「海哥不過判了無期，安分待個十五年就能假釋。你這樣鬧，是想讓他出來的時候看不見兒子嗎？」

「你敢？」

夏宇神色不變，朝男人的腿開了一槍，「你說我敢不敢？」

伴隨著男人的慘叫，一蓬鮮血噴濺而出。

雖然夏宇特別避開了股動脈，但挨了一槍的男人無法領會，眼中恨意更盛，然而腳上劇痛仍是將其傲氣驅散大半，縱使忿忿不平，他的口氣已出現鬆動，「夏宇，你想怎樣？」

「幫你準備好今晚的船，送你出國散心，我還會送你一筆旅費，讓你出去之後生活不愁。不錯吧？」

「我有其他選擇嗎？」

夏宇微笑，「沒有。」

男人瞪著夏宇，「夏宇！你給我記著！」

夏宇笑容轉冷，全身迸出讓人畏懼的寒意，目光轉爲輕蔑，「張勁，我答應海哥留你一命，就會履行承諾，可這不代表我沒辦法讓你生不如死，你才是最好給我記著。」

張勁沒見過夏宇這副樣子，嚇得噤聲。

夏宇說完把槍遞給旁邊的情與義，頭也不回地往外走。

夏宇從市郊離開後直奔夏宅，那是一棟四層樓的雅緻別墅，他的父親爲了他的母親蓋的。漂亮的庭院裡種了幾棵楓香和一大片桔梗，與鄰居隔著一大段距離，低調又能保有隱私，夏宇的童年就在這裡度過。

司機把車停在黑色大門外，夏宇獨自下車，朝著亮著溫暖鵝黃色燈光的別墅邁步，走了一小段路後進入屋內。

廚房裡，穿著粉色滾花邊圍裙的江子昕，手上拿著湯勺，看見夏宇進門，唇角綻出笑容，「時間抓得剛好，湯差不多好了。」

夏宇脫下西裝外套走進廚房，從江子昕身後抱住他，「抱歉，臨時有點事，回來晚了。」

「我讓周嬸先回家了，自己做了點吃的，三菜一湯，簡單家常菜，要是沒你喜歡的我也沒辦法了。」

夏宇看了一眼大理石檯面上的三個瓷盤，炒青菜、番茄炒蛋、蔥爆牛柳，「都喜歡。」

「我把湯盛起來就能開飯。」江子昕輕輕掙了掙示意夏宇該鬆手了。

「你不問我去哪裡？」夏宇討好地蹭了蹭江子昕的臉頰和脖頸，放軟語調，配上臉上真心實意的笑容顯得特別無害，和方才工廠裡的冷漠肅殺判若兩人。

「不問。」江子昕眨著眼睛，特別通情達理。

江子昕不問，夏宇也就不用解釋，不用說謊，他親了親江子昕耳鬢處，「嗯，你真好。」

「我不是不會生氣，停職的時候我原本想去抓銀狐，結果——」江子昕挑眉，斜斜瞪了夏宇一眼。

「怪不得不接我電話，還好沒氣太久。」夏宇沒為自己辯解，這件事兩人心照不宣就好。

江子昕故意板著臉，「原來還不夠久？」

「我把你錶裡的追蹤器拿掉了。」江子昕承認他在夏宇和海哥大動作談生意時對夏宇有過懷疑，他不後悔這麼做，他也相信夏宇能理解。

夏宇輕輕應了一聲，他發現了，出院後，他讓人檢查了那支錶，已經沒有追蹤器了。

「有件有趣的事，查不到新元飯店行動匿名檢舉人的任何資料，你說會是誰檢舉的呢？」

「我怎麼知道？」夏宇笑得無辜，眨眨眼，「總不會是我檢舉自己吧？」

江子昕仔細打量夏宇，卻沒能從那張臉上看出破綻，只好放棄。他想了想，還是對夏宇坦承，「其實，我手上也不乾淨。」

江子昕的笑容慢慢泛出苦澀的味道。

「臥底的時候，有見死不救，也有弄死過人。」

夏宇並不意外，如果江子昕在黑虎幫裡還能乾乾淨淨他才意外。

「前半年是最難熬的，後來想通了，我必須先活著，然後才是一名警察，而且，我最好忘記自己是警察。在那三年裡，什麼該做、什麼不該做都有另一種標準。」江子昕的手指抵在自己左胸上，「黃隊跟我說，只要過得去自己這關就好。」

接著，江子昕將手指改抵在夏宇左胸上，直視著夏宇的眼睛，一字一句堅定地說：「所以，你也只要過得去自己這關就好。」

江子昕本來就長得過分好看，此時他骨子裡的堅毅配上眼神裡的自信，以及那份對戀人的理解和體貼，揉合成一股難以抗拒的吸引力，惹得夏宇幾乎移不開眼。

屋裡只有他們，夏宇不需要克制，想親便親了，江子昕柔軟濕潤的唇瓣引人深入，直到兩人都覺得有點喘不過氣了，才依依不捨地分開。

江子昕染上幾分豔色的雙唇微張，氣息不穩，「吃飯吧。」

夏宇毫不掩飾自己的慾望，下身蹭了蹭江子昕，「我餓了，先吃你。」

江子昕拗不過夏宇，「至少讓我把勺子放下。」

他確實也被挑逗得情難自禁，急需紓解，他同樣不喜歡忍耐。

夏宇這才發現江子昕手上還拿著湯勺，莞爾一笑，接過勺子放到旁邊，開始脫江子昕的褲子。

江子昕動了動，配合夏宇的動作讓褲子更容易褪下，手伸到後腰想解圍裙時，被夏宇制止。

「圍裙別脫。」夏宇低聲哄著，「只穿著圍裙來一次。」

江子昕會意，揚起下巴，風情萬種地瞪了夏宇一眼，「花樣眞多。」

夏宇親了親江子昕的嘴角，「每次看你穿著衣服，我就想著怎麼脫。」

江子昕輕笑，一隻手撐在大理石檯面上，另一隻手撫上夏宇輪廓分明的臉，再挑逗地往下，滑過喉結來到領口，拉開領帶，「眞巧，我也想過。」

很快地上都是他們褪下的衣物，江子昕身上只剩那件粉色圍裙，由於他身高腿長，圍裙只夠蓋住一小截大腿，露出漂亮勻稱的筆直長腿和毫無防備的雙臀。

夏宇由衷讚嘆，「眞好看。」

江子昕手指滑過夏宇的胸膛和腹肌，隔著西褲在鼓起的褲檔處畫圈，「還不進來？」

夏宇扼腕沒在廚房裡放潤滑劑，在中島檯面上的瓶瓶罐罐中選了初榨橄欖油，倒了一些在手上，指尖探向江子昕的後庭慢慢進行擴張。

「唔。」江子昕有些難受地皺眉，抬起一條腿勾上夏宇的腰。

夏宇讚許地看了江子昕一眼，隔著圍裙揉捏他敏感的乳尖給予獎勵。

江子昕雙頰染上潮紅，性器充血勃發把圍裙撐起一個帳篷，頂端還被前列腺液洇濕了一小塊，異常情色。夏宇一想到白日裡英姿颯爽的刑警隊長，晚上在他懷裡如此放蕩淫亂，他就更難以自制了。

做足了擴張後，夏宇拉下西褲拉鍊，粗長性器抵著濕潤穴口緩緩挺入。接著，他讓江子昕手勾著他的脖子，再一把將人抱起。

這個姿勢令江子昕的身體不由自主地往下，使得夏宇的性器深深沒入穴口。

「太、太深了。」江子昕難耐地喘氣，繃緊了身體，更令他發瘋的是，夏宇竟抱著他行走，性器隨著夏宇走動的步伐在他體內攪動，

夏宇把江子昕放到餐桌上，分開他的雙腿壓向胸口兩側，「我要開動了。」

不等江子昕回應，夏宇便開始了一輪更猛烈的索取，把江子昕逼出了生理性淚水，口中吐出破碎又甜膩的呻吟，最後一起攀上高峰。

夏宇將性器抽出時，白色濁液從還闔不上的紅豔穴口流出，粉色圍裙也沾上了一片腥羶黏膩。江子昕看著身上的圍裙，想起這是周嬸的，忍不住皺眉，「圍裙髒了。」

「沒關係，讓周嬸再多買幾件。」

買一件就算了，多買幾件是怎樣？還想再來幾次？江子昕眼角微紅，雙腿發軟，無力地瞪了夏宇一眼，「我們等一下還在這張餐桌上吃飯嗎？」

夏宇全身舒爽，俯身笑著親了親還躺在餐桌上的江子昕，「如果你不介意的話。」

「不介意。」江子昕揚起唇角，「下次我會把你壓在餐桌上。」

後記
慶幸有你

各位好，謝謝看到這裡。

《暗夜流光》原本是爲了POPO站上耽美比賽寫的短篇作品，因爲是短篇所以做了些嘗試，包括不同的寫法、沒寫過的黑道題材，同時也希望能夠有強強的感覺——之前編輯說感覺不出我喜歡強強，我就想說寫個什麼故事來表達自己對強強的喜愛吧。

比賽期間，不少讀者留言表示喜歡這個故事，後來《暗夜流光》有幸獲獎，進而獲得出版機會。我在擴寫和續寫的過程中做了一些調整，不知道看過原本短篇的讀者能不能發現？

「我在暗夜行路，直到遇見你，才有了方向」這段話是書名的由來。一開始那是江子昕還是沈末時的心情，後來也未嘗不是夏宇的。

夏宇和江子昕都是個性獨立、自我意識高的人，本該在各自的世界精彩，偏偏互相深受吸引。他們理智上知道對方不會是現實條件下最好的對象，卻都願意繼續維持這段關係，我想這就是愛吧。

他們今後依然會面臨考驗，相信兩人之間的羈絆，可以讓他們度過風風雨雨。

寫這本時有個小趣事，一般來說，輸入法會自動學習，主角名字多打幾次，輸入法就會優先選字，比如《演員的職業操守》裡的「祁洛郢」，這樣毫無邏輯又不常用的詞彙，我的輸入法已經學會了。但夏宇的名字，我打了無數次，直到寫完這個故事，輸入法還是堅持優先出現「下雨」，無奈又好笑之餘，好像還能看見夏宇用哀怨的語氣幽幽地說：「我討厭下雨。」

第六次寫後記，依然感到詞窮，我不斷查看字數統計，確認是否已達標。能寫十幾萬字的故事，怎麼就寫不出一千字的後記？這很沒道理，我也依然困惑。

曾經和隔壁太太提到，不知道能不能不寫後記，把頁數挪給爆字的正文用。但最後我還是不敢問編輯能不能這麼做，畢竟爆掉的字數根本不是兩頁後記能解決的，只能在修文的同時，也把故事重新整理一遍，可能會比原先的版本精煉明快一點吧。

雖然始終覺得寫小說很難，不過還是繼續寫下去，大概是喜歡陪著角色走過故事的感覺吧。看著他們從只有隱約輪廓到彷彿眞的存在，即便故事結束也繼續存在我心裡，也在記得他們的人心中。

我沒有辦法回答自己最喜歡寫過的哪一個角色或故事，因爲每個都喜歡，而且必須喜歡正在寫的那一個。

這個故事寫起來眞的是痛並快樂著，寫寫停停，盡量查了一些資料，希望沒有偏誤太多。

《暗夜流光》歷經了三個截稿日，多次推遲，總算完成，謝謝馥蔓耐心陪著這個故事走過，也謝謝在故事短篇時期給予很多回饋和喜愛的讀者，更謝謝買下這本書的你。

最後，很開心能完成這個故事，並透過出版的方式，讓這個故事和更多人見面。

歡迎到POPO、FB或IG來找我玩，有任何想和作者說的話也歡迎投遞到表單，連結可以在FB置頂貼文裡找到。

下個故事見。

林落

國家圖書館出版品預行編目資料

暗夜流光 / 林落著. -- 初版. -- 臺北市 ： 城邦原創股份有限公司出版：英屬蓋曼群島商家庭傳媒股份有限公司城邦分公司發行, 2022.07
面；公分. --

ISBN 978-626-96192-7-6（平裝）

863.57　　111010102

暗夜流光

作　　者／林落
企畫選書／楊馥蔓　　行銷業務／林政杰
責任編輯／楊馥蔓、林辰柔　　版　　權／李婷雯

網站運營部總監／楊馥蔓
副總經理／陳靜芬
總 經 理／黃淑貞
發 行 人／何飛鵬
法律顧問／元禾法律事務所　王子文律師
出　　版／城邦原創股份有限公司
台北市中山區民生東路二段 141 號 6 樓
電話：(02) 2509-5506　傳真：(02) 2500-1933
E-mail：service@popo.tw
發　　行／英屬蓋曼群島商家庭傳媒股份有限公司城邦分公司
聯絡地址：台北市中山區民生東路二段 141 號 11 樓
書虫客服服務專線：(02) 25007718．(02) 25007719
24小時傳真服務：(02) 25001990．(02) 25001991
服務時間：週一至週五09:30-12:00．13:30-17:00
郵撥帳號：19863813　戶名：書虫股份有限公司
讀者服務信箱 email：service@readingclub.com.tw
城邦讀書花園網址：www.cite.com.tw
香港發行所／城邦（香港）出版集團有限公司
地址：香港九龍土瓜灣土瓜灣道86號順聯工業大廈6樓A室
email：hkcite@biznetvigator.com
電話：(852)25086231　傳真：(852) 25789337
馬新發行所／城邦（馬新）出版集團 Cité(M)Sdn. Bhd.
41, Jalan Radin Anum, Bandar Baru Sri Petaling,
57000 Kuala Lumpur, Malaysia.
電話：(603) 90563833　傳真：(603) 90576622
email:services@cite.my

封面插畫／九品
封面設計／Gincy
電腦排版／游淑萍
印　　刷／漾格科技股份有限公司
經 銷 商／聯合發行股份有限公司
電話：(02)2917-8022　傳真：(02)2911-0053

■ 2022 年 7 月初版　　Printed in Taiwan
■ 2024 年 3 月初版 3.3 刷

定價 / 340元

POPO城邦原創 www.popo.tw　城邦讀書花園 www.cite.com.tw

ISBN　978-626-96192-7-6
本書如有缺頁、倒裝，請來信至service@popo.tw，會有專人協助換書事宜，謝謝！